在英語職場
自信溝通

外商及海外工作教戰手冊，不只能說，
更精準掌握跨文化潛規則

Vivienne Yang（彈途魚）著

前言

謝謝你翻開這本書！

這是本書的第一篇，卻是我所寫的最後一篇。

我此時正在一輛從布魯克林往曼哈頓擠滿上班人潮的地鐵上，寫下你現在閱讀的文字，謝天謝地，今天地鐵的冷氣正常運作，不然六月的氣溫和濕度，混合上班族早晨的鬱悶和厭世，實在難以忍受。

往前回推十年，高中剛畢業的我，完全無法想像自己會在紐約上班，遑論寫一本英文商務溝通的書。

英文一直是我最喜歡的科目，從國小開始，我參加過的英文話劇、演說、寫作比賽應該不下三十場。儘管如此，成年後，英文會話和書信溝通對我依然十分有挑戰性。

跟外國人 small talk 不知道該說什麼，不知道如何接話、回話；無法用英文說笑話；一封 email 想破頭寫了好幾個小時，還是不確定自己的用字遣詞是否道地自然；申請文件被說太冗長，用字

遣詞太中式英文……這些學校不會教的事情，曾經困擾了我好久。

在經歷了一學期的紐西蘭交換、一年半在哥倫比亞大學就讀碩士，以及將近四年在紐約數位廣告產業工作，還有閱讀十幾本商業溝通／書信的書籍、無數部落格文章和 YouTube 影片之後，我才漸漸建立用專業英文溝通、書寫的自信。

所以去年夏天，當悅知出版社向我提議這本書的概念時，我馬上就答應了。

我想要寫一本我和身邊朋友需要的書，我想要把這五年來在美國紐約求職、就業最常遇見的溝通情境和需求，整理成一本我自己寫完之後，在職場遇到問題時，也能隨時查閱的實用工具書。

那麼，要如何使用這本書呢？

1. 跳著看：我一直相信，在有實際應用需求時，學習的成效最好。所以，歡迎挑選需要的章節跳著閱讀，不必從頭看到尾。

2. 搭配影片：如果你想要練習英文聽力和口說發音，歡迎至 YouTube 頻道 Vivienne Yang，我會持續更新影音版內容。

3. 客製化：本書經過兩位背景不同的美國人審訂，除了檢查文法正確，還確定書中的表達方式和語調夠專業、中性，適用所有人。不過，英文表達方式很有彈性，請依照自己的性格、喜好和使用時機做調整。

4. 練習練習練習：商務英文除非工作需要，否則與日常口語溝通十分不同，而且在一般影視作品，也很難看到實際商務溝通的使用語言（因為放到電視上太無聊啦！美國人上班沒有人像《繼承之戰》那樣講話的！）。好在現在的社交媒體上，有許多專

門分享商務英文的帳號，多接觸、多觀察，有機會就使用書中範例練習口說和寫作，是進步的不二法門。

我現在坐上了從曼哈頓開往布魯克林的地鐵（歐耶，沒錯我下班了！），天空放晴了，高緯度斜斜的陽光和傍晚的微風，是下班後、進地鐵站前的小確幸。

在書寫最後一個段落的同時，我滿心期待，這本書能在你追逐職涯的路上助你一臂之力。無論你的目標在何方，都希望這本書能帶你前往你想去的地方。

CONTENTS

Chapter 01
寫出精準又精采的英文履歷

Chapter 02
求職信，展現你獨一無二的個人故事

Chapter 03
用回家作業，證明你是最合適的人選

Chapter 04
英文面試不再緊張焦慮

Chapter 05
如何談判工作薪資？

Chapter 06
善用 LinkedIn 拓展工作機會

Chapter 07
請人幫忙的藝術與科學

Chapter 08
自然開啟對話、建立人脈的社交心法

Chapter 09
清楚又禮貌的英文 email 溝通術

Chapter 10
成為擅長與同事溝通、閒聊的人

Chapter 11
遇到職場尷尬時刻該怎麼辦

Chapter 12
優雅地和公司說再見

Chapter

01

寫出精準又精采的

英文履歷

我的宿舍位在靠近哈林區的123街，走到110街的Westside超市大概要二十分鐘。

剛出門，我的手機就響了。

「嘿！我正在看你的履歷，你現在有空嗎？」一位在矽谷FAANG*其中一家公司工作的朋友打給我。

「我正要走路去超市，大概要二十分鐘……紐約路上很吵喔！你會介意嗎？」

「沒問題，二十分鐘綽綽有餘。跟我說說你每個職位在做什麼吧？」

我就這樣邊走邊把履歷上寫的經驗大致口述一遍，有時還得因為紐約無處不在的救護車鳴笛和喇叭聲暫停。

「你做的事情很棒啊！為什麼履歷寫得這麼弱？」

「蛤？」我停下腳步，我做的事情很棒？

我寫履歷掙扎了這麼久，不正是因為我做的實習或工作，不是打雜就是結果不明嗎？甚至一直到出國前，我做研究助理執行的實驗都還沒有結果，連履歷上到底該寫什麼都不知道。

「我做的事情有很棒嗎？」

「是啊！你實際做的事情，比你寫出來的厲害一百倍。現在這份履歷根本沒有反映出你貢獻的價值，像是這句……」

這是我剛到美國的第一個月，準備開始要申請隔年暑期實習的時候。

雖然在台灣時，已經為了申請實習和研究所寫過好幾份英文履歷，但是到了新的戰場——競爭激烈的紐約，我有種瞬間回到原點的感覺。

履歷是我在美國開始找工作最大的關卡。有幾個晚上，我會看著我

的履歷大哭，想說這樣到底要怎麼在美國留下來。有時候，我會不斷地修改文字間隔和版面線條，彷彿有在做事，心裡會稍微好過一點。

學校的職涯中心（Career Center）說我的履歷沒什麼問題，但我投出去的申請都石沉大海；網路上各種文章、影片提供的建議都不一樣，我一版改了又一版，嘗試不同的字體、排版、設計，卻依然對於眼前這張紙生不出信心。

快轉到現在，我除了幫助許多讀者改良履歷，也不斷汲取美國獵頭和人資的建議修改自己的履歷，在轉職時發揮了極大的成效。我發現，其實履歷容易出現的問題不過幾個，改善的方法也很簡單。

在這一章，我們會介紹英文履歷的基本撰寫技巧、重要的主動語態及動作動詞（action verbs），以及描述工作經驗最抓眼球的句型模板。

★五大科技巨頭：臉書（Facebook）、蘋果（Apple）、亞馬遜（Amazon）、網飛（Netflix）、Google。

1-1

關於履歷，你該知道的基本原則

> 如何設計履歷架構，
> 以及創造易讀性？

　　根據求職網站 TheLadders 二〇一八年的研究，招募人員平均只花七點四秒讀一份履歷。為了求證，我詢問了幾位從事招募的同事和朋友，他們承認，的確只會用幾秒到幾十秒的時間快速掃描履歷，才會決定是否要仔細閱讀。換句話說，**我們如何在這七秒鐘的時間，抓住招募人員的眼球、說服招募人員我們是對的人選、促使他們詳讀我們的經歷，便成為了撰寫履歷時的重要目標。**這一節我們會介紹履歷中必須包含的資訊和撰寫大原則，讓你的履歷脫穎而出。

履歷的基本架構

　　首先，履歷的基本架構可分為下列四項：

- 姓名和聯絡方式（Name and Contact）：履歷最上方應該清楚呈現你的全名、電話和電子郵件，不需要加上地址。

- 工作經驗（Work Experience）：工作經驗的部分應該從最近期的工作開始，列出公司名稱、職稱、月份和年份、工作職責和成

果。如果版面不夠，不需要加上工作的城市和國家。如果是學
生或從事研究，並沒有業界工作經驗，可以將學歷和修過的課
程放在最上面，如果有相關的專案實作經驗也可以加入。有些
人也會將工作經驗改為研究經驗（Research Experience）、論
文發佈（Publications）或專案經驗（Project Experience）。
如果已經累積兩年以上的工作經驗，則是可以把工作經驗和專
業技能放在最上面。

- 教育背景（Education）：剛畢業或正在就學的學生，通常會將
  教育背景放在履歷最上面，並包含成績、社團活動等資訊。不
  過，如果已有兩年以上全職工作經驗，教育背景並不再扮演重
  要角色時，可將此欄位移至履歷下方，並精簡內容，列出學校
  和學位即可。

- 其他資訊（Additional Information）：如果你有相關的獲獎經
  驗（Awards）、證書（Certificates）、技能（Skills）、語言
  （Languages）等等，也可以在履歷上呈現。不論是將以上內
  容整理成獨立欄位，或全部放在「其他資訊」欄位皆可。

  在下一頁，我們就來看一下兩份不同的履歷架構範本。

剛從研究所畢業，並沒有業界全職工作經驗，

想要找數據分析師或數據科學家職位。

---

❶

Jennifer Su

jen.su@gmail.com | LinkedIn | 111-222-3333

Education

❷

▮▮▮ University — San Francisco, CA
Master of Arts in Economics (GPA: 3.8/4.0) — 9/2019 – 12/2022
- Ph.D. Candidate: joined the Ph.D. program in Economics in Fall 2019 – completed all Ph.D. level coursework and 3rd-year paper requirement while working full-time, specialized in Econometrics and Behavioral Economics

▮▮ University — New York, NY
Master of Arts in International and Development Economics (graduated with Honors) — 9/2017 – 5/2018

National ▮▮▮ University — Taipei, Taiwan
Bachelor of Science in Agricultural Economics (GPA: 3.9/4.0) — 9/2013 – 5/2017

Technical Proficiencies

❸

Tools: Python (Numpy, Pandas, Scikit-learn), STATA, R, SQL, Tableau, Excel, Github, Google Analytics
Models: Causal & Statistic Inference, A/B Testing and Experimental Design, Hypothesis Testing, ANOVA, Clustering, Predictive Modeling (Linear & Logistic Regression, Random Forest, Decision Trees)

Work Experience

❹

Data Research Scientist | ▮▮▮▮▮▮▮ Research Group — 8/2020 – 12/2022
- Maximized LTV by 30% and acquired 10+ new business partners by delivering optimal online A/B testing design and analytical roadmaps for a marketplace startup to align full-funnel strategies with ROI
- Diagnosed nuance in key metrics and hypothesized contributing factors to consult relevant teams with actionable insights
- Accelerated overall workflow by 99% through automation of data assembling, regression procedures, and output formatting, while utilizing proven skills in Excel macros
- Enhanced code quality, customized data pipeline, developed achievable project timelines, and ensured data-driven decisions in collaboration with business development, junior analysts, and data engineers

Strategic Data Analyst | Office of Institutional Research – ▮▮▮ University — 9/2017 – 7/2019
- Lifted college yield rates by 13% through data exploration techniques and development of Random Forest algorithms
- Triggered increase in data quality and database usage rate by 150% by developing an internal SQL database and integrating post-graduate information on social media platforms, while utilizing Python's web-scraping and mining tools
- Minimized data latency from 2 weeks to 3 days by building streamlined Tableau dashboards to monitor applicants' diversity

Digital Marketing Research Assistant | National ▮▮▮ University — 12/2016 – 7/2017
- Increased engagement rate by 15% by enhancing audience segmentation and targeting for Google Ad bid adjustments
- Launched daily SMM campaign reports by monitoring core KPIs checklists for 10+ B2C e-commerce partners
- Slashed error rates in data entry by 75% by devising customized SOP and guidelines for data wrangling, while using R

Project Management Intern | ▮▮▮▮▮ Fund — 5/2016 – 9/2016
- Appreciated by top management for building a library of reusable knowledge-based assets and data sources to investigate short and long-term trends in regional markets
- Enhanced pre-employment assessment passing rates by 20% through executing data literacy workshops and restructuring teaching materials for 500+ staff members in research, audit, and public relation units

Key Projects

❺

Ph.D. Thesis Proposal: Potential Consumers — 1/2022 – 5/2022
- Designed and investigated experiment data to construct individual-level potential index for 120K online consumers
- Enhanced visualization to represent effects of potential consumers on non-traditional product sales, using Seaborn
- Key Insights: Potential consumers with Netflix accounts are 13% more likely to engage with experience-based products

Gender, Age, and Ideology on Facebook — 1/2017 – 7/2017
- Cleaned and examined real-time activities data of 3M users to discern users' "Like-Type" and "Preferences-Type"
- Planned, designed, developed, and customized ML models, while using Scikit-learn to predict age, gender, and political ideology of Facebook users
- Key Results: Enhanced accuracy by 73% with the Naïve Baynes classifier and 82% with Random Forest algorithms

---

❶ 姓名和聯絡方式　❷ 教育背景　❸ 技能

❹ 工作經驗（主要為實習或研究經驗）　❺ 重要專案經驗

工作近三年，

要找數位廣告產業的數據分析或技術客戶經理職位。

VIVIENNE YANG

SKILLS

Adops:
Google Ad Manager, Google Analytics, Adsense, Admob, major SSP platforms

Analytics:
Excel, Google Data Studio, Power BI, Tableau, DOMO, R, and MySQL

Other tools:
Azure, Jira, Salesforce

Languages:
Native: Chinese and English.
Conversational: Japanese

CERTIFICATES

- Google Ads Certifications: Display, Video, Apps, and Ads Measurement

- theTradeDesk Certifications:
  - Marketing Foundations
  - Media Buying: Data Driven Planning

CONTACT

718-879-0293
ly2471@columbia.edu
www.linkedin.com/in/ly2471

WORK EXPERIENCE

Programmatic Analyst
Arkadium (02/2020 - Present)

- Achieve 115% YOY revenue growth by optimizing yield channels (prebid, TAM, EBDA) and testing new ad positions and formats
- Increase CPM by 38% and fill rate by 17% by adjusting floors, integrating and managing 20+ SSPs
- Improve inventory quality by managing block lists and updating ads.txt
- Increase client satisfaction by troubleshooting ad issues and providing ad-hoc analysis and audience profiling to Sales and Account Managers using Google Analytics, Adsense and Ad Manager
- Revamp reporting system by automating reports, creating dashboards, and issuing daily/weekly analysis using Data Studio, PowerBI, and Excel

Capstone Project Lead
Mindshare (09/2019 - 12/2019)

- Managed backlog and timeline and communicated with stakeholders
- Developed a visualized and interactive tool to predict sales and cannibalization rate using R
- Calculated market cannibalization by analyzing sales data using machine learning and correlation analysis

Programmatic Revenue Analyst Intern
Chegg (05/2019 - 08/2019)

- Reduced man-hours by 75% by automating bid discrepancy adjustment using R, SQL, and DOMO
- Analyzed A/B test results using Excel, Google Analytics and Ad Manager
- Created streamlined dashboards and checklists for various analyses

EDUCATION

Columbia University
Master of Science in Applied Analytics

- GPA: 3.92/4.33. Coursework included Storytelling with Data, Research Design, SQL, Machine Learning, Strategy and Analytics
- Marketing Chair of Latin and Ballroom Dance Club, Social Media Manager of Big Apple Dancesport Challenge

National Taiwan University
B.B.A., International Business

- GPA: 3.9/4.0. Focused on Marketing and Consumer Psychology.
- Study Abroad: Economics and Marketing, the University of Auckland, New Zealand.

❶ 技能　　❷ 證書　　❸ 聯絡方式

❹ 工作經驗　　❺ 教育背景

選擇高度相關的經驗

我最初寫履歷時，會想在一張 A4 紙上把所有社團、實習、興趣、證書全部呈現出來，或是想要強調我最自豪的公司頭銜或事蹟，畢竟是自己千辛萬苦累積到的經驗，不想要白白浪費。

但是人資跟主管在尋找人選時，都是找有最多相關經驗、跟團隊和公司文化相符、能快速上手、儘早開始產出的人才。

因此，在履歷上只呈現相關的經驗非常重要！就算當時的頭銜不是直接相關，只要工作內容與想要申請的職位有關聯，都應該優先選擇。

舉例來說，如果你曾經擔任某個社團的行銷長，申請數據分析師的職位時，就可以強調自己透過社群媒體數據或問卷調查，來調整行銷策略，達成了社團報名人數的成長。申請設計工作的話，就可以提出自己如何設計網站、文宣和社群貼文，並提供作品集。

也就是說，**一個人可以因為申請不同職位的工作，而有好幾種不同版本的履歷！**這也是我們常聽到的「客製化履歷」，針對不同類型的工作，去精選自己最相關的經驗和技能加以強調。

記得，不要被公司的知名度，或是當時職位的頭銜限制自己的發揮空間。請仔細思考所有做過的工作內容，只要是相關的經驗一定不要放過。

加入關鍵字

有許多大公司會用電腦軟體做初階的履歷篩選，或負責招募的

人資並沒有特定產業、職位的專業知識。這兩種情況下，對方都是**在履歷中尋找關鍵字，來決定誰能獲得面試機會。**

　　關鍵字通常藏在招募訊息的職缺描述（job description）中，不管是 LinkedIn、Glassdoor 或公司的職缺公告，都一定會貼出工作職責、內容，以及必須具備的學經歷、技能和工具。我們可以照著職缺公告來修改履歷中「工作經驗描述」的用字，也可以在「技能」欄位中加入對方提到的關鍵字，來提升通過初階篩選的機率。常見的關鍵字有：

- 程式語言類：Python、C、C++、SQL、Java。
- 數據分析類：Tableau、Excel、Power BI、DOMO。
- 文書類：Microsoft Office Suite、Google Doc。
- 銷售類：Salesforce、Hubspot。
- 專案管理：Asana、Trello。
- 行銷廣告：Google Analytics、Google Ads、Facebook Ads、Google Ad Manager。

　　另外，當你完成履歷草稿時，可以使用 Jobscan 這個網站，來檢查你的履歷和職缺描述的關鍵字重疊度。

注意一致性

　　由於一份履歷平均只會有不到十秒鐘的時間可以抓住招募官的興趣，履歷的易讀性十分重要，**而「一致性」便是改善易讀性的第一步。**

　　每一句條列式重點（bullet point）的最後要加句點還是不加？

要靠左對齊還是兩端對齊？內文要用什麼字體？公司名稱是否要用粗體？職稱要不要斜體？段落標題要用什麼顏色？

這些問題都有許多個人決定和發揮的空間，不過要注意的是，一旦決定使用某一種字體、大標題顏色、對齊方式、排版，整份履歷就要維持一致性。避免學歷部分的字體是一種，工作經歷的字體卻變成另一種；或有些句子有句點，有些句子沒有等等。

至於字體，**請選擇容易讀又簡單的字體，千萬要避免草寫或可愛字體**。常見的履歷字體有 Arial、Calibri、Cambria、Georgia、Garamond、Helvetica、Times New Roman 等等，可照個人喜好選擇。

至於顏色，多數學校的職涯中心會建議履歷以黑白為主。不過，我觀察到身邊有數年工作經驗的朋友，履歷通常會加入一個主要顏色或公司 logo，一位獵頭也曾建議我屏棄制式的黑白履歷，使用較有設計感的模板，如此會更出彩。我的建議是，**易讀性和內容依然是優先考量，在不影響這兩者的情況下，可以適當使用顏色和設計增加個人特色**。網站 Canva 上有許多設計模板可以參考，我的履歷就是使用 Canva 製作的。

檢查文法與用字遣詞

完成履歷之後，一定要檢查語言的部分。可以使用 Grammarly 這項工具先檢查最基本的拼字和文法，也務必請至少一位親友或學校的職涯中心協助檢查、提供建議，比較容易發現自己忽略的錯誤。如果有認識的英語母語者，也可以請他們確認選字和用語是否自然，以避免過時或中文邏輯的表達方式。

1-2

履歷是一部動作電影！

> 使用主動語態和動作動詞，
> 讓履歷增添主角光芒。

履歷很重要的功能，是告訴雇主你做了什麼（what?）和成果（so what?）。我在幫忙看履歷時，很常看到大家以 responsible for（對……負責）或 worked on（從事）開頭。這樣寫的問題在於，**你只說明了你被公司賦予的責任，沒辦法生動地呈現你主動採取哪些行動，以及達到什麼成果。**

「欸！可是把自己描述得很主動、貢獻很多成果，不是很自大嗎？」你可能會問。

文化及語言差異

在台灣接受教育長大的朋友，應該對「韜光隱晦」、「樹大招風」、「滿招損謙受益」、「曖曖內含光」、「越飽滿的稻穗頭垂得越低」這些諄諄教誨很熟悉吧！在華人社會，謙虛是美德，藏鋒是處世之道。台灣的義務教育也時常透過班級競賽、同儕壓力、連坐法等方式，來強化團體價值，弱化個人色彩，也才會有槍打出頭鳥這樣的俚語。

與台灣這種強調謙遜合群的教育不同，<mark>美國是一個十分重視個人影響力的國家</mark>。在這裡，個人主義（Individualism）是勝過集體主義（Collectivism）的，從他們行之有年的英雄電影，到鼓勵學生發言討論、批判性思考的教育，我們不難看出展現個人特質、意見與成就，在美國社會普遍是被接受，甚至是被鼓勵的。

此一文化差異也明顯地反映在語言上。在英文裡，有一個詞彙叫被動語態（passive voice），與之相反的則為主動語態（active voice）。美國學校的老師和教授，在教英文寫作時，都會提醒學生盡量避免使用被動語態。現在市面上許多英文文法檢查軟體和瀏覽器插件，除了偵錯文法拼字，甚至還會幫你檢查是否使用過多被動語態。

被動語態的使用時機

為什麼美國人這麼強調主動語態的重要？簡單來說，主動語態可以使你的表達更強烈、生動、直接，<mark>而被動語態更適用於「科學客觀描述」、「不清楚主詞」或「刻意弱化主詞」等情況</mark>，例如：

- The samples were then randomly divided into a control group and an experiment group.

  樣本接著被隨機分配到控制組或實驗組。

  ➡ 主詞應該是「研究學者」或「我」，但整篇論文不可能一直重複「研究學者這樣、研究學者那樣」，因此在描述科學方法時常用被動語態。

- My purse was stolen when I went to the bathroom.

  在我去上廁所時，我的錢包被偷了。

  ➡ 但誰偷的（主詞）不知道。

> • The wounded man was placed on the stretcher and sent to the hospital immediately.
>
> 受傷的男子被置於擔架上並立即送醫。
>
> ➡ 主詞應該是醫護人員，但此處要強調受傷的男子，因此省略醫護人員，使用被動語態。

被動語態也很常在說話者想要「規避責任」或「拐彎抹角」的時候出現，舉例來說：

> • A mistake was made.
>
> 一個錯誤造成了。
>
> ➡ 不說「我」犯錯了（I made a mistake.），而是刻意省略「我」使用被動式，使錯誤與主詞「我」產生距離，彷彿錯誤跟說話者沒有關聯一般。

> • I was told that our manager might be leaving the company soon.
>
> 我被告知我們的主管可能快要離職了。
>
> ➡ 說話者刻意不提到誰跟他說，達到隱藏事實和拐彎抹角的效果。

主動語態讓履歷增添主角光芒

有趣的是，中文習慣的語法——特別是正式書信——如果直譯成英文，特別容易成為被動語態。在撰寫正式的文書或演說時，我們為了聽起來禮貌、謙遜，常習慣使用委婉的措辭，換句話說，就算是自己主動努力、爭取、行動得來的成果，依然會說「有幸」、「幸運」、「獲得」、「承蒙」、「使我具備」、「給予我……的機會」等等。像是：

> ■ I was honored to be given the opportunity to work with our biggest client. Thanks to their kindness and the cooperation from our colleagues, we were lucky to close a $300,000 deal.
>
> 我有幸獲得與最大客戶合作的機會，承蒙他們關照和內部同仁的配合，我們十分幸運地簽下了一筆三十萬美元的訂單。

上面的中文句子聽起來非常禮貌客氣，沒有太大問題，**然而直譯成英文時，聽起來就像是你沒有做任何努力**，剛好被老闆指派、剛好客戶很配合、剛好運氣很好，就簽下了一筆三十萬美金的訂單了。但如果寫成：

> ■ I closed a $300,000 deal with our biggest client by building relationships and negotiating with them as well as coordinating our sales and product team.
>
> 我成功與我們最大的客戶簽下了一筆三十萬美元的訂單，透過建立關係、與他們談判，以及協調銷售和產品團隊。

這樣寫，是不是突然從陪襯的配角，變成散發帥氣光芒的主角？招募官第一眼就看到了三十萬美元訂單的成就，再往下看又能了解你的業務、談判和團隊合作能力，這樣的人才誰能不要呢？

舉例的目的，不是要批評中文或台灣講求委婉謙虛的文化。被動語態也不是不好，而是有各自適合使用的地區和時機。

動作動詞強調你的主動積極

因應國情文化不同，如果我們想要在美國或外商求職，**在撰寫**

英文求職申請文件時，更適合採取主動積極的口吻，並強調個人影響力，而動作動詞（action verb，又稱 power verb）就是你的好夥伴。

動作動詞或力量動詞，是用來形容一個行動或動作的動詞。聽起來可能有點廢話，我們就來看看以下的例子。

未使用動作動詞：

▪ Held weekly meetings to discuss product updates.
舉辦週會以討論產品近況。

使用動作動詞：

▪ Spearheaded weekly meetings to review user growth and remove roadblocks.
主導週會以檢視用戶增長與移除瓶頸。
➡ spearhead 為矛頭，作為動詞有衝前鋒、帶頭的意思。

將 hold 換成 spearhead，是不是瞬間生動起來，多了一種帶兵衝鋒陷陣的動作感？ 如果沒有動作動詞的履歷，是沒有故事的照片，那使用動作動詞的履歷，就是一部漫威等級的動作大片。

使用動作動詞，不但能夠凸顯你的積極主動，強調你的個人影響力，也能使句子更加精簡。與其使用 work on、responsible for 這些消極的詞彙，使用 achieve/accomplish（達成）、maximize（最大化）、increase（增加）、build（建立）、implement（實踐）這些充滿力量和動能的動詞，就像是一部鏗鏘有力、跌宕起伏的動作片，能緊緊抓住雇主的眼光！

常用動作動詞

＊全部以過去式呈現

acted 扮演；行動	adapted 適應；使適合	addressed 向……致詞；稱呼
administered 管理；執行	advised 建議；當……的顧問	allocated 分派；分配
analyzed 分析；解析	applied 應用；實施	appraised 估價；評價
arranged 安排；籌備	assembled 召集；集合	assessed 估算；估價
assigned 分派；指定	assisted 協助；促進	audited 審核；查帳
authored 發起；編寫	balanced 平衡；協調	budgeted 編列預算；安排
built 建造；創立	calculated 計算；預測	catalogued 為……編目；登記
chaired 主持（會議）；擔任主席	clarified 澄清；闡明	coached 訓練；指導
communicated 溝通；傳遞	compiled 編輯；收集	computed 估算；推斷
consolidated 鞏固；加強	coordinated 協調；調節	corresponded 符合；一致

created 創造;創建	**critiqued** 批評;評論	**decided** 決定;決意
delegated 委派(某人)做;授權	**designed** 設計;構思	**developed** 開發;使成長
devised 策畫;想出	**directed** 指揮;指示	**dispatched** 派遣;迅速處理
distributed 分配;散布	**drafted** 起草;設計	**edited** 編輯;校訂
educated 教育;培養	**engineered** 策畫;設計	**established** 設立;創辦
evaluated 評估;評價	**examined** 檢查;調查	**explained** 解釋;說明
facilitated 促進;幫助	**familiarized** 使熟悉;使普及	**fashioned** 製作;使成形
forecasted 預測;預報	**formulated** 使公式化;規畫(制度等)	**generated** 產生;引起
guided 引導;帶領	**handled** 處理;操作	**identified** 確認;識別
illustrated 說明;圖解	**implemented** 實施;執行	**improved** 改善;增進
increased 增大;增加	**influenced** 影響;左右	**informed** 通知;報告
initiated 開始;創始	**inspected** 檢查;審查	**instituted** 創立;制定
instructed 指示;指導	**integrated** 使完整;使合併	**interpreted** 說明;詮釋

interviewed 接見；訪談	**invented** 發明；創造	**investigated** 調查；研究
lectured 演講；授課	**managed** 管理；經營	**monitored** 監督；監測
motivated 刺激；激發	**operated** 營運；執行任務	**organized** 組織；安排
oversaw 監督；管理	**participated** 參與；分擔	**performed** 執行；完成
persuaded 說服；勸說	**planned** 計畫；規畫	**prepared** 準備；預備
processed 處理；加工	**promoted** 推廣；宣傳	**publicized** 公布；宣傳
recommended 推薦；建議	**reconciled** 調解；調和	**recorded** 記錄；錄影
recruited 招聘；徵募	**reduced** 減少；降低	**referred** 參考；轉介
researched 研究；調查	**resolved** 解決；解析	**reviewed** 評論、檢討
scheduled 安排；預定	**screened** 審查；選拔	**shaped** 塑造、形塑
solved 解決；解答	**summarized** 概述；總結	**supervised** 監督；指導
supported 支持；幫助	**surveyed** 調查；測量	**systematized** 系統化；制定體系
translated 翻譯；轉化		

1-3

用一個萬能模板，
精準描述工作經驗

> 用「成果→方法→工具」句型，
> 讓雇主一眼看到你的貢獻。

上一篇討論了動作動詞的重要性，接下來我們就來探討如何透過使用正確的動作動詞，以及量化成果，在工作經驗描述具體傳達我們的工作內容和個人貢獻。

理想的履歷，應該是別人一讀完就知道你具體的個人影響力與工作內容，也就是我們常說的「Be Specific」（明確）。而最能達到目標的句型就是：

Achieved result by doing action using tools，也就是「成果→方法→工具」的順序。

首先，成果放在每個描述工作經驗的條列式重點開頭，目的就是讓人資一眼掃過去就能先看到你的個人成績。如果他有興趣的話，繼續看就能讀到達成成果的方法，也就是實際的工作內容。最後，他會看到你工作中使用的工具、技能或程式語言。

這樣的寫法與英文作文常見的「先講結論再補充細節」、「主題句→擴展句」有異曲同工之妙。雖然與我們中文習慣的前因後果、起承轉合的表達方式非常不同，卻能讓讀履歷的人在最短的時間

內獲得最重要的資訊。畢竟人資看一份履歷不超過十秒，要能第一時間抓住眼球十分重要。

接下來，我們會依序介紹成果、方法和工具的撰寫技巧。

撰寫「成果」的技巧① 描述要具體

動作動詞雖然對於提升句子的主動性很有幫助，但有時候使用過於廣泛的動作動詞，依然無法精準傳達你的成果。舉例來說：

> ▪ Facilitated the planning and execution of 3 behavioral experiments.
> 協助三個行為實驗的規畫與進行。

雖然用了一個貌似動作動詞的 facilitate（促進、幫助）開頭，但招募官看完了還是不知道你實際貢獻了什麼、怎麼協助？規畫與進行實際上是什麼工作？如果這樣寫：

> ▪ Managed scheduling and communication with the experiment participants.
> 管理時程與實驗對象的溝通。

> ▪ Established processes for the fMRI experiment and administration by creating guidelines and training materials.
> 藉由撰寫實驗準則與人員訓練教材，來建立 fMRI 實驗執行與行政流程。

把前一個句子中「協助實驗的規畫與進行」拆分出來，用更加精確的動詞及更具體的細節「管理時程與實驗對象的溝通」、「建立 fMRI 實驗執行與行政流程」加以解釋。如此一來，招募官不但能知道你實際的工作內容，也可以從中讀出一些像是統整、溝通

等專長。

那要怎麼知道自己有沒有選對動詞呢？一個方法是寫完之後，過幾天再回來重新看一遍，**但是以招募人員的角度仔細想想，讀完句子之後能不能實際描繪出畫面**，像 facilitate 就很難想像到底實際工作是什麼。找較有工作經驗的前輩（而且最好是同一個產業或職位）幫忙讀一遍，請他們給建議也是個好方法。

撰寫「成果」的技巧② 把成果量化

為了更精準傳達成果，**盡可能使用數字量化個人影響力**。有三個大方向可以善用：錢、時間、人。

- 錢：你幫公司省了多少錢？增加了多少營收？
- 時間：效率增加了多少？節省了多少時間成本？
- 人：客戶滿意度提升多少？員工快樂程度上升多少？

量化的方式可以是提供實際的數字（營收每天增長五十萬元、節省了一萬小時），也可以是百分比（減少30%的支出、客戶滿意度上升30%）。為了避免商業洩密，我通常在履歷中只會使用百分比量化成果，如果被面試官問到實際數字再補充說明。

在描述工作經驗時，**也要避免使用形容詞**。使用形容詞的問題在於，第一，形容詞非常主觀，你認為的 huge（巨大）、important/significant（重要）、great（傑出）跟別人認知的程度可能有落差。第二，形容詞不具有說服力，對方可能會認為如果有實際成果的話，就不用拿虛無縹緲的形容詞來搪塞了。因為以上兩個原因，在履歷中使用形容詞不但浪費寶貴的版面，還沒辦法達到有效溝通的目的。

撰寫「成果」的技巧③ 不知道如何量化時怎麼辦？

那該如何「量化成果」呢？如果成果無法量化又該怎麼寫呢？

我一開始寫履歷時，心中最掙扎的就是：「我實習都在打雜，沒有什麼好寫的啊！甚至連最後成果都沒看到，要怎麼量化！」履歷因此難產很久，覺得不管怎麼寫，都上不了檯面。

如果你也面臨一樣的狀況，這邊提供可以幫助你釐清方向的四步驟小練習。

☑ ① 將任職某份工作時做過的每件事，全部列出來

不論做過的項目重要與否，先拿一張白紙或開一頁新的 google doc，不帶批判地把所有工作內容、專案、交辦任務條列出來。

建議不要直接寫在履歷上，直接下筆除了會影響排版，而且會限制我們的腦力激盪。我們會為了寫出最完美的句子，開啟自我審查模式，導致最後什麼都寫不出來。

☑ ② 問自己：「主管交付我這個任務，想要達成什麼目的？」

你做的任務對你來說可能很無聊、很容易，但絕對不是毫無意義。主管會花錢請人來做，就有他想要達成的目的。就算你只是負責打電話、輸入資料、整理報表，這種看似誰都做得來的工作，你依然是完成商業目標過程的其中一步。

如果說你現在正在工作或實習，也可以適時向上級詢問，自己現在做的工作對主管或公司有什麼樣的幫助？為什麼需要執行這項任務？你還能怎麼幫忙？（記得用真誠好奇的態度問，不然主管有可能誤會你在質疑他的決策。）如此一來，除了能更了解自己的工作和主管的邏輯，或許還能跳出框框提出不同的解決辦法！

☑ ③ 估算數字

經過上一步的練習，你大概就會知道這項工作貢獻的商業目標，例如：增加收益、增加用戶、減少成本、節省時間，也就能決定要怎麼估算數字了。

履歷上，數字的估算是自由心證，雖然對方幾乎沒有辦法求證（但切勿捏造工作經歷以身試險），我建議**盡量貼近現實、找出資料數據來佐證**。收益、成本、用戶等指標通常會有實際數據比較容易估算，如果是時間、效率、滿意度有時候不一定會有統計，就需要你自己粗略估算，只要不過度偏離現實即可。

那萬一這個成果是許多同事，甚至是許多團隊的共同成果呢？我以前會覺得心虛，認為自己的職位基層、工作微不足道，好像沒有資格把共同成果放在履歷上。但事實上，大部分的成功都是來自團隊的同心協力，這份成果也由團隊共享。**如果你曾參與其中、付出努力，那你就有資格將成果寫進自己的履歷裡，重點是你所選的指標跟規模要能代表或反映你的工作內容。**

舉例來說，我的工作跟廣告收益息息相關，但完全沒有接觸銷售團隊在外打拚拿下的銷售交易，因此在估算成果時，我只會計算廣告收益增長幅度，但不會包含銷售團隊簽下的收入金額成長幅度。如果說你的工作跟用戶增長最相關，那就選擇用戶增長常用的重要指標，同樣的邏輯亦可以應用在其他領域的工作上。拿我廣告收益的成果舉例：

> ■ Achieved 115% YOY ad revenue growth by optimizing yield channels and AB testing new ad formats.
>
> 達成115%廣告收益年增長，透過優化廣告收益管道與 AB 測試新型廣告。

那如果真的無從估算怎麼辦？例如，客戶經理稱讚，自從你加入團隊之後，客戶一有問題都能快速地得到答案，團隊有你真的太好了！然而，客戶經理部門並沒有做客戶滿意度調查，你也不知道上一個離職的人到底效率有多差，完全沒辦法提供數字佐證。這種情況下，**不需要硬掰數字，單純把沒有數字的成果寫出來也沒關係**。例如：

> ■ Increased client satisfaction by providing ad-hoc analysis, audience profiling, revenue prediction to Sales and Account Management teams.
>
> 提升客戶滿意度，透過提供銷售和客戶經理團隊即時分析、網站客群分析和收益預測。

☑ ④ 選出最相關的放上履歷

當你幫每一個做過的工作項目都寫出量化的成果之後，就可以依照你申請的職位，選出最相關的納入履歷中。

撰寫「方法」的技巧

整理完工作的重要成果之後，就可以來寫達成的方式了！

這個部分是客製化與強調個人特長的重要環節。一份成功可能是透過許多不同方式達成的，因此，**將所有直接或間接促成成**

果的工作內容列出，並挑選與申請職位最相關的部分作為方法，是不可或缺的一步。這裡也要注意別被自身的學歷和既定框架困住，避免自我審查，盡量把所有想得到的工作內容全部列出。

撰寫「工具」的技巧

當你列出所有達成成果的方法之後，請在方法後面列出用到的工具。跟方法一樣，你可能在完成一項專案時用了許多不同的工具，但由於版面有限，你可以針對要申請的職位，去選擇相關性較高的工具。

舉例來說，如果在某一個行銷實習的機會中，你曾經使用Photoshop、Final Cut Pro 製作影片，用 Facebook Ads 和 Google Ads 下廣告，以 Google Analytics、Excel、Tableau 來分析流量和用戶組成，那麼在申請數位廣告職缺時，就可以寫 Facebook Ads、Google Ads、Google Analytics，如果是申請分析師職位，則強調 Excel 和 Tableau 技能，如果是美術類職缺，則再包含 Photoshop、Final Cut Pro。

成果→方法→工具

在動筆撰寫履歷之前，你可以用下面的模板幫助你釐清自己每項工作的成果、方法和使用工具。並用這個句型，練習精準描述工作經驗和個人貢獻。

公司／職稱	成果	方法	工具
X skincare ／ 行銷實習生	貼文觸及率提升了 75%	▪ 觀眾分群分析 ▪ 優化文案 ▪ 測試關鍵字 ▪ 製作貼文縮圖	▪ Photoshop ▪ Facebook Analytics
大學招生部門／數據分析師	將數據延遲從兩週降低至三天	▪ 訪問內部使用者 ▪ 建立 SQL 數據庫 ▪ 製作 Tableau 儀表板 ▪ 內部使用者測試	▪ SQL ▪ Tableau ▪ 使用者研究 ▪ 使用者測試

也提供句子的範例：

▪ Increased outreach by 75% by redesigning social media posts and thumbnails using Photoshop and Lightroom.

使用 Photoshop 和 Lightroom 重新設計社群媒體貼文和縮圖，將觸及率提升了 75%。

▪ Reduced data latency from 2 weeks to 3 days by building SQL database and streamlined Tableau dashboards.

透過建立 SQL 數據庫和製作 Tableau 儀表板，將數據延遲從兩週降低至三天。

column

卡住了怎麼辦？
這兩招給你寫履歷靈感！

利用 LinkedIn 尋找靈感

如果不知道要使用哪些動作動詞，或不知道哪些經驗是相關、值得強調的，可以到 LinkedIn 上面去搜尋正在從事你想應徵工作的前輩。

仔細研究他們是經歷了什麼工作和公司才走到今天的位置，看他們如何描述過往經驗、使用哪些關鍵字或動詞，或許可以得到一些撰寫履歷的靈感，甚至是職涯規畫上的啟發！

幫忙校對別人的履歷

如果你想要改善自己的履歷，卻不知從何下手，可以試著找同樣在求職的朋友，大家互相給彼此的履歷建議。

你可能會想，我都自身難保了，哪裡還有資格去幫別人看履歷呢？

其實，我們在校正自己的履歷時，很容易被自身主觀的情緒和先入為主的思考模式影響，無法從客觀的角度看待履歷的內容、排版、易讀性等等。

神奇的是，當你拿著別人的履歷，以人資的角度審視時，通常能提出實用的建議，再回頭應用在自己的履歷上。

我非常推薦與幾位朋友組成「求職互助小組」，互相審查求職文件、練習面試等等。這樣對方既能得到回饋，你也能在提供建議時，反思怎麼改進自己的履歷和求職信！

Chapter

02

求職信，
展現你獨一無二的
個人故事

如果我可以許一個願望，讓一份求職文件從地球上消失，大概就是求職信（Cover Letter）了。

第一次在紐約找實習時，求職信是最讓我頭痛的英文文件。每次只要看到需要提交求職信的職缺，我都會默默按下儲存鍵，然後先去投不需要求職信的公司。

求職信不像履歷，就算是不同公司，只要是類似的職位，同一個版本的履歷都能原封不動地投出去。

相反地，求職信多少需要針對投遞的職缺和公司客製化，不僅要花時間研究公司資料、寫出適合該職缺的內容，甚至有些職涯專家還會建議，要肉搜出用人主管的名字放在信中，以增加親和度。通常這樣一頓操作下來，光是寫封求職信就得花費好個小時。

最讓我挫折的是，許多人懷疑雇主根本不會看求職信！有越來越多科技公司，例如 Google，在招募時就會明文寫著「我們不看求職信」，也有不少公司會將求職信設定為「選擇性提交」（Optional），每到這種時候我都會陷入天人交戰，到底該花多少時間寫這封「選擇性提交」的信呢？

但是，根據美國網站 ResumeGo 在二〇二〇年做的研究*，一封寫好寫滿、客製化的求職信，還是能增加獲得面試的機率。

為了這份研究，ResumeGo 總共在 LinkedIn、Glassdoor、Indeed 等求職網站上，提交了七千兩百八十七份工作申請，這些申請分成三種：第一種沒有包含任何求職信，第二種附加了一封各家公司都適用的罐頭求職信，第三種則是提供了針對公司和職缺客製化的求職信。實驗結果顯示，第三種提供客製化的求職信，有最高的比例獲得面試機會（16.4%），完全沒有求職信或罐頭求職信則較低（10.7% 和

12.5%）。

此外，ResumeGo 還以問卷調查了兩百多位用人主管和招募人員，以下是我認為非常值得知道的調查結果：

- 87% 受訪者表示他們會閱讀求職信，主要原因是求職信能提供更多求職者的獨特資訊（insight），不讀求職信的主要原因是沒有時間，以及求職信通常太罐頭（generic）。

- 65% 受訪者表示，求職信對於是否給予面試機會，或僱用申請人有實質影響。

- 76% 受訪者表示，不會因為求職信寫得爛就因此拒絕求職者，但是81% 更重視有客製化的求職信，而且有78% 表示，很容易能區別出罐頭求職信和有花心思客製的求職信，61% 受訪者認為客製化求職信非常重要。

- 74% 受訪者表示，不會因為求職者沒有提交選擇性的求職信而扣分。

- 52% 用人主管或招募人員只會花十秒到一分鐘的時間閱讀求職信。

- 超過70% 受訪者認為，寫得太爛（poorly written）的求職信會對求職者產生負面影響，只有30% 認為求職信太罐頭會有扣分作用。

從這份田野調查我們可以發現，大多數的用人主管和招募人員不但會閱讀求職信，更重視有客製化的求職信。因此，求職信在找工作的過程依然扮演不可或缺的角色。

★ https://www.resumego.net/research/cover-letters/

用求職信說一個好故事

一封好的求職信，
能夠簡潔地提供一位求職者的全貌。

在我幫忙修改過的求職信中，包含我剛到美國求職時自己寫的，幾乎都有一個問題，那就是**跟履歷的內容與敘事方法過於相似**，甚至會讓人覺得只是將履歷的要點，加上一些連接詞、開頭跟結尾，就草草寫成求職信。

許多求職初心者以為兩者大同小異，只是篇幅和排版不同而已。但如果是這樣的話，那為什麼公司還需要一份履歷和一封求職信呢？

履歷和求職信的差異

要記得，求職信跟履歷的目的，都是為了獲得面試機會。

沒有公司會只憑一封求職信和履歷就直接錄用求職者，因此，兩者最大的目標就是讓你能夠進入面試階段，並在面試時說服公司你是這個職位、團隊或公司的最佳人選。

但是，求職信跟履歷很不同的地方在於，**求職信比履歷有更多篇幅及更大的寫作自由，讓求職者有機會能夠凸顯自己的特色，**

或說明履歷中缺乏的資訊。

　　想像自己要為公司招募一位使用者經驗設計師，你看到一份頗為吸睛的履歷，但是這位求職者多數的工作經驗為美術與品牌設計，並沒有直接相關的經歷，或是他的履歷上有一年半的空白期。這些履歷中相對特別或令人疑惑的地方，只能先透過求職信一探究竟，才能評估這位求職者的背景、經驗和能力是否適合進入面試階段。

　　換句話說，**一封好的求職信能夠簡潔地提供一位求職者的全貌**，將履歷上的點串連成故事線，或是補充招募官可能好奇的資訊，方便他們初步衡量是否要面試你這位求職者。

　　總結來說，雖然求職信跟履歷兩者的目的都是為了獲得面試機會。**但履歷著重於快速列出所有過往的工作經驗和個人影響力；而求職信則更專注於說好一個故事**，讓招募官覺得「這個人好像不錯，真想要透過面試更認識他」。

　　希望大家在寫求職信時記得這樣的區別，會讓書寫過程更順利，也有助於產出有說服力的求職信！

TIP ① 從職缺描述找出相關性

　　想要說一個好故事並抓住讀者的眼光，那就必須先瞭解讀者是誰？他們的需求是什麼？

　　以求職信來說，讀者就是負責招募的人資與用人主管，因此從招募官角度出發，他們最想要尋找的，通常是已經具備相關產業或職位工作經驗的人才，確保上工後能快速學習，及早開始幫團隊解決問題；如果是較為初階的職缺，招募官則偏好擁有基礎的

相關知識技能，或其他可轉移技能的人才，因此擁有相關的學歷、修課證明、資格證書、個人專案經驗，都能作為個人學習力與技能的證明。

那該如何了解招募官的需求呢？如何寫出能正中紅心、直擊痛點的求職信呢？

答案就在職缺描述（job description）裡。

美國的職缺描述通常分為兩個部分，第一部分為職位要求（requirements），第二部分為工作職責（responsibilities）。

在職位要求裡，會註明理想的求職者應該具備的年資、最低學歷、人格特質、必備技能和加分技能等等。工作職責則會列出該職位會實際接觸的工作項目，例如平日庶務、需要解決的問題和專案、會一起合作的部門、是否要出差等等。

我們在撰寫求職信時，必須詳細閱職位要求和工作職責，抓出該職缺偏好的技能、實務經驗、人格特質等重要關鍵字，並挑出自己能夠反映這些的相關經歷，在求職信中展現你對職位、公司，或是產業的理解，以及你能怎麼幫助公司團隊解決問題。

跟寫履歷一樣，不管你有沒有直接相關的學歷或工作經驗，都可以從職位要求和工作職責中，找出自己已具備的相關經驗和技能，或是學校專業、過去工作經驗的可轉移技能，在求職信中加以強調。閱讀職缺描述時有三個原則：

● **當作參考即可**：請理解自己不可能完美符合職缺描述中每一項要求，雇主也知道這樣的人通常會嚮往更有挑戰性、待遇更好的工作，因此將職位要求當作參考就好，若你認為自己符合大

多數要求，便可以申請看看。

- 要求的年資打五到七折：如上所述，招募人員和用人主管不會期待求職者十全十美。我曾經申請過許多工作，我的年資都只有職位要求的一半，但也都能面試到最後一輪，甚至拿到offer。如果你的年資有職位要求的50%到70%，那就可以大膽申請。近年來，美國公司也在撰寫職缺描述時越來越用心，不想因為寫得太嚴苛而勸退合適的人選，因此，有些公司會刻意將職位要求和職責寫得非常籠統（像是Google就非常出名）。遇到這種職缺描述，如果你直覺自己能夠勝任大多數工作職責，還是可以先申請看看，並在面試時詢問更詳細的工作內容。

- 圈出關鍵字：職位要求會包含更多對於學歷、年資、專業與技術技能的要求，可將其中的關鍵字圈出，並放在履歷的學歷、技能欄位，而大部分的形容詞可以忽略。工作職責的關鍵字則通常是一個動詞，加上一個名詞受詞。

  接著，我們就來看看職缺描述的實際範例。

Rent the Runway
Senior Analyst, Inventory Operations

Rent the Runway 公司招募資深分析師,庫存營運

Requirements 職位要求

- Bachelor's degree and prior experience in a dynamic, fast paced environment.

  具學士學位,且具有在充滿活力、快節奏環境中的工作經驗。

- 3+ years in business operations, consulting, professional services or other related fields.

  在商業營運、諮詢、專業服務或其他相關領域擁有三年以上的經驗。

- Strong experience with data analytics and advanced Excel❶ skills.

  具有數據分析的豐富經驗和進階 Excel 技能。

- Proficiency with G-Suite. Experience with Airtable and Looker highly preferred. ❷ Experience with Asana a plus. ❸ Comfortable learning new tools quickly is a must.

  須精熟 G-Suite。高度偏好有 Airtable 和 Looker 的使用經驗者,具 Asana 的使用經驗為加分項目。必須能夠快速學習新工具。

- Problem solving mindset and a "can do" attitude :❹ no task is too big or too small.

  具有解決問題的思維模式,以及積極的態度:沒有任務太艱難或不重要。

- Relentless energy❺ to evaluate and improve business processes and own business outcomes. Passionate about continuous improvement and able to think strategically and tactically.

  擁有源源不絕的動力持續評估及改進業務流程,並承擔業務結果。對追求進步充滿熱情,能夠從策略層面思考。

- Excellent verbal and written communication skills, interpersonal skills, ⑥ and an ability to effectively communicate with a wide range of stakeholders. Excel at coaching peers and comfortable with leading training workshops.

  具有出色的口頭和書面溝通能力、人際關係技巧，並能夠有效地與各利害關係人進行溝通。擅長培訓同事，並能夠輕鬆領導培訓研討會。

- Highly organized with excellent attention to detail ⑦ and proven ability to manage multiple, competing priorities simultaneously with minimal oversight.

  高度組織化且極度注重細節，並證明能夠在最少監督下同時處理多個競爭優先事項。

POINT ---

❶ 顏色標出部分即為職缺偏好的技能、實務經驗、人格特質關鍵字，可以此檢視自己能夠反映這些的相關經歷，並在求職信中好好展現。

❷ 通常寫 highly preferred（高度偏好），代表「最好有這項技能，沒有有點扣分」，因此最好確定履歷表中有提及關鍵字。如果不熟悉這項技能，最好去上課、考取證書，展現自己具備基本知識跟學習熱忱。

❸ 通常寫 a plus 或 nice to have（加分項目），代表「有很好，但沒有也沒關係」，你是否具備這項技能，不會對你的競爭力有太大影響。用人主管這樣寫通常有兩種可能：第一，此技能很少或完全不會用到，但仍然寫在職位要求的原因，有可能是此職位未來可以朝更技術性的方向發展，或是需要和技術人員一同工作，因此稍微理解有助於溝通。第二，容易上手。每家公司的內部專案管理或溝通工具都不同，但這類工具通常大同小異，不需要太多時間上手，因此有些用人主管會順道放在職位要求中。

❹❻❼「解決問題的能力」、「積極態度」、「溝通力」、「人際技巧」、「注重細節」比較難在履歷中展現，因此可以在求職信中或面試時用過去的工作、實習或社團經驗舉例。

❺ 這種修飾用的形容詞可以跳過不看。

Responsibilities 工作職責

- <u>Analyze</u> large <u>data sets</u> and <u>create dashboards</u> to support tracking and reporting of existing KPIs and identifying new trends and KPIs to achieve business goals. Support weekly, monthly, and quarterly <u>reporting</u> ❶ initiatives.

  分析大型資料集並建立數據儀表板，以支援現有 KPI 的追蹤和報告，並識別實現業務目標的新趨勢和 KPI。支援每週、每月和季度產出報表。

- Responsible for <u>managing and improving our receipt exception rate</u> ❷ by working cross functionally with Buying, Site Merchandising, Operations, Transportation, and external Vendors to understand existing pain points and ideating and implementing solutions.

  透過與採購、網站商品銷售、營運、運輸和外部供應商的跨職能合作，負責管理和改善收據偏差率，以了解現有的痛點，並構思和實施解決方案。

- <u>Map out</u> existing workflows in our <u>inventory lifecycle</u>, and work cross-functionally to identify gaps and opportunities for optimization. <u>Create new processes throughout the inventory lifecycle.</u> ❸

  繪製我們存貨週期中的現有工作流程圖，並跨職能合作，識別優化的差距和機會。並在存貨週期中創建新流程。

- Partner with cross functional partners from Buying, Site Merchandising, Operations, Transportation and Engineering and equally comfortable managing up and down to translate business requirements into tech and non-tech solutions.

  與採購、網站商品銷售、營運、運輸和工程等跨職能夥伴合作。須同樣擅長管理上下級，以將業務需求轉化為技術和非技術解決方案。

- Drive change management and adoption of newly developed processes. <u>Create</u> simple and comprehensive <u>SOPs</u>, cross-functional communications and <u>conduct training sessions</u> ❹ as needed.

  推動變革管理和新開發流程的採用。根據需求創建簡單而全面的 SOP，並進行跨職能溝通和主持訓練會議。

- **Lead project management** for cross functional strategic initiatives as needed.

  根據需求領導跨職能策略倡議的專案管理。

----

❶ 前面講到，工作職責的關鍵字則通常是一個動詞，加上一個名詞受詞，如同顏色標出的部分。舉例來說，從這一句便可以看出主要的職責為 Analyze（large）data sets（分析資料）、create dashboards（建立數據儀表板）、reporting（產出報表）。你就可以從關鍵字著手，思考過去是否有相關的工作經驗？

❷ ❸ 統整這兩點後，可以看出此職位主要需優化兩樣東西：收據偏差率（receipt exception rate）和存貨週期（inventory lifecycle）。像這種需要你負責改善現有狀況的工作職責，可以思考自己過去是否有相關經驗？如何優化？用了哪些方法和工具？結果如何？

❹ 這個職位也需要主持訓練會議，可以思考自己是否喜歡演說、分享？是否有類似的經驗可以佐證自己有公開發表、簡報或訓練他人的能力？

TIP ② 找諮詢對象挖情報

除了仔細研究職缺描述，如果你想從一票求職者中脫穎而出，那就必須跟該公司的員工或招募主管建立關係。

想要寫出一封高度客製化、並且能贏得主管芳心的求職信，一定要曉得團隊的工作文化、主管偏好什麼特質的人、看重什麼能力、現在缺乏哪些人才特長或資源，才能在短短一封信中呈現自己最相關的經驗和特質。

不過，這些資訊只能透過該公司的員工取得，不管該團隊或是相關團隊的員工，甚至是實習生，**只要是現在或曾經與用人主管共事過的人，都是可以諮詢的對象。你可以透過朋友人脈或 LinkedIn 搜尋來尋找諮詢對象。**

有趣的是，我曾經以為必須要聯絡到現任員工才能獲得情報，工作幾年之後卻發現，現任的員工可能會顧忌我通過面試之後會變成同事，因此說法通常會比較委婉或官腔。

前任員工或實習生因為已經離開公司，沒有利害關係，反而更能夠肆無忌憚地分享在那家公司或團隊工作的真實狀況，仔細一問或許還能問出一些公司秘辛，並順便評估自己是否適合這份工作。這邊提供一些適合在聯絡員工挖情報時提出的問題：

- Can you share a little bit about your experience working at Company X?
  可不可以分享一下你在 X 公司工作的經驗？

- How is the company culture? What's the culture like? How about the culture of the Analytics team?

  公司的文化如何？那數據團隊的文化呢？

- How is it like working with [the name of the Hiring Manager]?

  跟【用人主管名字】一起工作的情況如何？

- What is [the name of the Hiring Manager]'s management style like?

  【用人主管名字】的管理風格是什麼？

- What are the characteristics or skill sets the hiring manager looks for in a potential hire?

  用人主管有什麼偏好的特質或技能？

- Among the skills listed in the job description, what are the most important ones for this job?

  在職缺描述中提到的能力，有哪些是特別重要的？

- Do you know why the team is hiring for the position?

  為什麼團隊會招募這個職位？

- What are the challenges the team is currently facing?

  這個團隊現在遇到的困境是什麼？

- What kind of talents are they looking for?

  他們在尋找哪種類型的人才？

在我們了解這份工作所需的特長技能、專業經驗和人格特質之後，下一步就是將自己相關的重點經歷串連起來，寫成一封文情並茂的求職信了！

TIP③ 將點連成線

史蒂夫‧賈伯斯（Steve Jobs）在二〇〇五年的史丹佛大學畢業典禮上曾說過：「You can't connect the dots looking forward; you can only connect them looking backwards. So you have to trust that the dots will somehow connect in your future.」（你無法預先把點點滴滴串連起來，只有在往後回顧時，你才會明白它們是如何串在一起的。因此，要相信這些點點滴滴在未來會以某種方式連結起來。）

雖然這段名言是賈伯斯送給畢業生的人生建言，但也非常適用於撰寫求職信。

前面提到，履歷能快速讓人理解你做過什麼事和個人影響力，求職信則是解釋你為什麼想申請這份工作？為什麼適合這份工作？為什麼這份工作非你莫屬？

因此，我們在撰寫求職信時，應該從眾多過往的工作、個人專案或社團課外活動當中，挑出與想申請的工作最相關、最能展現你足以勝任職位的經驗，並且加以梳理，整理成一個邏輯清晰、脈絡流暢的個人故事。

我一開始寫求職信時，有許多經歷在做的當下並沒有特別規畫，可能是意外獲得的實習，或是單純有興趣的志工活動。因此在書寫時，我第一直覺常常是選擇自己認為最厲害、名氣最響亮

的經歷，或簡單粗暴地把履歷上所有的經歷往信裡塞，畢竟全部包含進去總比缺了什麼好⋯⋯對吧？

但是，我最後寫出來的成品往往淪為一紙「加了連接詞的履歷」，不但結構鬆散、毫無亮點，更是浪費了一個幫用人主管整理重點、展現個人特色的機會。

在紐約申請實習和正職的這幾年，我在不斷練習和修改求職信的過程中，發現學生時期忙著實習、社團、志工或研究工作，雖然多多少少都抱著「不知道自己到底在幹嘛」的迷茫，但真的仔細回想，這一路走來依舊是有跡可循。

我的每一個經驗，不論大小，在無形中都引領我走向下一個目標。我要做的，**就是去蕪存菁，精選履歷中最相關的一到三個經驗，將它們串連起來，跟招募官說一個獨一無二、只屬於我的故事。**

TIP ④ 根據公司和職位決定客製化程度

由於外國人在美國較沒有人脈網絡，再加上簽證限制導致求職難度比本地人高，我身邊在美國找第一份工作的朋友，包括我自己，遞出的履歷都是百封起跳，耗費的精力時間可想而知。因此，懂得取捨非常重要。

對於需要海投上百家公司的人來說，針對每一家公司客製化求職信實在太花時間，不可能每一間都去深入研究，或向公司員工一一打聽，因此**安排優先順序就很重要**。

如果是自己非常想要申請的職位，可以多做功課、建立人脈去搜集情報，製作高度客製化的求職信；其餘的公司則可以發展出

一套模板，只需要在申請時修改公司名稱和職稱即可。

　　有些公司會在求職信的欄位標註為「選擇性提交」，讓求職者自行選擇是否上傳文件。這種公司通常不會太重視求職信，雖然我自己還是會提交，但多半為模板信，並不會花費太多時間客製化。

公司挑人，你也挑公司

「拜託誰來給我一個機會！我不求五六個 offer，只要有一個人，給我一個機會就好了！」這是我在找實習或正職時的心聲。

在紐約，光是一個實習的職缺就會有上百、上千人申請，競爭的壓力跟現實的阻撓讓我喘不過氣，每次投出履歷都卑微地祈禱某個伯樂能賞賜我一個機會。這份卑微的渴望也很明顯地反映在我的求職信中。

舉例來說，每次信末結尾我都會說：「It would be an honor if I can be given the opportunity to interview with you.」（如果有這個榮幸，我非常希望能獲得一個跟您面試的機會。）

在幫台灣同學修改求職信時，我也發現大家經常過度禮貌，導致文章讀起來十分卑微、被動。不過這份卑微，大多不是缺乏自信，而是語言表達與文化上的差異造成的。

在台灣的書信文化中，客氣、禮貌是常態。中文裡，有敝司、寒舍、鄙人這樣的謙詞，也有抬高、尊稱對方的敬語，像是貴校、高就、尊府等等。除此之外，人們經常為了讓中文書信的語氣聽起來更委婉、謙和，而使用被動語態或是較長的句子。這些句子在中文的語境和文化之下並沒有問題，甚至非常客氣、禮貌。但是當我們在書寫英文時，如果仍舊保持中文書信的思維，並且試圖將中文的表達直譯成英文，**很容易把這份客氣、禮貌錯誤地表達成不自信、被動。**

✕	▪ After graduating from college, I was lucky enough to receive the opportunity to intern at Company X. 大學畢業時，我有幸獲得了 X 公司的實習機會。
◯	▪ After graduating from college, I started interning at Company X. 大學畢業時，我到 X 公司實習。
✕	▪ When I worked at Company Y as an analyst, my job responsibility included managing the database, weekly reporting, and data visualization. 在 Y 公司擔任分析師時，我承攬的業務有管理資料庫、每週匯報資料、製作視覺化圖表。
◯	▪ When I worked at Company Y as an analyst, I managed the database, issued weekly reporting and created data visualization. 在 Y 公司擔任分析師時，我管理了資料庫、每週匯報、製作視覺化圖表。
✕	▪ If I have the honor, I would like to have the opportunity to interview with you. 如果有這個榮幸，我非常希望能獲得一個跟您面試的機會。
◯	▪ I'd love to speak to you about this opportunity as I believe I am a great fit for this role. 我很樂意與您談談這個機會，因為我相信自己非常適合這個職位。

　　中文裡自謙或尊稱這樣的用法，在一般英文商業書信中較少見，而且過於正式，多半是成功人士在典禮致詞時展現謙遜和禮貌而使用的。例如：

- I am honored to be with you and this San Francisco summer day feels just like home, just like it does with anything with "Tech" in its name. -Sheryl Sandberg, 2017, Virginia Tech commencement

  我很榮幸能與各位一同在此，舊金山的夏日時光讓我感覺就像回到家一般，如同任何帶有「Tech」字眼的事物。——雪柔・桑德伯格，二〇一七年，維吉尼亞理工大學畢業典禮

- I am honored to be with you today at your commencement from one of the finest universities in the world. -Steve Jobs, 2005, Stanford commencement

  我很榮幸今天能與你們一起參加這所世界上最優秀大學之一的畢業典禮。——史蒂夫・賈伯斯，二〇〇五年，史丹佛大學畢業典禮

　　美國商業書信的語氣跟表達詞，與中文相比更為直接、隨性。舉例來說，英文不會有「麻煩您……」、「再請您幫我……」、「不好意思打擾你了」這些說法，多半是單刀直入地描述自己的需求，不少人連對方名字都不會打，一個 Hi 加上請求就結束了。有禮貌的人會使用 please、could you、would you、do you mind、thank you 這類的詞；而特別有禮貌的人，還會在信件開頭跟結尾再加上問候及祝福語。我們會在第 9 章更詳細介紹。

　　這樣的書信文化在英文求職信中，多半是以明快、直接、不卑不亢的表達方式呈現。換句話說，英文的求職信不會透過自貶、自謙來展現謙虛，也很少特別抬舉對方或吹捧公司，而是**單刀直入地描述自己的經驗和長處如何能幫助團隊、公司解決問題。**

　　那要如何達成這樣的表達方式呢？

　　首先，保持「**公司挑人，我也挑公司**」的心態非常重要！在美國，

許多公司為了招攬優秀人才，十分注意求職者的體驗，從招募、面試到入職，公司會盡量讓流程更透明、簡單、快速。「你是來為我工作的，不要意見太多！」、「來面試前知道我們公司和團隊詳細業務很基本吧！」、「哼哼看我面試怎麼考倒你！」這種高高在上的態度，在美國職場比較少見。

求職和招募就像供給和需求，缺一不可。公司需要優秀人才創造更大利潤，人才需要公司給予好的薪資、待遇和發揮空間。雖然說公司握有發 offer 的權力，但求職者才是最終決定是否簽合約的人。

在求職時，除了理解中文和英語書信文化的不同，也記得保持自信、肯定自己的價值，保持不卑不亢的態度喔！

2-2

英文求職信範例大解析

前面講解了許多撰寫求職信的技巧，接著，
就用真實的範例說明書寫的細節。

Dear Hiring Manager,

招聘經理您好：

I am very excited❶ to apply for the Programmatic Analyst position at XXX Company because,❷ after speaking with your former intern Annie, I believe my academic and practical experience in data analytics makes me a good fit for your team. ❸

我非常興奮能夠申請 XXX 公司的數位廣告分析師職位，因為在與您的前實習生安妮交談後，我相信我在數據分析方面的學術和實作經驗，讓我相當適合加入您的團隊。

POINT

❶ 信的一開頭就顯示出熱情，比平鋪直敘地說自己是哪間學校畢業來得好。

❷ 直接點出自己要申請的職位和原因。

❸ 一句話總結自己申請的原因，和預告接下來要講的內容。

<u>I worked as an analyst during my time at YYY Company, analyzing the large dataset and building</u> ❹ <u>dashboards using advanced programming languages.</u> ❺ I used Python and MySQL to collect internal and external hedge fund data, based on which I built statistical models and provided recommendations to the fund managers. ❻ Fund managers, therefore, were able to know what main drivers were in their funds and could adjust their positions accordingly. ❼ To make this process more efficient and impactful, I took the initiative in❽ constructing 9 fund dashboards using API integration to track and improve product performances. After working for 8 months❾ at YYY Company, it became clear to me that I had a huge passion for handling and analyzing large datasets and making an impact on the business.

我曾在 YYY 公司擔任分析師，分析大量數據並使用高級程式語言構建儀表板。我使用 Python 和 MySQL 收集內部和外部對沖基金數據，基於這些數據構建統計模型，並向基金經理提供建議。因此，基金經理便能夠知道他們基金的主要驅動因素，並能夠相應調整其持倉。為了使這個過程更加高效和有影響力，我主動構建了九個基金儀表板，使用 API 整合來跟蹤和提高產品表現。在 YYY 公司工作了八個月後，我清楚地意識到自己對處理、分析大型數據，以及對企業產生影響有巨大的熱情。

POINT

❹ 使用動詞 I worked as.../analyzed/built，比起 my experience as.../my experience provided me... 生動並且有力量。

❺ 使用 topic sentence（畫底線的部分）：每段的第一句話就是整段的大綱，並用接下來三到四句話做補充。

❻ 第一句話交代 what：用了什麼技能做了什麼事（使用 Python 和 MySQL 收集內部和外部對沖基金數據，並向基金經理提供建議）。

❼ 第二句話交代 so what：有什麼成果、價值（基金經理便能夠知道他們基金的主要驅動因素，並能夠相應調整其持倉）。

❽ 假設跟前實習生的對話得知團隊主管喜歡主動積極的人，就能在求職信特別加入自己如何掌握主動權，除了做好份內工作，如何更進一步改進現有流程。

❾ 因為實習通常都是兩到三個月，如果有比較長的實習（讓人覺得接近真正的全職工作）可以加以強調，否則許多主管都覺得實習其實不算真正的「工作經驗」。

My interest in programmatic advertising❿ was sparked last semester by Vivienne's stories about her experience with your team. Not only did she tell me a lot about her day-to-day responsibility and the team culture but she introduced me to the basics of the programmatic advertising industry. In the next semester, as a Student Data Scientist at Dow Jones Group, I also got the chance to learn about web analytics, which led me to study more about the field and obtaining Google Display & Video 360 Certification and Google Analytics Individual Qualification. ⓫ I see several opportunities for me to apply my analytical skills in this field, and I am very excited.

上學期，薇薇安分享了在您團隊的工作經驗，啟發了我對程序化廣告的興趣。她不僅告訴我許多關於日常工作責任和團隊文化的事，還向我介紹程序化廣告行業的基礎知識。而下學期，作為道瓊斯集團的學生數據科學家，我也得到了學習網站分析的機會，促使我更深入地研究這個領域，並獲得了 Google Display & Video 360認證，以及 Google Analytics 個人資格證書。在這個領域，我看到一些能應用我分析技能的機會，因而感到非常興奮。

POINT

❿ 若透過跟前實習生的對話得知，團隊主管非常重視員工對這個產業的興趣，就可以特別強調這點，以及相關經驗和努力。

⓫ 這段先解釋對產業的興趣，再帶到其他相關的經驗和證書，這樣邏輯比較通順，也較有說服力。這裡應用到前面說的技巧「將點連成線」，跟前實習生交流、在某某公司做網站分析、考證書等等，這幾件事看起來好像順理成章地在因果關係下發生，但其實是幾個零散的經驗串成的一個故事。

A copy of my resume is attached for your reference. I'd love to speak with you ⓬ as I believe I am a good fit for the role. Thank you very much for your time and consideration, and I look forward to hearing from you.

附上我的履歷供您參考。我相信我十分適合這個職位，希望能與您對話。非常感謝您撥冗考慮，期待您的回覆。

Sincerely,
JJ Chen

真誠地，
JJ 陳

jjchen@gmail.com
111-222-3333

POINT --

⓬ 記住，公司挑人，你也挑公司，不用太過謙卑，而是表現自信的態度。用 I'd like a call/chat（我很樂意與您通話／跟您聊聊），比較接近一般跟客戶或工作夥伴平起平坐的口吻，I'd like to speak with you（我希望能與您對話）則更正式一點。

Chapter

03

用回家作業，證明你是最合適的人選

在美國，如果申請初階的軟體工程師、數據分析師、數據科學家、產品經理等工作，在通過了人資和用人主管的面試之後，不少公司會發給求職者一份「回家作業」。通常是正職員工工作時常遇到的問題，在去除公司內部機密後，簡化成幾道問題讓求職者解答。而這麼做的目的，是考驗求職者的工作模式、問題解決能力、思考邏輯以及溝通能力是否與職位和團隊適配。

雖然許多人對回家作業褒貶不一 —— 有些人認為，回家作業是無償為公司提供點子跟建議，不少資歷較深的求職者甚至會直接拒絕出回家作業的公司——但不可否認的是，許多初階的職位招募都會利用這道關卡來篩選面試者，而資歷淺的求職者也較缺乏談判籌碼，所以回家作業幾乎成為一道新鮮人求職時不可避免的面試難題。

我在紐約申請數據分析師的正職時，總共做了三份數據分析的「回家作業」，每一份都讓我成功晉級到最後一輪面試。

第一份作業來自一家數位廣告顧問公司。總共有兩個部分，第一部分是測試 excel 使用能力，對方給了一個資料集，並詢問一些基本 excel 運算和操作的問題，像是營收的總和等等；第二部分則是測試分析能力，提供網頁的 URL 和訪客數，要我分析哪些關鍵字或內容最熱門，分析結果還要做成簡報呈現。這份作業交出去之後，主管跟另外兩名同事在面試時都很滿意，更說我簡報設計得很漂亮。

第二份與第一份十分類似，來自一家專攻 email 廣告的公司。他們也是提供一個 excel 資料集，不過沒有任何明確的問題，只是指示我分析資料，提出二到五個有趣的發現以及商業建議，並以簡報呈現。這份作業交出去之後，HR 馬上聯絡我說用人主管跟團隊很滿意，非常想要趕快進行下一階段面試。

　　第三份作業出自一家小型線上遊戲公司。他們請我設計一份十頁以下的簡報，介紹一個自己做過的數據分析專案，簡報對象是公司的 CEO、銷售、數據分析、產品工程、商業營運的副總。考量時間和熟悉度，我選了在哥倫比亞大學最後一學期剛做完的期末專案來報告。

　　這一章綜合了我在美國求職時做回家作業的經驗，以及訪問有許多招募經驗的資深產品經理和招募人員，希望能讓你更有方向且自信地面對這道關卡。

3-1

100 分的回家作業：
按照指示，但超越期待

> 主動多想一步、多做一點，
> 也別忘記展現積極和熱忱。

　　回家作業不只是考驗求職者的技術性能力，更是一個最接近實際工作的模擬情境。當我們拿到回家作業時，如果指示不夠明確，**在動工前一定要主動溝通詢問，幫助釐清作業的要求和標準。**

　　特別是當用人主管或人資有說歡迎詢問時，請務必把握機會主動寫一封 email 溝通，這樣不但能讓雇主知道你的工作風格，也能展現你對於這份機會的積極性，更能讓對方留下深刻的印象。

　　以下是一些詢問的例句：

- When do you expect this by?
  死線是什麼時候？

- Is there a preferred analytical tool for completing the assignment?
  可以使用哪些分析工具？

- Is there a limit on the number of pages/slides?
  是否有篇幅限制？

- Who is the presentation/report for? Is the audience technical or more business oriented?
  簡報或報告的目標聽眾是誰？是技術背景較硬的，還是商業導向的聽眾？

- Should I focus on the conclusion/solutions/recommendations more or the thought process?
  應該聚焦在結論／解方／建議，還是推導過程？

- How will the assignment be evaluated?
  作業會如何評量？

除了呈現自己的溝通和思考力，問問題還能幫助你更了解未來主管的做事風格。如果你問了問題，對方不理不睬，或是顯得不耐煩、敷衍了事，那就可以評估自己是不是適合在這樣的環境和領導方式下工作，也可以衡量是否值得你繼續花時間做作業、面試，甚至是加入這家公司了。

另外，大部分的回家作業通常在數個小時到一兩天內可以完成，有些公司也會提前告知正常來說需要多久。如果你發現回家作業佔據你過多時間，例如四到五個整天，或是覺得雇主是在利用作業，剝削免費的勞力和創意，那請務必優先排序其他的工作機會，並且衡量這家公司是否值得自己投入時間和精力。

記得，公司選人，我們也選公司！

按照指示，但超越期待

在釐清人資或主管的標準和期待後，請務必按照他們給予的指示製作回家作業。如果要求製作簡報，就不要交 Word 檔；如果

報告的篇幅是不超過五頁，就不要交十頁。**切勿自作聰明違反指示，這很可能讓主管覺得你難以溝通，無法遵照規範。**

當然，符合規範是基本盤，我們都會想更上一層樓，交出一份超越對方期待的回家作業，展現自己的工作能力和專業知識來驚豔主管。接著，就來分享讓回家作業脫穎而出的幾個技巧。

☑ 了解公司的使命、產品、主視覺

俗話說：「魔鬼藏在細節裡。」**如果你提交的作業能與公司品牌的性格和審美契合，能讓雇主更輕易認定你是適合的人選。**

舉例來說，如果你面試的公司看重極簡主義，你的回家作業在視覺呈現上就應避免繁複花俏的設計。若公司十分重視客戶體驗，回家作業思路便可以優先考量使用者經驗，商業模式或程式碼效率其次。

要達成這樣的契合度，可以透過瀏覽公司的官方網站、社群媒體、部落格，了解他們的使命和目標。也可以實際試用該公司的產品，並觀察主視覺設計，像是 logo 是什麼？主要顏色是哪些？用什麼字體？這些觀察都可以應用到回家作業中。

☑ 視覺化圖表

如果你的回家作業需要分析數據或資料，無論面試官是否要求，都盡量在作業中以視覺化圖表方式來呈現數據。**比起數字，圖表更方便讀者直覺地理解資訊，也更美觀。**除了使用 Excel 或程式語言中的 Library，你也可以利用 Tableau、Power BI 等視覺化工具來製作更精美、有設計感的圖表。

☑ 使用附註和附錄

大部分的回家作業都有頁數限制，一方面主管不希望浪費你太多時間，另一方面他們也沒有時間看一份二十頁的報告。如果有頁數限制，那就只能在正式內容中放重點，許多詳細的文字敘述或補充用的圖表，則必須使用附註或附錄。不是每一家公司都會在面試時請你簡報或討論自己的回家作業，因此，**使用附註和附錄除了能讓面試官在評價你的作業時，更容易理解你的邏輯思路，如果沒有當面呈現或討論的機會時，也可以讓面試官知道你完整的內容。**

如果作業形式為簡報，可以善用簡報下方的附註欄，在那裡加入該頁簡報的詳細內容或思考邏輯。

如果是數據分析、數據科學類的作業，可以精選最重要的數據圖表放在簡報或書面報告的正文中，而輔助的數據圖表則涵括在正文後的附錄（Appendix），**這樣既能確保頁數在規定範圍內，又可以展現自己在解題時的思考流程和付出的努力。** 除此之外，如果在面試時需要口頭報告，也可以在面試官提問環節中，隨時調出附錄的數據來支持自己的回答。

如果作業是寫程式，則可以善用備註（通常是 #），在程式碼後面加註某一行或某一段落程式碼的用途，方便面試官理解你的邏輯和思路。

☑ 多想一步、多做一點

一位曾面試過許多求職者的產品總監跟我分享，其實面試官一眼就能看出來一位求職者有沒有用心做回家作業。因此，投入時間跟精神完成是最基本的。他提到一位讓他印象深刻的求職者，

曾經在簡報完回家作業之後，主動提到自己額外想了四、五個能提升公司市場競爭力的策略，問面試官有沒有興趣看看，並與她討論？這位產品總監說，當時他馬上對這位求職者另眼相看，雖然她的策略不是每一個都十全十美，但光是她主動去了解公司產品、策略、做市場分析，就足以將她與其他求職者區隔開來。

你額外做的內容不用直接加進原本的回家作業中，可以獨立整理成一份檔案，並在提交回家作業時，於 email 中這樣說：

> ▪ I spent some time researching your competitors and came up with some ideas for improving your market share. I have attached an extra report titled "Competitor Analysis & Recommendations" in this email. If you are interested, I am happy to walk through the report with you and hear your thoughts in our next interview. Let me know if you have any questions!
>
> 我花了點時間研究競爭公司，並有一些關於如何提高市占率的想法。隨信附上一份額外報告，標題為「競爭對手分析與建議」。如果您有興趣，我很樂意在下次的面談中詳細介紹這份報告，並聽取您的想法。如果有任何問題，都請讓我知道！

如果是面試，則可以這樣說：

> ▪ I became curious about the user journey while working on the exercises. I tried using the product and created a user journey map. Would you be interested in seeing it and giving me some feedback?
>
> 在完成作業的過程中，我對於使用者旅程產生了好奇，於是實際嘗試了產品並繪製使用者旅程圖。您有興趣看看並給予回饋嗎？

■ I took some extra time to analyze the additional dataset and came up with some strategies for increasing click-through rate. Would you like to see it? I'd love to hear your thoughts.

我特別花了點時間來分析額外的資料集，並提出了一些增加點擊率的策略。您是否有興趣看一下呢？非常希望聽聽您的想法。

提交作業之前一定要做的事

在提交之前，**一定要仔細地檢查、檢查、再檢查。**也可以找一位朋友幫你讀一遍，如果能請一位已經有工作經驗的朋友，或是業界前輩給你建議，那更理想。請對方幫你確認沒有文法或拼字錯誤，思考邏輯和解決方法是否合理，作業內容、排版、設計是否能讓旁觀者也容易理解。

要請求別人幫忙時，可以**直接講出需求**（協助校對回家作業），**點出希望對方特別給予回饋的部分**（設計、解決方案等），**並清楚說明回覆時間。**例如：

Hi Melissa, I need your help (feel free to say no if you are busy!).

嗨，梅麗莎，我需要你的幫助。（但如果你很忙，請隨時拒絕！）

Could you proof read my take-home assignment for me? If so, could you let me know what you think about the design/solution/recommendation/thought process? If you see anything else that doesn't make sense, feel free to let me know too. I am asking you because you are the expert in this area and I value your input.

你能幫我校對一下我的回家作業嗎？如果可以，請告訴我你對設計／解決方

案／建議／思考過程的看法。如果發現任何不合理之處，都請隨時告訴我。之所以向你求助，是因為你在這個領域是專家，我非常重視你的意見。

I need to submit the assignment by Friday, so it would be great help if you could provide any feedback before EOD Thursday. Thank you so much for your help!

我需要在星期五之前提交這份作業，所以如果你能在星期四結束前提供回饋，會很有幫助的。非常感謝你！

　　最後，請在約定好的死線前交出作業。準時是達成期待的最基本條件，如果連回家作業都無法準時提交，那很難說服面試官你是一個可以信任、交付任務的員工。

　　我建議最好在截止時間前三至六個 business hour（工作時間）將回家作業回傳給面試官。舉例來說，如果死線是週五中午，那最好在週四傍晚或當天一早就將作業寄出。提前太多或壓死線，都可能讓面試官留下負面的印象喔！

儘管緊張，也不要忘記展現熱忱

　　回家作業是讓許多人頭痛的惡夢，再加上找工作本身的緊張和壓力，很多求職者可能都是中規中矩地趕緊交完了事。但是，回家作業對雇主來說，除了能考驗你的技術能力，也可以模擬實際工作情境，來測驗你的工作態度和軟實力。

　　換句話說，如果你能趁「模擬考」時，讓未來的主管體驗與你共事的感覺，並使對方覺得你非常正向、積極、有熱忱，那你就能從眾多求職者中脫穎而出。

例如，在剛拿到回家作業的指示時，可以這樣回覆 email：

- Thank you for sending this over! I am excited to get started on the exercises. I will start working on it shortly and let you know if I have any questions.

  謝謝您寄來指示！我已經迫不及待要進行了，很快就會開始著手，如果遇到任何問題，會再向您請教。

開始做作業之後，如果有問題需要釐清，可以主動寫信詢問，也是展現積極熱忱非常好的方式。例如：

I have been working on the exercises and have a few questions about the Keyword Analysis exercise:

我已經在進行回家作業，並有幾個關於關鍵字分析的問題：

1. Who will be the audience for the presentation? For example, will they be the marketing department, analytical department or C-suite?

   報告的受眾是誰？例如，行銷部門、分析部門還是高階主管團隊？

2. Is it okay if I make assumptions for the analysis and address them during the presentation? For instance, since the publishing date of each article is not included in the dataset, I could only assume that they were published around the same time and the number of visitors is only correlated to the title of the article instead of seasonality or time of the week...etc.

   如果我在分析中做出假設，並在報告時討論，這樣可以嗎？例如，由於資料集中未包含每篇文章的發布日期，我只能假設它們是在大致相同的時間發布，而且訪問者數量僅與文章標題有關，而非季節性或一週的時間點等其他因素。

3. Would it be okay if I add an appendix section and include the supplementary charts and tables in it? The number of slides excluding the appendix will still be under 5.

如果我新增一個附錄，收錄補充的圖表和表格，這樣可以嗎？不包含附錄在內的投影片數量仍然不會超過規定的五張。

Please let me know your feedback. Thank you.

請讓我知道您的建議。謝謝。

最後，在交出回家作業時，可以說：

- Thank you again for answering my questions. Please see the attached worksheets and slides. Let me know if you have any feedback. Thank you.

再次感謝您回答我的問題。請查看附檔的備忘錄和投影片。如果您有任何建議，都請讓我知道。謝謝您。

3-2

專業簡報的故事力

> 把背景、角色、衝突、解決的架構
> 應用到簡報。

　　不是每一份回家作業都需要做簡報，但是簡報絕對是最常見的回家作業形式之一，甚至有許多人建議，就算回家作業是繳交程式碼或書面報告，也可以做一份簡報總結。

　　除了回家作業之外，美國或外商的工作匯報、開會、提案也經常用到簡報。因此，**做出一份簡潔高效的英文簡報，絕對是國際職場重要的能力**。

　　「回家作業」雖然只是作業，但依然屬於商業簡報的一種。越能依照專業的規格來設計，就越能展現你的職場溝通力和簡報能力。在這一篇，就先來分享一些簡報設計常見的誤區，以及如何用故事的架構，讓簡報更生動、更具說服力。

英文簡報常見的誤區

☒ 不知道聽眾是誰

　　製作簡報的目的是有效傳達資訊，達到教育、溝通、說服等目標。因此，**製作簡報時應該把聽眾放在第一考量，思考如何能讓**

他們獲得最需要的資訊。不同的部門、職權和管理位階的聽眾，對於資訊內容和呈現方式都有不同需求，因此，在製作簡報前問問自己：聽眾是誰？他們最需要知道的資訊為何？為什麼他們會需要這些資訊？如何包裝與呈現，最能讓他們買單？

☒ 過度重視設計而忽略內容

我在讀大學時，班上同學普遍十分重視簡報的美術設計，通常會投入大量時間美化簡報，每次期中或期末上台報告就像開設計展一樣，每一組充滿設計感的簡報讓人印象深刻，但實際能留在腦海的內容卻寥寥可數。

在職場，**簡報的重點在於實質有用的資訊，而不是美工設計**。許多公司的設計團隊會設計主視覺和提供簡報模板給員工使用，美工設計的能力並非絕對必要。換句話說，除非你是應徵設計相關的職缺，否則請將心力放在撰寫簡報的實質內容和故事結構，至於美工設計只要簡單、清楚、易讀即可。

☒ 缺乏故事性

你是否曾經在聽完簡報之後納悶「等一下……所以問題是什麼？」「所以我們有需要幹嘛嗎？」缺乏故事性的簡報不只缺乏說服力和記憶點，甚至能讓觀眾在聽完之後一頭霧水想著：「我剛剛到底聽了什麼……」

比起冷冰冰的數據和事實，我們的大腦更偏好有起承轉合的故事。一個具有故事性的簡報，能讓聽眾更容易同理、記憶、更好說服。這樣的商業簡報應該清楚向觀眾傳達①為什麼他們需要知道這個資訊，②資訊的細節，及③他們應該採取哪些行動。

☒ 頁面過於熱鬧

不少人在製作簡報時，喜歡加入各式各樣的動畫、色彩、圖案、照片等設計元素，或是直接將文字複製貼上，將版面塞得滿滿，看起來十分熱鬧。但我們的眼睛和大腦並不擅長處理過度複雜和密集的資訊，當一頁簡報上有過多分散焦點的元素時，聽眾便很難閱讀、吸收資訊。

也就是說，動畫、色彩、圖案、照片等設計元素，**必須在能夠畫龍點睛的前提下適當使用**。除非能支持簡報的故事線，或是引導、加強視覺重心，不然應該盡量降低版面上令人分神或不相關的設計。

把故事結構應用到簡報結構

大家都喜歡聽故事，故事不但更容易讓人留下深刻印象，更能使人產生帶入感，因此更有說服力。但是，商業簡報跟故事到底該怎麼扯上邊呢？

根據《Everyday Business Storytelling》這本書，幾乎每一個扣人心弦的故事，背後都有四個元素：**背景（setting）**、**角色（characters）**、**衝突（conflict）**、**解決（resolution）**。以《羅密歐與茱麗葉》舉例：

- 背景：維洛那城有兩大世仇家族，卡普雷特家族和蒙特鳩家族，他們常常械鬥鬧事。

- 角色：來自卡普雷特家族的茱麗葉，在舞會上遇到來自蒙特鳩家族的羅密歐，他們兩個一見鐘情（還有一些其他的配角，像是帕里斯伯爵、茱麗葉表哥等等）。

- 衝突：
  - 兩個世仇家族的孩子意外墜入愛河，禁忌的愛只能偷偷摸摸地來。
  - 羅密歐意外殺死茱麗葉的表哥，被判流放。
  - 茱麗葉為了與羅密歐私奔，服毒假死，但羅密歐並不知道茱麗葉假死。

- 解決：最後羅密歐傷心過度自盡，茱麗葉假死醒來之後，也跟著殉情。

背景幫助建立世界觀，為後續發展鋪陳，使觀眾更容易進入情境。角色能使觀眾產生同理心和帶入感，並更加關心故事發展。衝突使觀眾產生好奇，加強他們看到最後的動力，並讓故事本身充滿跌宕起伏。最後的解決方式則能使觀眾懸著的心得以安放，產生知曉結局的滿足感。

這四個元素應用在商業簡報中，也能使簡報更生動有趣、更有說服力，同時也符合商業溝通常見的 Why-What-How 模型。

- 背景（Why）：向觀眾解釋簡報發生的背景，像是總體經濟狀況、產業發展趨勢、公司營運情況、營收、績效表現等等。

- 角色（Why）：這個簡報關係到的商業對象，像是客戶、用戶、公司員工等等。

- 衝突（Why）：商業上遇到的難題、挑戰、問題，像是競爭者的出現、市占率下滑、營收下降、員工離職率上升等等。

- 解決：
  - What：能夠解決衝突的辦法，像是新產品、新功能、行銷手

段等等商業策略。

- **How**：具體如何執行解決辦法。

下面舉一個假想的交友軟體公司新產品功能提案為例：

- 背景（Why）：最近兩年，交友軟體市場出現了許多競爭者，他們提供的產品與我們十分類似，因此搶走了部分市場占額。

- 角色（Why）：我們訪問的一位用戶表示，他本來時常使用我們的交友軟體，但是看到朋友使用其他新潮的交友軟體，也會下載來玩玩看，因此使用我們產品的時間便減少了。

- 衝突（Why）：由於 app 下載量和活躍用戶數下滑，導致我們今年第二季營收比去年同期下滑了14%。

- 解決：
  - **What**：推出「推薦」（Referral）功能，鼓勵用戶邀請更多朋友一同下載、使用我們的 app，增加下載量。
  - **How**：只要用戶每邀請一位朋友下載 app，該用戶就能得到十個額外的「超級喜歡」（super like）。
    - 更詳細的 **How**：時程方面，我們預計接下來兩個月內完成 ABC，三個月內開始進行 beta 測試。資源方面，工程部門需要完成 XYZ，產品行銷需要做 ABC，也需要協調數據部門做 DEF……

比起雜亂無章地一下解釋新功能是什麼、一下解釋為什麼要推新功能，這樣的順序和結構，更能夠幫助聽眾順著你的思路去思考，為什麼他們需要這個產品／功能／提案／策略？去理解這個產品／功能／提案／策略是什麼？如何執行？

由於我研究所唸的是數據分析，在紐約的第一份工作也是數據分析師，延伸上述介紹的「背景—角色—衝突—解決」模型，當你的簡報需要分析數據或資料時，我想提供一個更適用的架構。這也是我在哥倫比亞大學讀書時，學校一貫要求的簡報結構。而我在求職時所有的數據分析回家作業，使用這個結構成效都很好。

- **Agenda**（議程大綱）：這一頁會顯示簡報涵蓋的議程大綱，如果是回家作業的話可以省略。記得篇幅不要超過一頁。

- **Summary**（重點提示）：這一頁會呈現本次簡報的重點，簡要解釋這次簡報的原因、分析數據後的發現，以及商業建議。篇幅也不要超過一頁。

- **Background**（背景介紹）：

  - **the dataset**（資料集）：簡單介紹資料集的大小、變數等等，篇幅約一到兩頁。

  - **the problem/goal**（問題／目標）：這個分析需要解決的問題，或想達成的目標。篇幅一頁。

  - **assumptions**（假設）：大多時候資料不是完美的，在分析之前會需要做假設，像是你是假設缺失的資料是平均值、中位數還是用機器學習去預測可能值？它們會影響之後的分析結果，所以在嚴謹的數據分析報告中需要特別列出來讓聽眾知道。篇幅一頁。

- **Approach**（方法）：交代你是怎麼清理數據、用了哪些統計模型或機器學習模型等等技術細節。篇幅一頁以上。

- **Insights**（洞察）：分享你的分析結果，是否發現了什麼值得注意的趨勢或關聯性？有什麼有趣的發現？篇幅一頁以上。

- **Recommendations/Action Items**（建議／結論）：彙整所有分析之後得出的商業建議和結論。篇幅一頁以上。

- **Appendix**（附錄）：收錄所有其他的圖表。頁數不限。

出社會開始工作之後，我也發展出簡化版的數據分析簡報結構，更適用於普遍的商業簡報或 email。當然，也適用於頁數限制在三到五頁以內的回家作業：

- **Summary**（重點提示）：簡單解釋此報告／簡報／ email 的原因背景，重要洞察及商業建議。

- **Insights**（洞察）：包含所有與 Recommendations/Action Items（建議／結論）相關的重要資訊，例如數據分析發現、（一個新提出的）風險和報酬，或成本和收益評估、開會討論內容等等。

- **Recommendations/Action Items/Next Steps**（建議／結論／下一步）：基於 insights（洞察）得出的建議和結論，提出知道上面這些資訊後，下一步該做什麼？誰需要在什麼時間內做什麼事？都應該一一列出。

3-3

好的設計讓簡報更易讀好懂

> 使用字體、顏色、句法時留意易讀性。
> 並讓適合的圖片及清楚的數據為簡報加分。

製作簡報的時候，必須思考如何在短時間內提供明確又清楚的資訊給聽眾，並避免會讓人分心、或得耗費時間跟注意力閱讀詳細內容才能理解的簡報。本篇會分享如何從簡報標題、文字、圖片、數據著手，設計出易讀好懂的簡報，幫你的回家作業加分。

每個簡報標題都是頭條新聞

消極無力的標題是許多簡報的通病。許多簡報標題是「現況」、「營收」、「未來展望」這類名詞，聽眾必須詳細閱讀簡報內容，並加以思考消化後，才能歸納出該頁簡報的重點，導致根本無法專心聽講。

一個好的標題，能在第一時間將一整頁簡報的重點呈現給觀眾，觀眾只要讀完標題，心裡就能有個大方向：「啊，這家公司是租 DVD 起家，但現在是串流平台呀！」、「這個非營利組織旨在幫助低收入單親家庭。」、「本季收益原來比預期高！」能達到明確溝通的標題，**經常使用積極主動的語態**，使句子更簡潔、更容易理解。

如何寫出好的簡報標題呢？想想新聞標題。一個好的新聞標題，能夠簡潔、明確又生動地總結一則上百字的報導，**你的簡報標題應該也要像新聞頭版一樣鏗鏘有力、一目了然。**

無力又模糊的標題	簡潔、明確又生動的標題
About us 關於我們	We make shaving easy and painless 我們讓刮鬍子變得輕鬆無痛
Update 近況更新	Click-to-buy feature on track for beta testing 「點擊購買」功能正準備進行 beta 版測試
Timeline 時程	MVP ready in March, testing starts in April 最小可行性產品（Minimum Viable Product）將在三月完成，四月開始測試
Revenue 營收	Revenue is down 27% YOY due to market volatility 由於市場波動，營收較去年同期下降了27%

文字的易讀性為首要原則

文字是簡報最常見的元素之一。由於簡報不是書面報告，它的意義在於輔助簡報者傳達資訊，因此在製作簡報時，**要考量易讀性和精簡程度**，切勿將書面報告的文字段落直接複製貼上。避免聽眾在聽取簡報時，都在閱讀文字而無法專心聆聽簡報者的解說。

以下分享三種增加文字易讀性的方式：

● 字體：商業簡報內容應該使用好讀的字體，避免草寫、創意類的字體，且所有的簡報頁面最好使用同一種字體，避免混用不

同字體。粗體、斜體、畫底線的使用時機也應該一致，例如，重點資訊使用粗體、引述時使用斜體等等，以免混淆觀眾。另外，**文字大小應以能使最後一排的觀眾可清楚辨別為原則**，標題一般在字級40以上，內文則是20以上。

- 顏色：系統化地使用顏色，也能使文字更容易閱讀。調整文字本身的顏色，或 highlight 重要資訊，能使觀眾在更短時間內抓到重點。也可以針對公司的品牌和主視覺來選擇適合的顏色。使用顏色時，要注意顏色深淺、是否與背景有足夠的對比，確保觀眾能夠輕鬆地閱讀。

- 句法：條列式重點是簡報內文中十分常見的格式，**使用時請盡量將每一句的句型固定**。舉例來說，如果條列出來的都是單一名詞，那就盡量將所有的句式都保持單一名詞；如果每一句的開頭都是動詞或動名詞，就盡量保持句法一致。除了視覺上能夠統一，觀眾也較好理解。

句法不統一	句法統一
We will focus on growth in Q2 我們將在第二季專注增長	We will focus on growth in Q2 我們將在第二季專注增長
▪ User acquisition 　用戶獲取	▪ Prioritize user acquisition 　優先考慮用戶獲取
▪ Increase marketing spend 　增加市場推廣投入	▪ Increase marketing spend 　增加市場推廣投入
▪ Hiring 　招聘	▪ Hire social media specialists 　招聘社群媒體專家

| ▪ Growth metrics update 增長指標更新 | ▪ Define and update growth metrics 確定並更新增長指標 |

聰明使用圖片

許多人喜歡在簡報中使用圖片、GIF 等來豐富視覺效果，但常常使畫面過於雜亂，缺乏視覺中心。使用圖片最好的時機，是在描述 why（背景、角色、衝突）和 what（解決方案）的時候。此時，使用合適的圖片能夠最直接地傳達訊息，並激起觀眾情緒。

在選擇圖片時，記得問自己：這張圖片跟簡報內容相關嗎？符合簡報整體調性嗎？能夠為故事加分嗎？

圖片的風格在各頁簡報間應保持連貫性。避免一下使用童趣插畫，一下漫畫風，一下寫實風景照。圖片的排版也要保持一致性，維持畫面簡潔，例如，使用圖片時放滿半頁或全頁，而不是這一頁左上角一張圖、下一頁的右下角跟右上角各一張圖。

清楚又精準地展現數據

數據圖表是商用簡報中不可或缺的元素之一，使用數據能使我們的提案或分析更有信服力，也能夠幫助決策者做出更加客觀理性的決策。下面八個小技巧能夠幫助你更清楚地展示數據圖表：

● **使用圖表，避免表格**：圖表比表格更直觀，更容易讓觀眾看到趨勢和比較數字，所以能夠視覺化的表格，應盡量以圖表呈現。

- 資料標籤（Data label）要夠大夠清楚：許多 excel 或視覺化工具自動生成的資料標籤字型會偏小，如果要在簡報中呈現，記得要調整字級大小，讓觀眾能看清楚。如果字級放大後沒辦法容納所有的資料標籤，挑選重要的幾項即可。

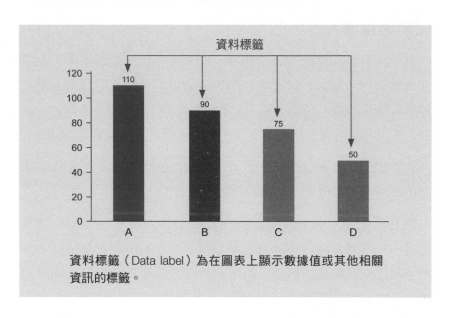

資料標籤（Data label）為在圖表上顯示數據值或其他相關資訊的標籤。

- 避免圓餅圖：研究顯示圓餅圖其實並不直觀。比起面積，人類更擅長比較長度和高度，所以**長條圖通常比圓餅圖更適合做為視覺化的選擇，具有時序性、趨勢性的數據更是如此**。如果要使用圓餅圖，餅數最好不要超過五塊，並且是沒有時間變化的數據。在每塊餅上最好也附註百分比或數字，協助觀眾理解、比較。

- 長條圖應該要排序：長條圖除了能用來呈現趨勢，也能用來比較不同類別的數量，例如不同水果第二季的銷售額。在比較不

同類別時，為了方便讀者一眼快速得知哪個類別最多、最少，長條圖應以最多到最少（或相反，看想要表達的重點是什麼）來排序。如果 x 軸是日期，則按照日期排序即可，不需要按照數量排序，不然日期會亂掉。

- 簡化 XY 軸：在 excel 或其他視覺化工具自動生成的圖表中，XY 軸可能會有很細的區間。舉例來說，每 100 個單位就有一個區間，但是數據的範圍從 300 到 10,000 都有，那 X 或 Y 軸上的區間太多，就會顯得很雜亂。如果將區間改為每 1,000 個單位，便會清爽許多。同理，日期如果以天為單位太多、太密，可以改為月或季度，視覺上會更簡潔。

- 簡化數字：不管是圖表或簡報敘述中的數字，都應該考量觀眾是否容易閱讀。小數點位數能省略則省略，超過一千的數字記得加上千位分隔符，如果數字非常龐大，也可以視情況採用較精簡的表達方式，例如以 1.5M 取代 1,501,375、87K 取代 87,234。

- 簡化圖例（legend）：excel 或其他視覺化工具製作的圖表中一定會包含圖例，觀眾必須閱讀圖例後再對應圖表上的顏色，以得知數據資訊。這些圖例放到簡報上不但常常太小看不清楚，對觀眾來說，也不容易快速理解資訊。所以，如果能將圖例和圖表結合，就應該盡量這麼做。甚至使用國旗、縮圖、標章等觀眾普遍都理解的符號來替代文字。

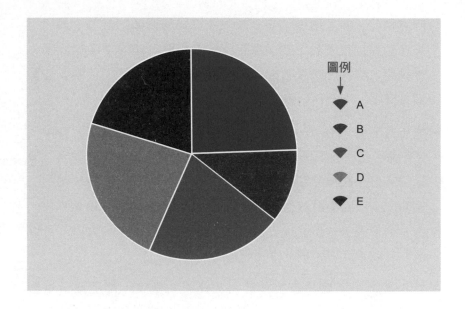

- 合併圖表名稱與簡報標題：許多圖表名稱與簡報標題幾乎一模一樣，導致頁面上字數多、資訊又重複，可以直接將圖表名稱納入簡報標題中，減少重複性。

3-4
回家作業實例分析

> 動工前，先歸納公司希望得到哪些資訊，
> 並在頁數限制內精準設計簡報。

　　本篇要解析的是我二〇二〇年在紐約找正職時，所做的其中一份作業，面試的職位是一家數位廣告顧問公司的策略與洞察分析師（Strategy and Insights Analyst）。作業總共有兩個部分，第一部分是使用 excel 分析廣告競價數據，第二部分則是分析網站的訪客資料。由於第一部分單純考驗 excel 操作能力，以下僅討論第二部分。

　　這份作業的概要，是公司的客戶 Foodie 想在某食譜網站上進行廣告宣傳，他們希望公司提供建議，以幫助他們決定：① Foodie 應該選擇哪些內容進行廣告宣傳？② Foodie 的廣告應該主打哪些訊息？

　　公司提供了某食譜網站最受歡迎的兩百道食譜，而我可以看到過去幾週內每道食譜的訪問人數。我的任務就是根據現有的數據，為 Foodie 提供一些觀察結果，好幫助他們做出上述①和②的決策。並將分析結果和建議整理成二到五頁的簡報。簡報為閱讀用，不需要上台發表，總共有一週的時間可以完成。

看完指示後，可以大致理解這份作業希望我們做四件事：① 處理並分析資料，② 建議 foodie 哪些食譜適合投放廣告，③ 建議 foodie 應該在廣告中使用哪些關鍵字／訊息，④ 製作二到五頁的簡報總結上述資訊。

　　在動工之前，也可以思考用人主管想要從這份作業中了解什麼？可能是以下：

- **求職者是否具備這份工作需要的：**
  - 數據處理和分析能力。
  - 整理資訊的能力。
  - 整合資訊並提出商業建議的能力。
  - 製作簡報的能力。

- **求職者如何思考、分析問題？**

- **求職者是否細心、在意細節？**

- **求職者是否能依照指示完成工作？**

- **如果遇到問題，求職者是否會溝通釐清？**

- **求職者是否對工作具有熱忱？有沒有反映在這份作業上？**

逐頁實例分析

☑ 封面

Ad Strategy & Insights for Foodie

給Foodie的廣告策略&洞察

 Presented by Vivienne Yang

January 19, 2020

- 由於作業是分析食譜網站的訪客資料，因此封面我放了分析結果中最熱門料理 Cajun 醬汁風味蝦（Cajun Shrimp）的照片，不但作為美術裝飾，也與分析作業相關。

- 主視覺顏色選擇和面試公司 logo 相同的顏色。

- 我習慣在封面的姓名旁邊放上個人照片，以增加個人特色和親切感。

- 頁數限制最多五頁，因此我將實際內容控制在四頁。

☑ 第1頁：概述（Overview）

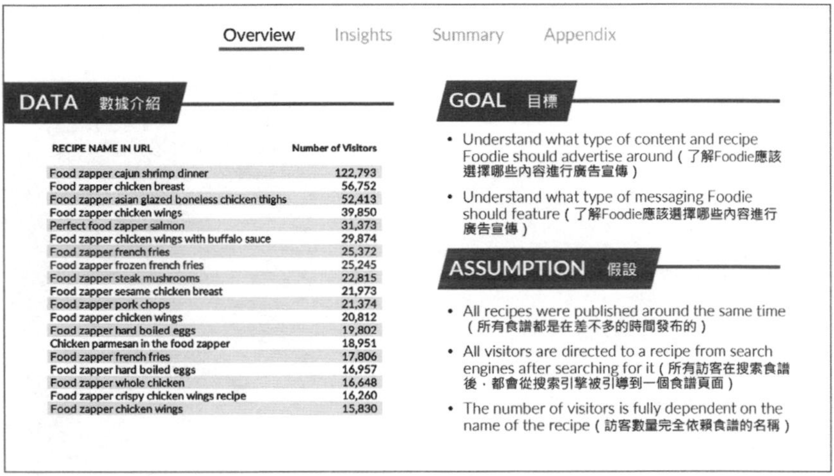

Overview　Insights　Summary　Appendix

DATA 數據介紹

RECIPE NAME IN URL	Number of Visitors
Food zapper cajun shrimp dinner	122,793
Food zapper chicken breast	56,752
Food zapper asian glazed boneless chicken thighs	52,413
Food zapper chicken wings	39,850
Perfect food zapper salmon	31,373
Food zapper chicken wings with buffalo sauce	29,874
Food zapper french fries	25,372
Food zapper frozen french fries	25,245
Food zapper steak mushrooms	22,815
Food zapper sesame chicken breast	21,973
Food zapper pork chops	21,374
Food zapper chicken wings	20,812
Food zapper hard boiled eggs	19,802
Chicken parmesan in the food zapper	18,951
Food zapper french fries	17,806
Food zapper hard boiled eggs	16,957
Food zapper whole chicken	16,648
Food zapper crispy chicken wings recipe	16,260
Food zapper chicken wings	15,830

GOAL 目標

- Understand what type of content and recipe Foodie should advertise around（了解Foodie應該選擇哪些內容進行廣告宣傳）
- Understand what type of messaging Foodie should feature（了解Foodie應該選擇哪些內容進行廣告宣傳）

ASSUMPTION 假設

- All recipes were published around the same time（所有食譜都是在差不多的時間發布的）
- All visitors are directed to a recipe from search engines after searching for it（所有訪客在搜索食譜後，都會從搜索引擎被引導到一個食譜頁面）
- The number of visitors is fully dependent on the name of the recipe（訪客數量完全依賴食譜的名稱）

- 在規畫簡報時，可以視情況和規定調整架構及設計。像因為這次簡報並非上台報告用，而是做完之後直接寄給用人主管和團隊閱讀，再加上頁數限制，我決定將數據介紹、目標和假設放在同一頁，並命名為 Overview（概述）。但如果是上台報告的話，我會盡量不在一頁簡報中塞這麼多資訊。
- 由於沒有多餘頁數可以放 Agenda（議程大綱），我在簡報最上面放了進度條，讓讀者知道大綱跟進度。

☑ 第2頁：洞察（Insights）

- 這一頁放分析數據之後得出的洞察，建議 foodie 哪些食譜適合投放廣告。同樣由於頁數限制，再加上相關的圖表太多，我決定將最適合投放廣告的食譜彙整起來，以文字和圖片呈現，並加上簡短的文字說明，分析過程使用的數據圖表則收錄在 Appendix（附錄）。

☑ 第3頁：洞察（Insights）

- 這一頁同樣也是彙整資訊並提供洞察，建議 foodie 應該在廣告中使用哪些關鍵字／訊息。在此，我幫每個關鍵字（crispy、perfect、easy）都加上對應的圖片，來強化訊息，並增加一些視覺趣味。

☑ 第4頁：重點提示（Summary）

Overview　　Insights　　**Summary**　　Appendix

Summary　重點提示

1. Advertise around recipes such as Cajun shrimp, chicken wings, chicken breast, fries, and low-carb food to gain the most exposure.
（在Cajun醬汁風味蝦、雞翅、雞胸肉、薯條和低碳食物等食譜進行廣告宣傳，以獲得最大的曝光。）

2. Feature "crispy, perfect, and easy" in the messaging.（主打「酥脆」、「完美」、「簡單」等關鍵字。）

3. Some recipe examples:（一些食譜名稱範例）
   - *Perfect crispy fried wings*（完美酥脆炸雞翅）
   - *The perfect and easy low-carb Cajun shrimp recipe*（完美又簡單的低碳Cajun醬汁風味蝦食譜）
   - *Crispy and easy French fries recipe*（酥脆又簡單的薯條食譜）

- 最後一頁，我總結了這份簡報最重要的內容：該在哪些食譜投放廣告？廣告中應該使用哪些關鍵字？

- 最後，我將前面兩點結合，提供了一些食譜標題的建議。

☑ 附錄（Appendix）

APPENDIX   附錄

- 我在寫作業前，寫信問了用人主管是否能加個附錄，收錄所有的資料圖表而不影響頁數限制，她說沒問題，所以我把與正式內容相關的圖表全都加進附錄裡。如同前面提到的，有疑問一定要主動向招募官溝通詢問，以釐清作業的規定和標準。

- 雖然只是附錄，但我在每一個圖表上方還是加上了簡單的解說和分析，讓主管能更清楚理解我分析問題的方式，以及我對這份作業的重視。

- 如果是更強調技術性的職位，例如程式能力、Excel VBA 等，可以在附錄中加上清理資料、程式碼等細節。不過，因為我申請的職位較偏向商業而不是技術崗位，便沒有這麼做，只有在下一輪面試時，簡單跟面試官口述處理資料的邏輯與方法。

column

上台報告注意事項

放鬆且自信的肢體語言

在你一上台的剎那，還沒開口，肢體語言便已經在向觀眾傳達訊息了。在商業簡報的情況下，我們想要向觀眾傳達自己有能力、值得信賴，因此維持放鬆自信的肢體語言很重要。保持肩膀放鬆、抬頭挺胸，在簡報時使用手勢來幫助表達，避免玩弄首飾、頭髮。上台簡報前，可以透過深蹲、開合跳或練習 power pose（力量姿勢），例如雙腳站開、手叉腰、雙手伸成大字型來熱身，並提升自信。

保持微笑

雖然「保持微笑」這個建議已經講到爛掉了，但是我出社會後，不知道有多少次一邊看著同事、上司或面試的人面無表情地念著簡報，一邊發呆出神。保持微笑能夠讓觀眾覺得更有親切感，感受到你對於簡報內容有熱忱，而更願意聽你說話。在上台前可以有意識地練習微笑，簡報中也適時提醒自己。如果怕忘記的話，可以指定屋內一個特定的物品為「微笑提醒」，像是水壺、筆記本等常見小物，只要看到指定物品就微笑。

維持呼吸節奏

我自己常在簡報時因為緊張忘了呼吸，或是因講得太快而憋氣，導致上氣不接下氣，整個人聽起來很喘。記得在上台前練習深呼吸，在

開始簡報前也不疾不徐地深吸一口氣，把氣吐乾淨後再開始說話。深呼吸的那幾秒還能先環視一下在場觀眾，利用這片刻的寧靜抓住觀眾注意力。在簡報時，也要注意呼吸節奏，給自己適當的停頓和喘息時間。甚至可以準備一瓶水，停下來問觀眾有沒有問題時，可以稍微喝水休息。

提前準備 Q&A，
但準備好被問到意料之外的問題

我們都知道上台報告前，要預測可能被問的問題並準備答案，但是也要有心理準備，自己可能被問到意想不到的問題，或是頭腦一時轉不過來，不知道怎麼回答。其實被上司、同事或客戶問到答不上來的問題非常常見，因此，如果在簡報時發生這種狀況不用緊張，可以明白地說自己一時沒有答案，之後會寄 email 補充說明。例如：

- That's a great question. I don't have the answer on top of my mind right now. I will follow up with an email right after the meeting.
  真是個好問題。但我目前並沒有答案。在會議結束後，我會立即用電子郵件補充說明。

- That is a very interesting question. I am curious too, but I don't have the answer right now. I will circle back after this meeting.
  這是個非常有趣的問題。我也很好奇，但我目前沒有答案。在會議結束後，我會再回頭研究。

如果對方要求你給出一個答案，你可以試著用現有的資訊做最可能的猜測，再強調自己回去之後會再 follow up：

- Based on..., my best guess is.... But, again, this is just my assumption. That was a really good question though. I will make sure to follow up with a detailed answer after the meeting.

  根據……，我所能做出最好的猜測是……。但再次強調，這只是我的假設。不過，這真的是一個很好的問題。在會議結束後，我後續一定會提供詳細的答案。

練習、練習、練習

　　沒有人是天生的簡報專家，說話語調、抑揚頓挫、流暢度、手勢、表情、眼神接觸、台風等演說技巧，都是透過不斷練習獲得的成果。在正式簡報前，一定要先從頭到尾演練一遍，順過一次內容。確定內容沒有問題之後，也要再計時練習，確定可以在規定時間內講完所有內容。我非常推薦對著鏡子或錄影練習簡報或演講，對於改善細節很有幫助。

Chapter

04

英文面試
不再緊張焦慮

4-1

面試前如何閒聊

> 在真實樣貌的基礎上，展現最好的一面，
> 進行正向的雙向交流。

　　不管是電話、視訊或現場面試，一開始一定會有 small talk（閒聊）。雖然都是講一些無關緊要的話，卻是與面試官的第一個接觸點，更是留下正面第一印象的好機會。如果正式面試還沒開始，就能夠在 small talk 時讓面試官產生親切、投緣的感覺，那之後的面試自然會順利許多。

　　面試會聊的 small talk 主題其實大同小異（更多主題，可以參考第 8 章及第 10 章），所以只要稍做準備都能夠對答如流。**我建議大家在回答這些基本問題時，記住正向跟簡單的原則**。首先，千萬不要抱怨，不要在面試一開始就把氣氛定調在負面的情緒上。再來，回應保持簡短，但可以稍微分享一些不會太私人的資訊。「你好嗎？」是 small talk 必備起手式，記得除了說我很好，也稍微分享一些資訊幫助開啟話題。

How are you? 你好嗎？	
	▪ I am fine, and you? 我很好，你呢？
	▪ I am doing great! I just had a burrito from my favorite place in the city. How about you? 我很好！剛在城裡最喜歡的地方吃了一個墨西哥捲餅。你呢？

　　如果是週一或週二的面試，面試官通常會問週末怎麼樣，這個問題比「你好嗎？」更棘手一點，因為很容易一時想不起來，最好提前準備一個有趣但不會太私人的答案。

How was your weekend? 週末過得如何？	
✕	▪ Umm, I don't remember what I did over the weekend. 嗯……我不記得週末做了什麼。
◯	▪ It was great! I read a book about business storytelling/ went to the gym and cooked a healthy meal. 很棒！我讀了一本有關商業說故事技巧的書／去了健身房並煮了健康的一餐。

　　同樣地，如果是週三到週五之間的面試，詢問面試者週末的規畫也是很常見的話題。

> **What's the plan for the weekend?**
> 週末有什麼計畫？
> ....
> - Hmm, that's a good question. I haven't thought about it. Do you have any plans? What do you do on weekends?
>   嗯，真是個好問題。我還沒有想到。你有任何計畫嗎？你週末通常都做什麼？
> - My friends and I are doing a board game night at my place on Saturday. How about you?
>   我和朋友們計畫週六晚上在我家舉行桌遊之夜。你呢？

另外，不管是什麼形式的面試，面試官也很常問住哪裡、通勤多久這類問題。視訊或電話面試也常聊到天氣、有沒有進辦公室等等，一樣記得保持正向的回答。

> **How's the weather over there?**
> 那邊的天氣如何？
> ....
> - It's a little rainy here in New York. How about the weather in San Francisco? I hope it's better than New York!
>   紐約這裡有點下雨。舊金山的天氣如何？希望比紐約好！
>
> **Are you working from home/the office?**
> 你現在在家工作／進辦公室嗎？
> ....
> - I am on a hybrid work schedule. I usually go in from Monday through Wednesday. How about you?
>   我是採用混合工作時間表。通常我週一到週三進辦公室。你呢？

最後記得，small talk 就是聊天，因此是雙向的，除了讓面試官一直問問題，你也可以主動攀談。

我們公司是……

稍微聊完 small talk 之後，不少面試官在正式開始面試前，經常會先簡介公司跟職位，**而且是抱著完全不期待你會知道相關資訊的心態**。我一開始很驚訝，因為以前在台灣面試時，還被要求說出公司的六大業務部門。所以，剛開始在美國找工作時我非常不解，總覺得提前查資料是面試者的責任。但這除了可以顯示公司對求職者的尊重，還是一個很好的機會，**可以讓求職者客製化之後要說的內容**。

有些面試官會在介紹時，提到他們現階段的目標，甚至分享他重視的理念跟工作倫理。這時你就可以在自我介紹的時候，多用同樣的關鍵字，或是提及自己有同樣的熱忱或相關經驗，面試最後問問題也可以說：「I am curious about the...you just mentioned. Could you tell me more about it?」（我對你剛提到的……感到好奇。你能告訴我更多資訊嗎？）

我找實習時面試了一家新創公司，職位是銷售分析師，面試官在開頭提到她很重視同理心跟消費者經驗，她覺得透過理解消費者的購買經驗，才能有效改善銷售流程跟績效。我剛好也十分認同，就把自我介紹跟「了解消費者、同理心、分析消費者」相關的內容特別強調了一番，要不然我通常會更著重在資料分析的面向。果然面試官龍心大悅，不但過程超順利，結束的時候還說跟我聊天真開心！

換句話說，**使用面試官慣用的單字，多強調面試官重視的面向，都能夠有效地增加公司文化契合度**。不過，記得不要說謊，理念不同就不要硬拗，在面試的時候保持真誠還是很重要的！

重視個人特質

另外,我觀察到美國的面試官多半重視個人特質,除了衡量面試者的資歷和專業知識,也會考量個性、氣質、溝通處事的方式是否適合共事,也就是英文中所說的 culture fit(文化契合度)、team fit(團隊契合度)。

那面試官一般如何衡量個人特質呢?從你的 small talk、談吐、對問題的第一反應,可以判斷你是外向或內向、活潑熱情或冷靜沉著。從面試中常見的開放式和假設性問題,也能夠了解你思考問題的方式、與他人共事的風格、溝通模式等。我甚至在面試時,被作風比較輕鬆親切的面試官問,下班之後的興趣是什麼?週末喜歡做什麼?

那你可能會緊張,是不是要變成某種樣子,比較容易被錄取?其實,這還真的不一定!每一個主管、團隊和公司偏好的特質都不同,有些老闆喜歡很有想法、做事獨立主動的員工,有些喜歡聽命行事的下屬,有些可能覺得團隊死氣沉沉,想要找個活潑的人。你在真正跟他們共事前,完全沒辦法預測他們喜歡怎麼樣的人。因此,我們能做的最好準備有兩個。

第一,做提升版本(an elevated version)的自己。我們不需要為了迎合雇主,在面試時改變自己的性格和說話方式,逼自己變成另一個人,如果因此獲得了工作機會,難道接下來幾年要繼續演下去嗎?所謂的「提升版本的自己」,就是在真實樣貌和特質的基礎上,去展現自己最好的那一面。每個人的提升版都不太一樣,舉例來說,因為我是比較活潑的人,所以稍微打扮、增加氣色、打起精神,展現自己社交、好奇的那一面,就是提升版本

的自己。你可以想想，自己狀態好的時候是什麼樣了？試著在面試時展現出來吧！

第二，**一定要練習面試問題！** 面試本身是一個獨立的技能，面試官只能依賴你在面試時提供的資訊做僱用決定。如果沒辦法用有邏輯又流暢的方式闡述自己的經歷和技能，不管工作能力再強，個性再討喜，都無法完整地展現出來。

接下來，我們會詳細介紹英文面試必備題型，以及實用的面試準備模板喔！

面試四大必備題型

自我介紹、為什麼要來我們公司？
你有沒有○○○的經驗？你有什麼問題要問我嗎？

自我介紹（Tell me about yourself）

幾乎是所有面試的起手式，好的自我介紹不但能給面試官留下正面的第一印象，更會影響後續面試的內容與氣氛，因此，**準備好精簡又精彩的自我介紹，是每個人必備的課題**。工作面試中的自我介紹，是面試官想知道你是不是這份職位的理想人選，換句話說，你能為團隊帶來什麼價值？你的性格、經驗和技能是否符合這份工作？

然而，要說得精簡又打中面試官的心其實不容易。我們在第2章中討論了從職缺描述找出相關性的方法，建議大家在準備面試前，再次仔細閱讀職缺描述，把這份工作注重的經驗和特質圈出來，並找出自己履歷中的相關性。題材準備好之後，就可以來架構自我介紹的內容了，主要分成三個部分：總覽、成功經驗／成果、總結。

第一，**總覽是開頭用一到兩句話來概括你的專業背景、現在的職位是什麼**。這麼做的目的，是幫面試官形成一個大框架，讓他

對你的背景有大致的了解。

- I am a product manager with 8 years of experience managing ad tech product.
  我是一名擁有八年廣告科技產品管理經驗的產品經理。

- I am a graduate student majoring in Data Science with particular interest in finance.
  我是一名攻讀資料科學的研究生，對金融領域特別感興趣。

　　第二是成功經驗／成果，中間大約用一分鐘的時間，提出兩到三個與該職位相關的成功經驗和成果。目的是幫面試官在履歷上畫螢光筆，點出與該職缺最直接相關的技能和經驗。這邊不需要講太多細節，比履歷上的條列式重點多三、四句話即可。如果面試官聽到有興趣的部分，會在後續面試中問你。

- I completed a project where I built an online tool that digested real-time data from multiple open source data sets and visualized rent prices in New York. I have been getting a lot of positive feedback from the users after publishing it on my website since it helps people understand very quickly the price differences and trends in New York City.
  我完成了一個專案，內容是關於建立一個線上工具，可以處理來自多個開源數據集的實時數據，並視覺化紐約的租金價格。將工具發布到我的網站上後，我得到了很多使用者的正向回饋，因為它幫助了人們快速了解紐約市租金的價格差異和趨勢。

　　最後，幫面試官總結自己為什麼適合這份工作？為什麼想要這份工作？

- I am excited about the Junior Data Analyst role at FindAPlace because I am eager to combine my skills in analytics, data visualization, and communication with my interest in real estate. I believe this role is the perfect next step because…

  我對擔任 FindAPlace 的初級數據分析師感到興奮，因為我渴望將自己在分析、數據視覺化和溝通方面的技能，和房地產的興趣結合起來。我相信這個職位是我職涯完美的下一步，因為……

在自我介紹完之後，可以透過反問對方問題，來避免尷尬或爛尾的狀況，也能順勢將面試變成雙向對話。

- Is that what you are looking for?

  那是你要的嗎？

- Do you have any questions for me?

  你對我有任何問題嗎？

- Do you have any concerns with my background or skill sets that I just shared with you?

  你對我剛剛分享的背景或技能有顧慮嗎？

為什麼要來我們公司
(Why are you interested in working here?)

要說出想去夢幻公司的十個理由很簡單，但不是每一份面試的工作都是我們夢寐以求的，這時候可以從三大方向著手：**公司特色、相關工作經驗、熱忱與使命。**我自己習慣三個方向都各給一個理由，但如果內容太長的話（回答應盡量在兩分鐘內），我會

選擇「相關工作經驗」搭配另外兩項其中之一。畢竟說到底，面試官的最終目的，還是要衡量你到底有沒有相關的經驗和技能，可以勝任這份工作。

公司特色：可能是公司的文化很吸引你，可能是你體驗過的產品或服務讓你印象深刻，或公司會提供完善的訓練和內部輪調機會。可以透過多上網查資料或四處打聽，來收集這些資訊。

- Diversity, equity, and inclusivity is important to me. I know that it is an important value at Google, but what surprises me the most is that Google really embodies this value through the products, courses, resources, and content it puts out. Based on what I heard from my friends at Google, there are also many employee-led groups which I would love to join if I work here.

  多樣性、公平和包容對我來說很重要。我知道這是 Google 的一項重要價值觀，但最讓我驚訝的是，Google 透過產品、課程、資源和內容來真正體現這一價值觀。根據我從在 Google 工作的朋友聽到的，也有許多由員工主導的團體，如果我在這裡工作，我會很樂意加入其中。

相關工作經驗：透過仔細研究職缺描述，找出自己的產業、經歷、技能或興趣重疊的地方加以強調。如果產業及職位與你現階段的不太一樣，可以著重在可轉移技能和興趣。

- The second reason is the product. I want to feel connected to the products I am selling or helping the clients with. So, I want to work at a company where I can work on products that I personally use and love. Google Ad Manager, AdSense, and Think with Google are exactly that.

  第二個原因是產品。我希望能對自己銷售、或用以幫助客戶的產品產生連結。因此，我想要加入的公司，是可以讓我參與開發自己很喜歡、且有在使用的產品。而 Google Ad Manager、AdSense 和 Think with Google 正是這樣的產品。

熱忱與使命：你可以強調自己的價值觀與公司使命十分契合，並提供一些個人經驗、故事或特別的興趣來支持自己的論點。通常使命感強烈的小型新創公司，對於這類型的契合度十分重視，可以多強調。至於大規模跨國公司的使命通常比較籠統一點，而且單一員工能發揮的影響力，相對中小型公司小非常多，過度強調使命感或價值觀會有點假，這時可以多強調前兩個面向。

你有沒有○○○的經驗？
(Tell me about a time when...)

　　第三個面試一定會被問到的，就是「你有沒有○○○的經驗？」。這個問題的目的，是面試官用來了解你做事風格、思考方式、解決問題的能力和學習能力。雖然是從你的個人經驗出發，但由於回答的彈性、內容、範圍非常廣，要回答好這個問題其實不容易。在沒有妥善準備和練習的情況下，很容易一時腦袋空白，或是解釋來龍去脈時結結巴巴。因此，**使用回答架構和提前準備故事非常重要**。

　　我現在最常使用的架構是「背景—行動—結果—學習／應用」。這跟我們上一章介紹的簡報故事結構十分相似，都能夠讓你井然有序但又生動地描述一項工作經驗。

| 1 | 背景
(Context) | 先用一句話描述你即將要給的例子：The situation occurred when I was working at X Company as a [role].（這個情況發生在我在X公司擔任【角色】的時候。）接著，用三十到四十秒的時間，簡潔扼要地把事發背景交代清楚。例如，當面試官問「你有沒有 |

在充滿壓力和不確定性的情況下工作的經驗？」（Tell me about a time when you handled a stressful and uncertain situation.）時：

- This is an example when I joined Company X as a programmatic analyst in the beginning of 2020. At that time, revenue was down 20% year over year. The increase in COVID cases and market volatility only made it worse. My manager left the company a week before I joined, leaving me with no mentor and some very poor relationships with other departments. Many teams were questioning if the data was reliable or if the ads team made any changes that impacted revenue and complained about the lack of communication from the ads team. It was definitely a stressful and uncertain situation.

  這是我在二〇二〇年初加入X公司擔任程式化分析師時的例子。當時，收入同比下降了20%，疫情病例增加和市場波動只讓情況變得更糟。我的主管在我加入的一週前離開了公司，讓我失去了導師，與其他部門的關係也非常糟糕。許多團隊都質疑數據的可靠性，以及廣告團隊是否做出了影響收入的變更，並且抱怨廣告團隊缺乏溝通。這絕對是一個充滿壓力和不確定性的情況。

| 2 | 行動
（Action） | 用大約一到兩分鐘的時間，將自己當時採取的行動逐項交代。記得不要自我審查，也就是說，不要因為覺得某個行動沒什麼大不 |

了的就省略不說。有可能你遺漏的那項，正是面試官在意的細節。舉例來說，你可能覺得擅長傾聽、有同理心沒必要特別講出來，但是這些特質或習慣，對於化解衝突和溝通來說非常重要。而且，沒有這些特質的人比你想像中還多，因此，在回答這類問題的時候，最好把你做的決定、採取的每一步行動都說清楚。

- Here are the actions I took to get this turned around in the following six months. The first thing I did was research. I read through all the documentation left by my manager and had conversations with important stakeholders to understand what happened in the past and what their needs were. The second action I took was to improve data reliability. I worked with the analytics team closely to review and clean up the dataset and reporting. Third, I...

  以下是我在接下來的六個月內為改變情況所採取的行動：首先，我進行了研究。我閱讀主管留下的所有文件，並與重要的利益相關者進行對話，以了解過去發生了什麼事，以及他們的需求是什麼。第二個行動是提高數據的可靠性。我與分析團隊密切合作，審查並清理數據集和報告。第三⋯⋯

3	結果 （Result）	大約用二十到三十秒的時間交代事情結果，如果是正向結果，可以引用數據佐證。

		▪ The results were very positive. In 6 months, the revenue was up by 20% year over year. In less than a year, the revenue was up by 120% year over year. 結果非常正向。在六個月內，收入同比增長了 20%。不到一年的時間，收入同比就增長了 120%。
4	學習／應用 （Learning/ Application）	不管是正面或負面的例子，你都需要準備這個部分。如果是正面案例，面試官很有可能會問你，有哪裡你覺得不是很滿意，可以做得更好？如果是負面案例，則一定要在講完結果之後，主動分享自己從這個狀況裡學到了什麼？從那之後如何應用失敗的經驗？或是日後發生類似的狀況，你會怎麼做？ ▪ The biggest lesson I learned from this experience is… 從這次經驗中，我學到了最重要的一課是…… ▪ My biggest takeaway from all of this is…. Moving forward, if something similar happens, I will make sure to… 這一切中，我得到的最大收穫是……未來，如果發生類似的情況，我一定會……

　　而下面列出常見的問題類型，我建議準備三到五個萬用故事，反覆練習：

解決衝突 **Conflict resolution**	● 你和你的主管意見不合的一次經驗。 ● 你在工作中感到挫折的一次經驗。
領導力 **Leadership**	● 你展示領導能力的一次經驗。 ● 你以創意解決問題的一次經驗。
團隊協作 **Teamwork and** **Collaboration**	● 你必須說服某人的一次經驗。 ● 你必須與和你非常不同的人合作的經驗。
時間管理和優先排序 **Time management** **and prioritization**	● 你面臨緊迫死線的一次經驗。 ● 你不得不同時管理多個專案的一次經驗。
適應力和壓力管理 **Adaptability**	● 你需要在壓力下工作的一次經驗。 ● 你需要在沒有足夠時間或資訊的情況下 做出決策的一次經驗。
犯錯 **Mistakes and** **failures**	● 講述一個你犯過的錯誤，以及你從中學 到了什麼。 ● 你沒有趕上截止日期的一次經驗。

　　如果你尚未在江湖遊走多年，或是很幸運地沒有遇過會指使你幹非法勾當的老闆，卻被問到一個沒發生在自己身上過的狀況怎麼辦？這時，可以轉換主題，問面試官能不能分享其他你有經驗的案例。

▪ Manager: Tell me about a time when you were asked to do something unethical at work.
主管：談談你在工作中被要求做不道德之事的經歷。

You: I have been very fortunate in the sense that I have not been in a situation where I was asked to do something unethical. That said, I have a couple of other options that we can talk about. I can talk about a time when I saw a problem and stepped up to address it. Or, I can focus on a conflict type of example. What do you prefer?

你：在這方面，我非常幸運，沒有遇過被要求做不道德的事。不過，我還有其他一些我們可以討論的選項。我可以談談我看到問題並主動解決的一次經歷，或也可以聚焦於衝突類的例子。您更偏好哪一個選項？

你有什麼問題要問我嗎？
(Do you have any questions for me?)

雖然面試大部分時間都是雇主問問題、求職者回答，但是別忘了，他們選員工，我們選公司！在面試最後十分鐘，面試官通常會問你有什麼問題想要問他，一定要好好利用這個時間來收集更多資訊。以下針對幾個常見的面向提供問題範本，大家可以根據想要更了解的領域提問。最後要記得，這是雙向對話，可以將問題融合先前的對話內容，會比條列式一項一項問更自然喔！

在問問題前 可以使用的開場	■ Since you mentioned X just now, I am curious about... 你剛才提到了 X，正好我對……很感興趣。 ■ So, earlier we were talking about X. I have a few questions on that topic if you don't mind. 所以，剛我們談到了 X。如果你不介意的話，我有一些相關的問題。

職位和工作	■ What does the day-to-day look like for this role? 這個職位的日常工作是什麼樣子？ ■ What are the challenges the team is currently facing that this role can help solve? 團隊目前面臨的哪些挑戰，是這個職位可以幫忙解決的？ ■ What are some additional skills that would be a good fit for this role? 有哪些額外的技能適合這個職位？
工作績效衡量	■ How do you measure success? 您如何衡量成功？ ■ What are the most important things you'd like to see me accomplish in the first 3 months, 6 months, and 12 months on the job? 在我入職的三個月、六個月和十二個月，您最希望看到我達成的最重要事項分別是什麼？ ■ What would make someone the ideal candidate for you? 對您來說，理想的候選人要具備什麼特質？
團隊	■ Can you tell me more about the team(s) I will be working with? 您可以告訴我更多日後要合作團隊的資訊嗎？ ■ What team will I work with most closely? 我會與哪個團隊密切合作？ ■ What is the atmosphere like on the team? 團隊的氛圍如何？

主管領導風格	• How do you foster collaboration on your team? 您如何促進團隊之間的合作？ • What are the things that are most important to you as a manager? 作為一位主管，對您來說最重要的是什麼？ • How would you describe your leadership style? 您如何描述自己的領導風格？
公司經營狀態	• What direction is the company heading over the next few years? 在接下來的幾年，公司的發展方向是什麼？ • What are the top 3 goals the company is focused on? What role does the team play to help meet these goals? 公司關注的前三個目標是什麼？團隊在實現這些目標方面扮演什麼角色？ • I read about the layoffs that happened a few months ago. What is your opinion on how the company is positioned for the future? 我讀到了幾個月前發生的裁員事件。您對公司未來的定位有何看法？
公司文化	• How does decision making work here? 在這裡，決策是如何進行的？ • What is your favorite part of working here? 在這裡工作，您最喜歡的部分是什麼？ • If you have the power to change one thing in the company, what would that be? 如果您有能力改變公司的一件事，那會是什麼？

成長和學習機會	▪ What does the onboarding process look like? 入職流程會怎麼進行？ ▪ Will there be trainings for new employees? 新員工會接受培訓嗎？ ▪ What learning or professional development opportunities are available to the employees? 員工可以獲得哪些學習或專業發展機會？ ▪ What is the typical career path for somebody in this position? 這個職位通常的職涯發展會是什麼？
面試官個人問題	▪ What's a typical day like for you? 您的一個典型工作日是什麼樣子？ ▪ Could you tell me more about your career? 能告訴我更多關於您的職業生涯嗎？ ▪ Why did you choose to join this company? 您為什麼選擇加入這家公司？
下一步	▪ Do you have any questions or concerns that I can address before we wrap up? 在結束之前，您有任何問題或疑慮需要我回答的嗎？ ▪ What are the next steps? 流程的下一步是什麼？ ▪ When will I hear back? 我什麼時候會收到回覆？ ▪ Is there anything I can provide you with that would be helpful? 有什麼我能提供幫助的嗎？

column

其他常見英文面試問題

你的長處是什麼？
(What is your biggest strength?)

準備這個問題的方式，跟自我介紹很像，都是找出職缺必須具備的特質，並找出自己相對應的經歷來佐證。

- One of my biggest strengths is staying calm and level-headed under pressure. I can give you an example of when I worked as a [position] at [company]...
  在壓力下能保持冷靜和沉穩，是我最大的優勢之一。我可以舉一個例子，當我在【公司】擔任【職位】時⋯⋯

你的弱點是什麼？
(Tell me about your weaknesses.)

在談弱點的時候應該注意幾件事。首先，它必須是一個實際又具體的弱點，回答似是而非的弱點，只會聽起來很高傲、沒有自我反省的能力，所以請不要說「我事事追求完美」、「工作能力太出色，時常遭到同事嫉妒」，相反地，你可以說「我腦子裡的完美主義者使我過度專注在小細節上，導致我得花更多時間完成一項工作」、「我很習慣直話直說，特別是給比較熟的同事意見回饋時，我不會多做修飾，或思考怎麼說比較委婉」。在挑選回答的時候，也必須避開職缺所需的重要特質。如果該職位需要你跟許多部門溝通協調，你卻說自己的缺

點是有溝通問題、常常跟同事吵架，那就很明顯不適合做這份工作。

另外，**強調這個缺點只會在某個特定的狀況出現，而不是常態性會發生的**。例如，不要說「我的缺點是情緒都寫在臉上，同事都很怕我」，誰想要花錢僱用這樣一個人？可以說「在沒有資源又死線很趕的狀況下，我容易把壓力寫在臉上，導致同事覺得我很可怕」。因為這個狀況很特定，可能也不常發生，比較不會讓人覺得是嚴重的缺點。

說話的藝術也很重要。不要說「我的缺點是……」，而是「**我正在改善的東西是……**」，並說明你正在採取哪些行動改進。這樣不但把對話轉為正向，也能傳達給面試官你有自省以及學習進步的能力。這個問題的重點，不是面試官想看你到底有什麼缺點，**而是你有沒有自覺和持續改進的動力**。缺點每個人都有，重點是你如何不斷精進自己、讓自己成為更好的版本。

One of the things I have been working on is being more confident and assertive at work.

我正在改善的東西是在工作中更加自信和果斷。

In situations where I was the only woman or the most junior person in the room, I tended to think that my ideas didn't matter and let people talk over me. I recognized that it not only made it harder for me to speak up but I was doing a disservice to the team by not contributing my ideas.

在我是空間裡唯一的女性，或年紀最小的情況下，我經常會認為自己的想法無關緊要，並容許別人對我插話。我意識到這樣不僅使我更難開口，而且也對團隊造成了損害，因為我沒有貢獻自己的想法。

➡ 說明在什麼情況下這項缺點會浮現、導致的影響是什麼。

As a result, I have been trying to speak up at least once in every meeting and ask my colleagues to be my accountability partners. That way, I can build my confidence and make sure I am making contributions in meetings.

因此，我一直努力嘗試在每次會議中至少發表一次意見，並要求同事成為我的監督夥伴。這樣一來，我就可以建立自信，確保我在會議中做出貢獻。

➡ 說明採取哪些行動改善，理想的結果或目標是什麼。

你未來幾年的規畫是什麼？
(What's your plan for the next 5 years?)

面試官問這個問題，是想要了解這份工作符不符合你未來的職涯規畫、是否真的適合你。但問題是，你的規畫可能隨時會變，如果回答了過於明確或死板的答案，面試官很有可能會因此認為這份工作不適合你，或你很有企圖心地說了想要一年半升遷，三年做到主管位置，但公司的升遷制度或團隊架構沒辦法達成你的要求怎麼辦？或是你其實想要五年後提早退休回家種田，但又不方便直接說怎麼辦？

這可能是我第一次、也是唯一一次在這本書建議不要給太過明確、專斷的回應。在回答這個問題時，**最好保持彈性，年數都給一個範圍，規畫也都保持籠統**。例如，一年半到兩年內，我想要變成這份工作的專家，或是特定領域或產品的佼佼者；三到五年內，我希望可以拓展自己的職責範圍，不管是成為團隊上的導師，如果有機會的話，也樂意晉升到管理職。

- In the first 1.5-2 years, I see myself becoming a true expert in my role. I plan to immerse myself in the position, educate myself as much as possible about all the products and offerings [company] has, really get to know the ins and outs of the business, and look for opportunities to make the team as successful as possible. After that, I am happy to expand my scope of responsibilities, and I am open to opportunities to mentor others or advance into a senior/managerial position.

  在最初的一年半至兩年內，我希望成為這個職位真正的專家。我計畫全身心投入這個職位，盡可能地學習有關【公司】的所有產品和服務，了解業務的方方面面，並尋找使團隊盡可能成功的機會。在那之後，我樂意擴大我的責任範圍，並願意擁抱指導他人或晉升到高級／管理職位的機會。

為什麼要離開現在的工作？
(Why are you leaving your current job?)

在回答這個問題時，記得兩件事：保持簡短、不要說現任公司的壞話，回答控制在三到五句話即可。以下提供一些理由：

- I wasn't looking to leave but stumbled across this job opening. It just sounded like such a great opportunity, and I just couldn't pass it up.

  我原本並不打算離開，但偶然發現了這個職位空缺。它聽起來就是一個絕佳的機會，我實在無法錯過。

- I realized that I am more passionate about working with people and wanted to move into a more client facing role.

  我意識到我對與人合作更加有熱忱，因此希望轉向更多與客戶接觸的角色。

- I am relocating to San Francisco next month, so I am looking in the area.

  下個月我將搬到舊金山，所以我在當地尋找工作機會。

- I think the company's area of work is where the industry is heading towards. I am very interested and want to stay ahead of the curve.

  我認為公司的業務領域正是產業發展的方向。我非常感興趣，並希望保持領先。

你工作之餘喜歡做什麼？
(What do you like to do outside of work?)

　　這個問題看似稀鬆平常，但回答起來也不簡單。如果是跟朋友聊天，那輕鬆回答即可，但由於這是工作面試，我建議保險起見，還是**盡量準備跟工作或公司產業相關的興趣，或是能留下正面印象的回答比較好**。舉例來說，根據業界傳聞，Spotify 就偏好僱用有音樂興趣或特長的求職者。另外，你也可以在面試前稍微研究一下面試官的 LinkedIn 或社交帳號，如果剛好有相同的興趣也能提出來。在回答完興趣之後，可以再補充三、四句話延伸話題，才不會太快句點。說完之後也可以反問面試官，把面試變成聊天也很棒。

- I like traveling and exploring different cuisines. My favorite destination is…. How about you?

  我喜歡旅行和探索不同的美食。我最喜歡的旅遊目的地是……你呢？

- I am big on learning languages. I am currently learning…

  我對學習語言很有興趣。我目前正在學習……

- I am very into reading books about business and psychology. A recent book I really enjoyed was…. Do you have any book recommendations on…?

  我對閱讀商業和心理學相關的書籍非常感興趣。最近我很享受的一本書是……你有關於……的書籍推薦嗎？

- I love going to the gym and having a healthy diet. One of my personal goals this year is…. What do you like to do in your spare time?

  我喜歡去健身房鍛鍊，並保持健康的飲食。今年我個人的一個目標是……你在空閒時間喜歡做什麼？

4-3
面試答不出來該怎麼辦

> 抱著可能被問倒的心理準備，
> 記住有時反應比回答本身重要。

我曾經好幾次面試，突然被問到技術細節特別高，或是意料之外的問題，就開始心跳加速、頭腦空白，支支吾吾說不出話來，面試完也懊惱許久。但是，這種情況是相當常見的！不知道該怎麼回答，通常是因為聽不懂或沒聽清楚問題，再來就是問題太籠統，不夠明確，甚至是問題超出自己的知識範疇。真的遇到了也不要驚慌，以下就來提供幾個應對的技巧。

保持正向心態

我們答不出來的時候，大腦進入戰或逃反應，便會開始緊張，想說完蛋了，面試官是不是在刁難我？我是不是搞砸了？

這個時候請記得，**一時回答不出來是很正常的**。我也好幾次回答不出來或答非所問，但依然拿到 offer，所以答不出來不是世界末日。另外，面試官不一定是因為不喜歡你而刁難你，而是刻意問比較難困難或籠統的問題，想觀察你的反應，看你在不熟悉或資訊不足的狀況下怎麼處理，**這時，你的「反應」就比回答本身更重要**。

最後，知識、技能和經驗，都可以在上工後透過訓練培養，就算是有多年工作經驗的老鳥，也會有需要請教別人的時候。因此，面試官不會期待求職者什麼都知道，好的公司也會因為有完善的到職訓練，而不會對於求職者的知識和經驗過於苛刻，而是更注重態度和適配度。

換句話說，保持著面試官立意良善的假設，並準備好有可能被問到意料之外問題的心理準備。如果真的發生了，就能更快穩住陣腳，從容冷靜地應對，不影響後續回答問題的心情。**而保持正向積極最簡單的方法，就是先肯定對方的問題**，例如：「Thank you for the question.」（謝謝您的問題。）、「That's a very interesting question.」（真是個非常有趣的問題。）、「Wonderful question. No one has asked me that before.」（很棒的問題。以前從來沒有人問過我。）

爭取時間

這能幫助我們穩住情緒，並給大腦更多緩衝來回應問題。有幾種方法可以爭取更多時間：第一是**請面試官重複問題**，像是：「Sorry, could you repeat the question again?」（抱歉，您可以再重複一次問題嗎？）、「Do you mind saying that again?」（您介意再說一次問題嗎？）或者，你也可以**覆述問題，並向面試官確認自己對問題的理解是正確的**，例如：「So, what I am hearing is.... Is that correct?」（所以，我聽到的是……這樣理解是正確的嗎？）

另外，你也可以直接**要求時間思考**，比如：「Hmm, do you mind if I take a second to think?」（嗯……您介意我思考一下

嗎？）、「Let me think about it for a second.」（讓我想一下。）如果你發現自己真的想不到怎麼回答，也可以**禮貌地問面試官可不可以先問其他問題**，等一下再回來回答：「Do you mind if we move onto other questions first and come back later?」（您介意我們先繼續其他問題，稍後再回來嗎？）

問問題釐清

有時候，一個問題很難回答，不一定是因為你不會，**而是問題太籠統、範圍太廣、資訊太少，很難一概而論**。Google 的面試問題就以模糊出名，例如：「你怎麼說服或影響利害關係人？」利害關係人是公司內部還是外部？是客戶還是合作廠商？過去和現在的關係如何？如果沒有這些資訊，其實很難回答這類型的問題，因此，問一些釐清的問題，除了能夠爭取時間，更能夠幫助我們將抽象問題具體化。例如：「Do you mind if I ask a few clarifying questions?」（您介意我問幾個幫助釐清的問題嗎？）、「Just making sure we are on the same page. When you said..., did you mean...?」（只是確認一下我們理解一致。當您說……時，您是指……嗎？）

承認自己不太確定

如果試圖釐清之後，還是不知道怎麼回答，那可能就是問題已經超出你的能力範疇，**這時候千萬不要不懂裝懂**。懂的人一聽就知道你在答非所問，還不如大方承認自己不熟悉、還在學習，或是對於答案不太確定，但還是想要試著回答看看，都可以讓面試官留下你很謙遜又積極的印象喔！你可以說：「I am not entirely sure if this is the correct answer, but my best guess is...」（我不完全確定這是不是正確答案，但我最好的猜測是……）、「That is not a concept I am familiar with, but...is something I am excited and trying to learn more about. For example, ...」（那是我不熟悉的概念，但……是我很感興趣並試圖了解更多的事物。例如……）

將話題導到自己熟悉的相關主題上

　　如果你很確定自己無法回答這個問題，那麼，四兩撥千斤將話題帶回自己熟悉的事物上，會比乾著急更有生產力。這邊要注意，**在你開始轉換話題之前，一定要先向面試官表明自己沒辦法回答問題，並詢問是否可以講另一個話題**。如果你直接忽視面試官的問題，自顧自轉換話題的話，面試官可能會覺得你根本沒聽懂問題，在答非所問喔！你可以使用的例句有：「This is not something I am familiar with, but I do have experience in.... Would you like to hear it?」（這是我不熟悉的領域，但我在……方面有經驗。您想聽聽看嗎？）、「I can't think of one right now, but I can give you an example when I.... Is that okay?」（我現在想不出答案，但我可以舉一個……的情況作為例子，可以嗎？）

展示思考過程

　　比起完美的答案，**很多面試官更好奇求職者的思考邏輯，和處理問題的方式**。受亞洲教育長大的人，可能很習慣給不出一百分的答案，就選擇不回答或說不知道。這麼做，其實無法讓面試官

了解你的實際水準，因為他可能會直接認為你的程度是零。答不出來的當下，**可以盡量和面試官對話，分享自己大腦裡的初步想法、猜測、思考方向等等**。比較和善的面試官會給你回饋、幫助你形成答案，當然也有毫無反應的黑臉面試官，但至少把現有的知識都說出來，也不至於讓面試官認為你什麼都不知道。你可以說：「So, here are a few things I would consider...」（所以，以下是一些我會考慮的點……）、「Here are a few things that are on top of my mind right now...」（以下是目前浮現在我腦海的幾件事情……）

如果會議室裡有白板或白紙的話，也可以將想法寫出來，和面試官一起討論：「Can I use the whiteboard to brainstorm?」（我可以使用白板來腦力激盪嗎？）「Do you mind if I lay out my thoughts on paper?」（我可以把思路在紙上呈現出來嗎？）

適時請面試官幫忙

記得，面試是一個雙向對話，面試官很有可能是你未來的主管和同事，他們在拿超難的問題考驗你的同時，你也要評估他們是不是你未來想要一起共事的夥伴。所以，假裝自己已經在跟他們一起上班，把他們當成你的組員和同事，遇到困難時，適時詢問他們的意見、請他們幫忙。這樣做，**除了能幫助你判斷他們的辦公風格，也能製造好感和熟悉度**。例如：「Am I heading in the right direction?」（我是否在正確的方向上？）、「I feel stuck. Can you give me some pointers?」（我卡住了，您能給我一些指示嗎？）

面試後追蹤

　　最後，如果面試時有認為自己回答得不好的問題，記得寫下來，並在面試結束後，心情和頭腦比較冷靜時，思考下次怎麼回答更好，或查資料補足缺失的知識。**你可以在面試後的感謝信中，表示自己不滿意某一個問題的回答，並附上完整的答案**，面試官一定會對你的積極和認真留下印象。

4-4

電話、視訊、現場面試的大學問

> 注意技術性問題，
> 並特別留意文化禮儀。

　　疫情過後，有越來越多的公司採取混合、或完全遠端工作的型態，因此，除了常見的第一輪招募人員電話面試（phone screening），有越來越多跟用人主管和團隊的面試改為視訊。

　　電話、視訊和現場面試各有優缺點。對於求職者來說，電話面試最輕鬆，還能用小抄，但能夠蒐集到的資訊不多；現場面試雖然要打扮、通勤、也比較有壓力，卻可以當面見到未來的主管、同事和辦公室，也更能從微表情、肢體動作等細節了解辦公室氣氛、主管性格等。對於雇主來說也是同樣的道理，他們會想要了解求職者的工作態度、性格、是否合拍這類履歷上沒有的資訊。通常第一輪都是電話面試，隨著公司投入越多時間和成本面試你，最後一輪幾乎都是現場面試，大公司甚至不惜成本支付機票和飯店費用，讓求職者到另一個城市與團隊見面。

電話面試要注意什麼？

　　電話面試時，對方接收到的資訊只有聲音，在沒有表情、肢體

動作等訊息輔助下，**使用正確的音量與聲調就非常重要**。說話音量一定要大聲到對方能聽得清楚，另外，記得面帶微笑，這樣聲音聽起來也會笑笑的，聲調也可以比平常多一些起伏，聽起來會比較生動，避免平板無趣的聲調。

另外，大家如果有準備自我介紹、公司、職位資訊的小抄，那在電話面試時可以好好利用。不過，**切忌像念稿子一樣回答問題，自然對話時會有的停頓、偶爾的填補詞（Um、well 等等）還是要保有**。也提醒一下，筆記是輔助工具，不是聖旨，在面試時還是要依照氣氛和調性隨機應變，千萬不要為了照稿演出，而答非所問或是硬掰。

如同前一篇提到的，**如果聽不懂，請面試官再說一遍，千萬不要硬是回答問題**。對於英文不是母語的我們來說，由於電話會受到收訊和雜音的影響，一開始可能常聽不清楚面試官說話，再加上沒有肢體動作等輔助資訊，電話面試其實相對吃力。但是，電話收訊不好或網路不穩定，在面試時很常見，美國也有許多不同口音，聽不懂、聽不清楚其實比想像中常見。遇到這樣的狀況，請務必請面試官重複問題，或是多問釐清的問題。

視訊面試要注意什麼？

首先是**確定採光良好**。視訊面試時，最好能夠找到穩定柔和的光源，例如窗戶的自然光、自拍補光燈等等。臉要面對光源，並跟光源保持在同一個水平面，避免側光、背光或天花板由上往下打的光，這些容易在臉上產生陰影，會給人可疑、神秘的印象。**背景也要盡量乾淨簡單**。打開鏡頭前，確定背景沒有雜物或人群走動，使用模糊背景或虛擬背景也可以。

而視訊時，畫面通常只會在胸部以上，這時，**使用手勢能夠增加可信度和生動程度**。如果雙手都藏在鏡頭下面，除了看起來沒自信、沒精神，對方也容易下意識覺得你在隱藏什麼，所以記得多使用雙手輔助溝通。也要**練習看著鏡頭說話**。當我們看著螢幕上的人臉時，其實眼睛是向下看的。必須看著那顆黑黑的鏡頭，才會讓對方覺得我們正對著他們說話，而不是對著螢幕。看著鏡頭其實很違反直覺，需要有意識地練習和提醒自己。你可以將視訊視窗縮小移到鏡頭旁邊，或在鏡頭旁邊貼一個小貼紙，幫助自己更容易聚焦。如果實在太困難，可以先從對方說話時練習看著鏡頭開始，久而久之會越來越自然。

現場面試要注意什麼？

☑ 提早抵達準備

面試當天可以提早十到十五分鐘抵達，大部分的公司都有接待櫃檯或辦公室經理，他們會負責接待你，並通知面試官你的到來。你可以先去上個洗手間、整理儀容、調整好狀態，等面試時間到了再到櫃檯報到。如果是在國外面試，務必留意交通時間。像紐約的地鐵非常容易誤點、沒開或開到一半卡住，西岸則是經常塞車，**請在交通時間以外預留半小時到一小時的時間**，如果太早抵達，可以先到附近的咖啡廳、公園晃一晃，避免把自己急死，影響面試表現。

☑ 如果對方 offer 飲料你就拿

到櫃檯報到之後，通常櫃檯人員或面試官會稍微介紹一下辦公室環境，然後問你要不要喝個咖啡或飲料，特別是經過冰箱、茶

水機的時候，這個問題99%一定會出現！請記住，**就算你當下不口渴，而且你自己有帶保溫瓶，還是要一杯飲料為上。**這麼做有幾個好處：第一，這顯示你很從容自信，不怕表達自己的需求。第二，你接受了他的好意，對方會覺得自己是個好的東道主。第三，就算你是不想麻煩別人而拒絕好意，這樣的「客氣」也會製造社交距離。第四，人們通常會更喜歡自己幫助過的人，一瓶飲料這種 small favor（小請求）老實說成本是零，對方又能覺得自己付出了，何樂而不為？第五，你可以趁機問對方：「有沒有推薦的飲料？你是咖啡派還是茶派？」又是一個 small talk 的機會。最後，你不知道等一下會不會講話緊張到口乾舌燥，又不好意思在面試途中去翻包包（我發誓這絕對沒發生在我身上過）。總之，**對方如果問了，拿就對了！**

☑ 坐在面試官旁邊，而不是對面

到會議室之後，你應該會看到一張桌子，面試官會請你坐下。這時要稍微等一下，**等面試官挑位子坐下時，挑他旁邊的座位坐**。如果是圓桌，就挑夾角九十度的座位，如果是方形或長方形，則挑鄰邊。當兩個人隔著桌子、面對面坐著，桌子會產生物理上的阻隔和距離，也容易讓我們有「兩個人是站在對立面」的感覺。但是，如果彼此面對同一個方向，則會產生「我們是一起面對問題的夥伴」的感覺，也跟平常在辦公室與另一名同事協作時的坐法更相近。不過，由於在面試時不太可能並肩而坐，**因此選擇夾角九十度的位子會更適合。**

☑ 保持適當眼神接觸

面試是一場對話，**維持眼神接觸能確定對方的狀態**，是否有專

心在聽、是否對話題有興趣、有沒有理解自己的話，**也能建立可信度和主導權**。如果面試時都低著頭眼神閃躲，容易給人不誠實、沒自信的印象。相反地，如果死死盯著對方都不眨眼，對方可能會覺得你很強勢、很有攻擊性。

☑ 遵循握手禮儀

在美國的商業場合，**剛見面打招呼和離開前都會握手。握手的慣用手是右手**，在打招呼和再見的場合，請確定右手是空著可以握手的，同時左手也不要插在口袋，容易顯得不禮貌。握手時通常雙方會站起來，手眼協調的話，左腳會自然往前邁一步。

千萬不要屁股黏在椅子上跟面試官握手，也要記得面帶微笑，並保持眼神接觸。看著對方的雙眼，你可能會覺得有點尷尬，這裡有個小技巧，你只要保持眼神接觸到你能看清楚對方眼睛的顏色就可以了，大約是一點五到兩秒的時間。握手時，雙方掌心對掌心，不要只握到對方的手指。握手的強度取決於對方的握力，我們不想要把對方的手捏爛，但也不想要握起來軟趴趴的，**正確的強度應該是雙方力度相當、握到稍緊即可**。

面試之後要做的三件事

不管是電話、視訊或現場面試，在結束後，有三件事情可以留下好印象，並讓後續的面試流程更順利。

☑ 詢問下一步

面試結束後，記得向面試官詢問接下來的流程：「What are the next steps?」（接下來的步驟會是什麼？）、「What would be the expected timeline for this role?」（這個職位預期的時間流程會是什麼？）

面試官可能會跟你說**什麼時候會回覆結果、之後還有幾關、會不會有回家作業等等**。知道了這些資訊，比較方便準備後續關卡，和規畫其他公司的面試。另外，你也可以詢問面試官的 email，方便之後寄感謝信和後續追蹤：「Can I get your email so I can send you a quick thank you note after the call?」（我可以跟您要電子郵件嗎？這樣我在通話後，就可以寄一封簡短的感謝信給您。）

☑ 寄發感謝信

面試的當天或隔一天，**最好寄一封客製化的感謝信**，在信中謝謝面試官今天的時間，並簡單提到一兩個讓你印象深刻的話題，最後重述自己對職位的熱忱。請避免寄送罐頭訊息，你可以針對面試中提到的議題、突發狀況、small talk 時聊到的內容，或是面試官可能有疑慮的部分（像是不知道答案，或回答不夠完整）做回應或補充，這樣就能達到客製化的效果。信件的主旨可以使用：「Thank you for your time today」（感謝您今天的時間）、「Thank you and happy weekend!」（感謝您，祝週末愉快！）、「Great chatting with you and thank you」（很高興與您交談，謝謝您）等等。

完整的信件範例如下：

Hi Rory,

嗨，羅伊，

Thank you for your time yesterday! I appreciate all the thoughtful interview questions as well as the insights you shared on the relationship and collaboration between your role and this position. The tips you shared at the end of our conversation, about being hungry, proactive, thinking global, and building relationships, really helped me learn more about working at Google and how success looks like there. Again it was great meeting you, and I hope we get to work together in the future.

感謝您昨天的時間！很欣賞您所提出的所有深思熟慮的面試問題，以及分享您是如何看待您的角色和這個職位之間的關係與合作。特別感謝您在對話結束時，和我分享了關於渴望成功、主動積極、全球思維和建立人際關係的訣竅，讓我對於在 Google 工作了解更多，以及要如何在那裡取得成功。再次感謝您，很高興能與您見面，希望將來有機會一起工作。

Best,
Vivienne

最好的祝福，
薇薇安

　　有些大公司不提供面試官的聯絡資訊給求職者，必須要透過招募官轉發。這時，你可以稍微跟對方更新一下面試狀況，並請他幫你轉寄感謝信給面試官。

Hi [recruiter's name],
嗨，【招募官的名字】，

Thank you again for coordinating the interview. I enjoyed my
conversation with Tom. Could you pass along the note below
to Tom when you get a chance? I look forward to hearing back
from the team. Thank you so much.
再次感謝您安排這次面試。我很享受與湯姆的對話。當您有時間時，能否轉達
以下的信給湯姆？我期待著能夠收到團隊的回覆。非常感謝。

Best,
Vivienne
最好的祝福，
薇薇安

【感謝信正文】

☑ 後續追蹤

　　如果面試後，過了好幾天或過了約定的日期依然沒有消息，
不需要擔心打擾對方，趕快寄信跟對方詢問狀況。招募或炒人對
公司來說都是商業上的決定，他們需要完成他們的工作，而你也
需要完成你的。當然，我們也不想要煩人，**適當的頻率是一週一
次，追蹤兩到三次**。如果三次後都沒有回音，那可以放棄這條線
了。假設你有在面試其他公司，理想上，你會希望在差不多的時
間結束所有面試，並順利拿到 offer，這樣才好互相比較、做出決
定（因為公司通常只給你幾天到兩週的時間）。因此，你也可以

在信中說明自己有在面試其他機會，希望能夠加快面試時程，不但能敦促回覆，如果對方並不打算繼續面試你，也能早一點知道答案。

Hi Kelsey,
嗨，凱爾西，

Happy Tuesday!
星期二愉快！

I wanted to check in with you and see if there's any news from the team. I had a great conversation with the team last Wednesday and am very excited about the opportunity. Please let me know if you need anything from me. I look forward to hearing the next step.

我想與你確認看看團隊有沒有任何消息。上週三我和團隊進行了很棒的對話，對這個機會也感到非常興奮。如果你需要我提供任何資料，請隨時告訴我。期待聽到下一步的消息。

Best,
Vivienne
最好的祝福，
薇薇安

現場面試的 dress code

在美國面試要穿什麼呢？

每個地點、產業、每家公司、每個職務對服裝的要求都不太一樣，甚至東西岸、城市郊區也會有地區性的差異。舉例來說，金融業一般需要穿著比較正式的服裝，就算是不用面對客戶的工程師，去上班時也要穿個襯衫。相反地，科技業的工程師通常 T-shirt、牛仔褲、球鞋套上就可以上班了。東岸普遍也比西岸更講究穿著打扮。

因此，**面試要穿什麼，還是要依照公司的 dress code**，你可以提前詢問招募官面試衣著，或公司大部分的人都怎麼穿？**大方向就是比公司正式一階**，如果大家平常都是 casual（休閒），那你去面試時就穿 business casual（商務休閒），總之不要偏離平均值太多。如果穿得過於正式或休閒，那到辦公室時會顯得格格不入，也可能間接影響到你的自信。

以一家穿著休閒的科技公司來說，如果是面試工程師的職位，你可以穿一件有領子的襯衫、長褲和介於球鞋與皮鞋之間的鞋子，穿全套西裝可能就會超奇怪。如果是需要面對客戶的職缺，那可以穿件 T-shirt 或襯衫，外面套西裝外套，下半身配西裝褲或牛仔褲都行。我自己面試時，都是一件淺色的圓領上衣（夏天穿 T-shirt、冬天穿毛衣），配深藍色的西裝外套，下半身搭配寬褲或牛仔褲。記得，如果不確定就問你的招募官。

對於初出茅廬的新鮮人而言，我建議不要穿西裝專賣店那種整套的

黑色套裝或西裝（剪裁很　板一眼又不合身，　看就很菜的那種），原因是美國職場很少有人會穿著整套全黑西裝，或套裝配白襯衫。現在許多品牌都有出辦公服飾，可以用平實的價格搭配出一套專業又有型的面試服裝。

● 平價品牌：Uniqlo、Zara、H&M、ASOS

● 中價位品牌：Mango、Everlane、COS、J Crew、Lululemon

● 辦公服飾專門品牌：Banana Republic、Ann Taylor、Bonobos

Chapter

05

如何談判
工作薪資？

「很遺憾得通知你，你開的薪資範圍遠遠超出了這個初階的職位現在的行情。除非你能接受遠低於期待的薪水，不然不會有第二輪和第三輪面試了。……給你一點建議，不要總是相信你在網路上看到的職位薪資，請做好研究，多跟業界人士詢問，別不小心太快把自己淘汰掉。」

我打開這封 email 時，心裡一沉，想著：「好吧，我搞砸了……」我趕緊回信感謝主管的建議，並詢問他的預算是多少？

「年薪五萬五到六萬（美金）。」

好吧，我在第一輪面試就開了十萬到十二萬。他預算的兩倍。我的確搞砸了。我趕忙回信說沒問題，希望能繼續面試。

第二輪面試，主管的主管又問我一樣的問題：「你的期待薪資是多少？」

「七萬到八萬。」有降低一點，應該可以了吧？不是每一本談判書都說要給一個錨定數字（anchor number）嗎？說不定最後能拉到六萬五，嘿嘿。

然後我就再也沒收到回信了。

以上是我在紐約找第一份正職時，第一次被問到期待薪資的狀況。當時是二〇二〇年初，我沒有懊惱太久，因為我碩士畢業之後只有五個月找工作，找不到就得離開美國。

之後，我又面試了好幾間公司，每一家都問我期待薪資。這次我學乖了，都說：「六萬七到七萬八。」說完數字之後還會補一句：「還是看公司預算，我很有彈性。」

經過重重面試關卡，A 公司說好，給我七萬八。

我拿著七萬八去跟 B 公司談，他們的招募說：「六萬五，但是在這邊你可以學到很多，你遲早會賺很多錢，不差這幾萬！」

最後，我回頭跟 A 公司說：「可不可以給我八萬三？」他們很爽快迅速地答應了。

哇，好像可以要更多。

一年後，我要求加薪，老闆幫我加到九萬二。又過了一年，我簽了新工作，跟人資來來回回盧了一個月，終於幫自己爭取到十一萬的底薪和一萬的 sign-on bonus（簽約獎金）。

兩年的時間，雖然在談薪水時犯了不少錯，但從一開始的五萬五閉門羹，到十二萬年薪，我也算是達成了最初的期待薪資。

這一章，我會分享薪水談判常見的迷思、成功談判的心態，以及從第一輪召募人員電話面試到最後談 offer，甚至到上班後怎麼跟老闆要求加薪，該怎麼做、該說什麼，才能幫自己最大化談判成功的可能性。

5-1

薪水談判的迷思

> 談錢並不是傷感情，
> 而是合情合理的商業交易。

迷思① 「我沒本錢談判。」

很多人認為資方握有生殺大權，自己身為勞方完全沒有談判籌碼。許多剛畢業的學生也會認為，自己正職工作經驗不夠，或是身為在美國的外國人本身就很難找工作，願意有公司賞賜就謝天謝地了。所以非常多人在拿到 offer 之後，根本沒想過可以要求更高的薪水。

其實，**公司在發出 offer 之後，雙方的權力關係就顛倒了，現在手上握有 offer 的你其實是有主導權的！**對於公司來說，招募新人是非常耗時、耗力又花錢的過程，許多公司甚至會在非常確定求職者會接受 offer 之後才願意發。因此，一旦發出 offer，公司就會盡可能地滿足求職者的要求，來走完最後一哩路。也就是說，如果公司想要你，你就有絕對的談判籌碼可以要求加薪，甚至不需要搬出其他公司的競爭 offer。

迷思② 「談錢傷感情。」

金錢在許多文化裡是禁忌的話題。很多人只要談到錢便會感到不自在，彷彿討價還價就會顯得很愛錢、很愛計較，或是讓人覺得很難搞，怕要求更高的底薪會被撤 offer。但是，僱傭關係就是商業交易，offer 就是一紙商業契約，而錢是商業交易裡面最不可或缺的元素，買賣雙方都要對價格滿意才能成交。雇主也會希望在預算範圍內讓你滿意待遇，願意認真上班。**在 offer 談判階段討論薪資待遇，絕對合情合理。**

此外，談薪資配套通常會由招募或人資擔任傳聲筒，求職者並不需要直接跟用人主管討價還價。招募或人資也不是第一天上班，他們都會預期求職者會有要求，而求職者也要簽 offer，他們才能抽成拿獎金，所以他們絕對有動機幫你爭取你要的待遇。**只要問的方式禮貌、正確，並不需要擔心因為提出請求，而被撤回 offer**。請記得，談錢不一定傷感情，不談錢一定傷荷包！

迷思③ 「學習機會比金錢更重要。」

我們常聽到資歷較深的長輩建議年輕人，不要太在乎可以賺多少錢，在年輕時累積經驗和學習更重要，甚至鼓勵年輕人主動去做無薪的實習和打工，來獲得職場入場券。這個說法沒有錯，但是有幾個前提：

第一，你真的非常非常非常想要這份工作。如果是為了你最崇拜的名人網紅，或是你很支持的組織或團體，就算低薪無薪，也極度想要替他們工作，那無可厚非。

第二，你的財務狀況允許你做無薪或低薪的工作。每個人

的財務狀況都不同，能夠犧牲收入做想做的工作，其實是非常privileged（特權）的，並不是每個人都能夠負擔這樣的選擇。

第三，這份工作「真的」能讓你學習成長、開拓眼界。有許多工作打著「給你學習機會」的名號，其實都讓你做些同事主管沒人想做的打雜。請務必多打聽、查資料，並在面試時問問題，確定自己可以從這份工作獲得什麼。

如果這份工作沒有滿足至少兩個上述的條件，那我強烈建議你不要為了「學習機會」而犧牲收入。**雇主付員工薪水，換取員工的智力和勞力，這本來就是天經地義的公平交易**。會把「給你學習機會」、「你可以學東西」掛在嘴邊，抱著施捨態度的公司請務必小心，也記得不要用「學習更重要，不要太計較薪水」的想法來綁架自己。

沒有不談判的理由

每份工作多少都是學習和成長的機會，但如果因此不去爭取更好的待遇，你可能會平白錯失一些本來可以獲得的好處。就算雇主因為預算限制無法提高底薪，也有可能因為你問了，而給你一些非金錢類的福利。另外，你如果會長期待在同一家公司工作，**你最初的薪水將會成為日後加薪的基準點，複利會讓你的薪資差距越來越大**（十萬元每年加薪5%，五年後會變成十三萬，十二萬元每年加薪5%，五年後會變成十六萬）。**你在開始工作後可以要求的加薪幅度，也通常遠遠不及簽 offer 前能爭取到的**。另一方面，你也很有可能因為習慣了較低的薪水，在選擇下一份工作時，更容易滿足於低薪的工作，或是錯過高薪的工作機會。最後，對於在美國的外國移工而言，**你的薪資水平會影響日後的工**

作簽證和永居權申請。薪水太低會使本就困難重重的申請更難被批准，因此，對想要在國外工作的我們而言，更沒有不談判的理由了！

5-2
談判的必勝心態

[
鏨清思緒和排除談判心魔，
並盡可能增加談判籌碼。
]

能離開談判桌的人最大

在談判桌上，如果你越想要對方手裡的東西，你的議價能力就越小。最理想的狀態，**就是對方手裡的東西對你來說可有可無，談不攏隨時都可以離開談判桌。**

但是，身為求職者要如何達到這個狀態呢？那就是準備好「最佳替代方案」（BATNA，Best alternative to a negotiated agreement）。在薪水談判的情況下，最佳替代方案可能是另外一家公司的 offer、繼續留在任職的公司、繼續找工作，或是失業環遊世界（如果你很幸運地沒有財務、簽證或時間壓力的話）。

這就是為什麼在求職時，增進自己的實力技能，並且廣泛投遞履歷很重要。你能力越好、申請越多家公司，收到 offer 的機率就越高，最佳替代方案選擇也越多。如果你現任公司待遇不理想，也不要因為認為自己遲早會離開，就不去爭取加薪和升遷。因為現任公司的待遇越好，你會越有自信跟餘裕，跟新公司談 offer 時就有底氣把薪水往上談。如果你都把所有的時間和精力投注在一

家公司上，很容易變得視野狹隘並患得患失。新公司就算低估你的價值，你也很可能因為別無選擇而將就答應，這也是為什麼大家常說「別把雞蛋放在同一個籃子裡」！

做好市場研究

大約從二〇二一年起，美國有越來越多州開始採用薪資透明條例，求職者可以在職缺公告直接看到薪資範圍，或者有權利向雇主詢問。舉例來說，紐約州從二〇二三年九月起，四人以上的公司，必須在職缺公告上標註該職位的最低和最高薪資。薪資透明度可以說是比幾年前高出許多。不過，你還是可以利用下列網站了解不同資歷、產業、職位和公司的市場行情：Glassdoor.com、H1bdata.info、Levels.fyi、Salary.com、Payscale.com。

不需要帶入過多個人情感

offer 對你來說可能是夢寐以求的工作，可能是對自我能力的肯定，或留在異國他鄉打拚的救命稻草。但是對公司來說，其實就是一紙商業契約。因此，談判前提醒自己，這是一場公平交易，不需要帶入過多個人情感。如果還是覺得很彆扭的話，就想像這是國中的全身健檢，你很尷尬，但對醫生來說只是平凡的上班日。同樣地，談薪水對人資部門來說也是平日的業務，他們在你之前招募了那麼多其他員工，你絕對不是第一個、也不是最後一個要求加薪的人。

但也不要忽略情緒扮演的角色

雖然上一點說，別被情緒耽誤了，但是情緒在決策過程中的確

扮演不可或缺的角色。那麼，如何替自己釐清思緒和排除談判心魔呢？《鏡與窗談判課》（*Ask for More*）這本書提供了五個在談判前問自己的問題，我覺得非常實用：

目標：	我想解決的問題、達到的目標是什麼？
動機：	我需要什麼？我為什麼要達到目標？
感受：	我現在感覺怎麼樣？
成功案例：	我過去有類似的成功案例嗎？我做了什麼？
下一步：	第一步是什麼？

下面是我第一次提加薪前列出來的回答，全部寫出來之後，可以比較客觀地看待談判這件事。

目標	我想要公司幫我加薪20%。
動機	1. **工作表現：**自從我加入公司後，廣告收益一直增加，到今年幾乎翻倍。另外，數據和報告系統都有顯著的改善，公司應該將其反映在薪水上。 2. **安全需求：**我的租約六月到期，所以可能又要搬家了。年薪必須是月租金的四十倍才能簽約，但是我現在的年薪，剛好比曼哈頓周邊比較好的 studio（單房公寓）或 1B1B（一臥一衛）的四十倍低一點。 3. **財務安全感：**我想要不用一直擔心錢不夠，而且更高的底薪代表我年末的 bonus 會更高，也影響我未來薪水走向。

	4. 尊重需求：我想要感受公司是重視我和我的貢獻的。我在 LinkedIn 上接到許多獵頭和前公司徵才的私訊，也有注意市場上相似職位的薪資水平。我希望公司願意支付相應的薪資來留住員工。
感受	我覺得很焦慮，因為我不確定自己有沒有本錢可以這樣問。許多績效是團隊一起達成的，將一部分的成長歸功於自己，好像顯得很自大。我也擔心自己身為外國人，公司已經需要贊助 H1B 工作簽證，我這樣會不會要求太多，顯得很無恥。我也擔心我提出要求，主管不爽就把我炒了。
成功案例	我在接受這家公司的 offer 之前，曾禮貌地詢問年薪是否能多加五千元，因為有其他公司對我有興趣，人資和主管也很阿莎力地答應了（早知道應該多要一點⋯⋯）。
下一步	整理過去一年自己做過的工作和帶來的影響，第二步是研究怎麼謙和地傳達自己有在跟其他工作機會互動，第三步則是跟主管約個時間談加薪的事情。

第一個問題幫我確立目標。第二個問題讓我深入思考為什麼自己想加薪，也幫助我覺得要求加薪是正當的（但那是私人理由，在跟老闆談判時，應該聚焦在自己的績效和價值）。第三個問題讓我可以檢視自己的情緒，讓我發現我擔心的點雖情有可原，但並沒有實質的證據顯示外國人不能要求加薪，或要求加薪會被開除，所以並不需要太過焦慮。第四個問題幫助我回想成功的案例，重新評估可行性，也增加自信。最後一個問題則是將理想化為行動方案，讓我在對自己的動機和目標有更深認識的基礎上，採取行動。

想像自己在幫心愛的人談判

如果你跟我一樣比較沒自信，不習慣開口要求東西，或認為提出要求是自私自利的行為，導致平常總是讓人予取予求，很難捍衛自己的權利的話，可以試試看下面幾種練習：

第一，想像你是最要好的朋友或家人的談判代理人，你會怎麼為他們爭取權益？你認為他們值得多少薪水？

第二，想想除了自己，你加薪還能幫助到誰？家裡要養的小孩或寵物？想要孝敬的長輩？平時捐款的公益團體？

第三，如果你加薪談判成功，具體地描述上面這些對象可以如何獲益。

對於習慣給予而非接收的人來說，**從「利他」的角度出發，能夠幫助我們跳脫「幫自己爭取＝自私自利」的框架，在談判時更有自信和底氣！**

永遠記得表達感謝

前面提到，大部分的薪資談判，都是由人資或招募當主管和求職者中間的傳聲筒，來來回回地幫忙溝通其實很耗費精力。就算你是直接跟用人主管談，他也很可能需要請示上級調整預算。因此，**每次通電話或 email 都要記得謝謝對方替你協調、爭取**，俗話說伸手不打笑臉人，就是這個道理。

第一關：
所以，你的期待薪資是多少？

[
切記不要正面回答，
而是先多問問題來搜集資訊。
]

把面試想像成約會

想像你第一次約會，初次見面的約會對象剛到餐廳，一坐下來就跟你說，他期待你一週陪他兩次，每次至少三小時，每週至少要在家一起煮一頓晚餐，每三個月要一起出去旅行至少一次，生日要送禮物和親筆卡片，交往兩年後要訂婚，訂婚兩年內要結婚，結婚三年內要生至少一個小孩，一起存錢買房，領養兩隻狗和一隻鸚鵡。

你聽完這些，會不會嚇到從廁所窗戶逃出去？

其實這些期待，在關係漸漸穩定後再提出來，都不是問題。問題在於提出的時機，第一次或第二次約會就把這些全部攤出來，對方都還不知道適不適合、還沒喜歡上你，就已經先被嚇走了。

面試也是一樣，特別是在你不清楚雇主的預算時，<u>頭幾輪面試就把自己的期待薪資和其他大大小小的要求說出來，風險是很高的。</u>期待薪資如果低於最低預算，雇主要嘛爽快答應，要嘛懷疑你是不是能力或經驗不足，但無論如何，你都錯失了可以賺更多

錢的機會。期待薪資如果超出最高預算，雇主在還不了解你，也還沒投資太多時間跟金錢招募你的情況下，通常會直接把你從候選人名單中刪掉。

你可能會說：「很好啊！反正他們這種摳門的公司也配不上我，省得我浪費時間面試之後，還得拒絕他們 offer！」但重點是，你不知道他們會不會在一關又一關的面試之後愛上你，在發 offer 給你之後，可能為了留住你，願意調整預算多給你一點底薪、一些簽約獎金或幫你申請綠卡。你也不知道自己會不會在一輪又一輪的面試之後，發現自己很喜歡工作內容、團隊跟主管，願意稍微將就一下薪水，做自己有興趣的工作。

多問問題，收集資訊

面試跟約會一樣，都是從互相摸索了解開始，我們可以在面試官將話題轉移到期待薪資時，趁機多問問題來收集資訊。這麼做，不但可以將單方面問話轉換成雙向對話，也能避免太早就講出期待薪資。

「你的期待薪資是多少？」（What is your expected salary?）這個問題，通常在第一輪或第二輪面試一定會出現，所以要做好心理準備。按公司規模，大多時候會由招募官詢問，有時則是用人主管。被問到時切記不要正面回答，而是先多問問題來搜集資訊。

- Well, at this point, I would need more details about the role before I could give you any answer on that.
  關於這一點，我需要更多關於該職位的細節，才能給你答案。

- I am pretty open and flexible. I am looking for the best overall fit and package.

  我相當開放和彈性，正在尋找整體最適合的公司和福利待遇。

- I am still learning about the responsibilities and scope of the role, so I don't have a set expectation yet.

  我還在了解該職位的職責範圍，所以還沒有確切的期望薪資。

面試官通常會再堅持一下，畢竟這種回答他們已經聽過幾百次了：「Yeah, I understand but I still need a range from you.」（是，這我理解。但我仍然需要您提供一個範圍。）此時不用著急，問他這個職缺開的預算是多少？通常公司對每一個職缺都有已經批准的薪資範圍，面試官手上一定會有這個資訊。

- I don't have a number in mind right now. What is the budget you are working with for this role?

  我目前沒有具體的數字。您對這個職位的預算是多少？

- Can I ask what the salary range is for this role?

  我可以問一下這個職位的薪資範圍是多少嗎？

- Do you have a range that you are targeting?

  您是否有一個預期的範圍？

- Could you tell me the salary band for this position?

  您能告訴我這個職位的薪資範圍嗎？

如果面試官很乾脆地回答了薪資範圍（越來越多州的法律要求

面試官被問到時必須講），你就簡單說 ok 就好，不用再說自己的數字。像是「Yeah, that works for me.」（好的，對我來說沒問題。）、「Sounds good. I am comfortable with that.」（聽起來不錯。我覺得滿意。）

許多州甚至規定公司必須在徵人資訊中公布薪資範圍，你也可以簡單表示跟徵人資訊中寫的差不多，一樣避免給出確切數字：「My salary expectation is in alignment with the range in the job posting.」（我的薪資期望與徵人資訊中的範圍相符。）

如果你問了預算，面試官死都不說，堅持請你提出一個數字：「Just give me a number!」（給我一個數字就好！）一樣盡量保持冷靜，不要被他的淫威嚇到了。我遇到這種狀況的時候，通常會爭取一點時間：

- Again, the overall fit and package is what matters to me the most. I want to make sure I give you a range that is reasonable for the role, so I don't want to make up a random number right now. Do you mind if I do more research on my end and we revisit this topic later in the process?

  再次強調，整體契合和福利待遇對我而言最重要。我希望確保我給出的薪資範圍，對這個職位是合理的，所以現在我不想隨便亂說一個數字。您介意我在進一步研究後，再重新討論這個話題嗎？

如果在之後的 email 或面試溝通過程中，你覺得面試官真的非常堅持，或開始沒耐心了，真的不得不給出期待薪資的話，可以說你看到的市場行情是多少，並詢問是否符合他的預算範圍。這邊的重點是用字，要說「你觀察的市場行情」，而不是「自己的期待薪資」。

- Based on my research, a junior data analyst role in New York City typically goes for a range from $50,000 to $90,000. Does that fit with your budget?

  根據我的研究，在紐約市，一個初級數據分析師通常的薪資範圍是五萬至九萬。這個範圍符合您的預算嗎？

另外，詢問求職者現在或上一份工作薪水多少，在美國是違法的。如果被問到，可以拒絕回答，並且絕對要小心這家公司喔！

- I am not legally obligated to reveal my current salary, so I'm not answering that question.

  我沒有法律義務透露我目前的薪資，所以我不會回答這個問題。

被獵頭聯絡的情況

這邊補充一下，如果你是在 LinkedIn 上被獵頭聯絡，那麼期待薪資的對話會跟上面稍微不太一樣。獵頭通常一次要招好幾個職位，他們會盡量將符合你期待薪資、經歷、興趣的職位推薦給你，因此，**可以直接說下一份工作的目標薪資**。我遇過非常多次，獵頭或招募官聯絡我時推薦一個職位，但是聽到我的目標薪資之後，就找了另一個符合我期待的職位讓我面試。

5-4

第二關：
恭喜拿到 offer，這是你的薪水！

> 求職者與公司權力關係逆轉，
> 保持「愉快又堅定」的原則。

在進入拿到 offer 怎麼談薪水前，我想分享我第一次在紐約轉職的故事。

在抽到 H1B 工作簽證之後，我便開始著手準備換工作。當時我已經在第一家公司工作將近兩年，學習曲線已經停滯好一陣子了，工作上也沒有導師能給我指點職涯方向，或分派更有挑戰性的工作。由於我是組上唯一的女生，資歷也是最淺的，開會時說話經常被打斷，提出的建議常常被當耳邊風，但其他男同事講出一模一樣的建議則會被大力稱讚，因此挫折感特別重。

第二家公司的招聘人員在 LinkedIn 上聯絡我，由於本來就有商業往來，我對這家公司的產品和服務滿熟悉，印象也很好，職位也是我更有興趣的客戶經理，於是就開始面試。對方似乎很喜歡我，面試推進得非常快，兩三週後我就拿到了 offer。但是，薪水比我期待的低了一點。而且就在拿到 offer 的同一天，Google 的招募官也聯絡了我。同時，第一家公司也要幫我申請綠卡。

這下我動搖了，Google 報的薪水比第二家公司高，綠卡也是一

進公司就能申請，第二家公司則是要工作兩年後。把各個選項列出來比較後，我去第二家公司的動機突然薄弱了很多。

於是，考量到第一家公司要幫我申請綠卡，以及 Google 面試出名地耗時，我決定利用這個時間跟第二家公司談加薪。我提出了三個請求：一，底薪能不能高一點？二，是否有簽約獎金？三，綠卡有沒有彈性提前申請？

招聘人員跟團隊討論完之後，表示一切就是照之前說的那樣。而我好聲好氣地說：「首先，真的謝謝你幫我爭取，我很希望可以加入你們！但是現在這個待遇跟我理想中有差距，你們能不能做點什麼？」

招聘人員只好又回去請示上級和團隊，調整了底薪和綠卡申請的部分，但沒辦法給簽約獎金。我一樣和氣地問：「很謝謝你，我真的很希望這可以行得通。但是還是有點落差，團隊有什麼原因或顧慮，導致底薪不能更高嗎？」招募官也好聲好氣地跟我解釋，團隊沒有人的薪水超過我要的數字，他們希望能確定大家的薪資是公平的，所以無法答應我。

我向對方要了考慮的時間，過了將近一週，招聘人員又打給我，問我考慮得如何？我照例愉快又堅定地回答：「我很希望能成交，但是仍然有落差，你們真的沒辦法做些什麼嗎？像是……簽約獎金？」

此時，我們已經來來回回談判將近三週了，我可以從對方的聲音中聽出她的絕望和無助。終於，她出動了她的老闆。我接起電話，是位英國人。我照例給了愉快又堅定的回答，也很誠實地跟他說，現在的公司願意馬上幫我辦綠卡，今年也會加薪，還有另

一個機會薪資也更高。最後,我談到了簽約獎金,而且一年後申請綠卡。這樣的談判結果,以一家美國中型企業的初階客戶職位而言,我已經很滿意了。

談判前的準備

公司投入這麼多時間跟金錢招募你,如果在發了offer之後失去你,就是一筆損失,另外,他們也不想要你簽了一個不滿意的offer,六個月之後走人。這時候的權力關係完全顛倒了,反倒是公司希望你可以趕快簽一簽來上班,**這個時候提出要求,公司有很大的可能性會盡量滿足你**,從我來來回回和公司周旋的故事也可以看出這點。

發offer時,大部分的公司會先打電話給你,口頭宣布給你的offer和薪酬待遇,你可以在電話中請他發書面檔給你,讓你看過之後再決定:「Thank you so much. This is very exciting! I will read through the offer and let you know if I have any questions before the deadline.」(非常感謝。這真的很令人興奮!我會在期限前看過一遍並告知任何問題。)

看到公司發的offer、準備進行薪資談判前,你要先準備好三個數字:一,**市場行情價**,這個數字就是你做完市場調查後,整理出來的市場平均行情,通常是一個範圍。二,**可接受的最低限度**,這是你會給的最低價,也是你能欣然接受的價格。三,**錨定數字**,這是你會給的最高價,通常是一個會讓你覺得高得有點離譜的價格。準備好之後,接下來就是談判時間啦!

愉快又堅定地堅持

公司的目標是用最少的預算請到最好的人才，換句話說，雖然雇主早有預期我們會談薪水，但是我們還是要做好心理準備，**他們一開始並不會直接答應所有的要求**（如果很爽快答應的話，代表你開的薪水遠低於他們預算上限）。因此，**遇到對方把要求推回來的時候不需要太緊張，我們要做的就是愉快又堅定地堅持**。

☑ 如何愉快地堅持

首先是**表達感謝**，招聘或人資在這個階段是你的傳聲筒兼盟友，他們要負責幫你要到期待的薪水，所以一定要對他們的付出表達感謝。

- Thank you so much for offering me the position.
  非常感謝您讓我有機會得到這個職位。

- Thank you for making the interview process so smooth and enjoyable.
  感謝您讓面試過程如此順利和愉快。

- Thank you for sending over the offer letter.
  感謝您發送聘書給我。

下一步，**表達期待和興奮也是很重要的**，讓對方知道你是真心想要這份工作，很期待能加入團隊。比起吊兒啷噹或意興闌珊的態度，你越是表達可能加入公司，對方會更願意幫你爭取你想要的東西。

- I am very excited for the role.
  我對這個職位感到非常興奮。

- I really like [manager's name] and the team, and I can't wait to join.
  我非常喜歡【主管的名字】和這個團隊，且迫不及待想加入。

強調儘管自己很想加入，但薪水的部分卻不如預期。這時可以建立合作的氣氛，強調你不是故意難搞或找麻煩，而是希望跟對方一起找出兩個人都滿意的解決辦法。訣竅是多使用「我們」來代替「你」。

- I am sure we both want to get me onboard asap.
  我相信我們都希望盡快讓我加入團隊。

- I hope we can come to a decision that both of us are happy with.
  我希望我們能達成一個雙方都滿意的決定。

- I believe we can work this out.
  我相信我們可以解決這個問題。

☑ 如何堅定地堅持

再來，就直接又簡短地表達自己的期待薪資。你可以強調，經過你的市場調查，再加上自己的學歷、受過的訓練、證書執照、技能、經歷或業界人脈，你想要的薪資範圍是多少。

- I am surprised because the starting number is a little low for my years of experience and skill set.

  我有點驚訝，因為對於我的工作經驗和技能來說，起始薪資有點低。

- My only concern is the proposed salary. Based on the range I've seen on the market and the experience and expertise I am bringing to this role, I was expecting to receive $X-$Y.

  我唯一的擔憂是開出的薪資。根據市場上我看到的薪資範圍，以及我帶來的工作經驗和專業知識，我原本期望能夠獲得 X 至 Y 元。

- I think there is a gap between the starting number and what I was expecting.

  我覺得起始薪資和我預期的有一些差距。

　　表達薪資不如預期後，詢問對方「**我們怎麼做，才能達到雙方都滿意的結果？**」等開放式問題。使用 how 和 what 開頭的句子問對方，會更委婉有禮貌，而且更能夠產生有創意的解決方法。如果是問「Can you increase my base salary?」（你可以調升我的底薪嗎？），對方的回答很容易侷限在「可以」或「不行」，而缺乏商議的空間。

- How can we make this work?

  我們可以如何解決？

- What can we do to increase this offer to meet my expectations?

  我們可以做些什麼來提高薪酬，以達到我的期望？

- What can we do to bridge the gap?/Is there any way to bridge the gap?

  有沒有辦法彌補這個差距？

- How can we come up with something that both of us are happy with?

  我們該如何提出一個讓雙方都滿意的方案？

　　如果遇到對方推託，就重複上面兩個步驟，一樣感謝對方，並繼續強調自己很希望可以早日加入公司，但就還是差一點。接著，重複問開放式問題，問對方可以怎麼辦？

- Thank you for pushing for what I asked for. We've come so far, and I hope it works out. I just want this to be fair, so we both feel good about the decision. What can we do to make this work?

  感謝您為我要求的待遇而努力。我們已經走了這麼長的路程，我很希望能夠達成協議，也希望這是一個雙方都感到滿意的公平決定。我們可以做些什麼來解決這個問題？

- I appreciate your help. I would really like to make this work, but there is still a gap from what I was expecting. How can we bridge the gap?

  非常感謝您的幫助。我真的很希望能夠達成協議，但與我的預期仍然有落差。我們該如何彌補這個差距？

　　如果對方說他們真的沒辦法，就詢問是否有什麼疑慮或特別的原因？

- What are the questions or concerns the team is thinking through?
  團隊正在思考哪些問題或有什麼疑慮？

- Are there any blockers that I can help address?
  是否有任何阻礙我可以協助解決？

- What are the things the team is concerned about?
  團隊擔憂的事情有哪些？

　　對方跟你說了一個理由之後，你可以透過<u>覆述對方話中的關鍵</u><u>字，來鼓勵對方繼續分享資訊</u>。另外，你也可以用 it looks like（看起來）、seems like（似乎）、sounds like（聽起來）幫對方總結他說的話，除了讓對方覺得你有認真聽，而且有接收到他要傳達的資訊之外，也會讓對方覺得你是通情達理、可以溝通的隊友，而不是為加薪而加薪、為反對而反對的敵人。

- It sounds like my experience level isn't senior enough for the salary range I asked for. Is there any growth opportunity within this team to help me get to a more senior position?
  聽起來以我提出的薪資範圍來說，我的經驗似乎不夠資深。在這個團隊中，是否有成長機會可以幫助我晉升到更高級別的職位？

　　還是談不攏的話，就感謝對方跟你分享的資訊，接著再次強調還是有落差，問對方可以怎麼辦？

想要保持堅定，小心五大地雷

☒ 自我殺價

我們絕大多數的人在學校沒有學過談判，因此在談判桌上容易緊張又不自在，也會因為不想要讓人覺得難搞，很容易遇到阻力就讓步。有些人看對方沒什麼反應或擺黑臉，就會心虛開始自己殺價。最好的做法就是，想像自己是幫心愛的人談判，提前練習你要說的內容，讓自己習慣你要求的薪資水平。**談判當天講完你要的價碼就閉上嘴巴，一但說出價格就堅持住，殺價是對方的工作，留給對方做就行了。**

☒ 喋喋不休

有些人講完想說的話之後，最怕空氣突然安靜，所以會一直喃喃自語地說下去，或開始重複已經說過的內容。這時，**對方很容易就察覺到你缺乏自信、心虛、怕尷尬或經驗不夠。**最好的做法就是，提前練習，在談判的時候，多留意自己說話的內容，注意自己是不是開始繞圈圈、重複？是不是沒等對方回應又自顧自說下去？還是一樣，盡量講完自己要說的話就閉嘴。

☒ 沒自信的習慣用語

許多人習慣將「我不知道」、「看你們」、「我都 ok」掛在嘴邊，就算實際上沒有那個意思，還是很容易給人沒自信的印象，另外，不少人習慣在提出要求時不斷道歉，但**談判時記得盡量避免過度道歉。**

☒ 私人理由

有些人在要求加薪時，會附上一些私人考量當作理由，像是：

「我今年打算結婚買房子，可不可以多付我點錢？」、「我不喜歡搭捷運，可不可以在家工作？」這些可能真的是你要求加薪的考量，但雇主聽到一定是「到底乾我屁事？」老闆關心的是你能為團隊和公司帶來什麼好處，**所以加薪的理由，最好是工作績效和提供價值相關**，像是自己的學歷、受過的訓練、證書執照、技能、專業知識、經歷或業界人脈等等，如果有其他競爭 offer 也一定要提出來。若想要求在家工作的話，則可以用「通勤的兩三個小時可以拿來工作」、「因為工作性質，在干擾少的家中工作會更有生產力」等和績效掛鉤的說法，會更有說服力。

☒ 太快退讓

請記得，談判時遇到阻力是正常的！你提出要求，對方爽快答應的機率非常低，所以請要有心理準備，**先思考被回絕之後要如何回應，正式談判時才不會太快屈服於壓力**。記得，你也不必當下做決定，可以要求時間沉澱思考。有些人可能會擔心，那萬一自己太堅持，搞到雇主直接撤 offer 怎麼辦？這時候察言觀色就很重要了，如果對方越來越不耐煩，或是很嚴肅地跟你說這就是 final offer，那就是時候決定是否接受了。

其他可以談判的項目

最後，別忘了薪酬待遇裡面還有很多其他項目可以調整。每個人的需求和考量都不同，**談判不需要只偏限在底薪的部分**。如果底薪的談判空間較小，記得還有下面這麼多選項可以談喔！

跟錢有關的	• 底薪（Base salary）
	• 股權（Equity）
	• 獎金（Performance bonus）
	• 簽約獎金（Sign-on bonus）
	• 搬家費（Relocation reimbursement）
錢以外的	• 福利（Benefits）
	• 有薪假（PTO）
	• 退休金（401k）
	• 工作範疇（Scope）
	• 頭銜（Title）
	• 兒童托育（Childcare）
	• 未來升遷或換組機會（Career opportunities）
	• 彈性工時（Flexible schedule）
	• 彈性工作地點（Work from home or other locations）
	• 通勤補助（Transportation/parking）
	• 簽證贊助（Visa sponsorship）
	• 永居權或綠卡（Permanent Residence/Green card sponsorship）

5-5

第三關：
老闆，我要加薪！

聚焦在你對公司的貢獻及影響力，
而不是為什麼你需要加薪。

　　第一份工作做了一年之後，我第一次跟老闆要求加薪，成功加了13%。

　　我上網查了資料，也跟其他朋友打聽了一下，發現美國公司每年的例行性加薪通常不超過5%，但是通膨就6%了，就算每年有加薪，荷包還是在縮水啊！我想要更多。

　　我看了好多談判書籍和網路資料影片，寫了一張要求加薪的小抄，想說在公司的季度報告之後，跟老闆談談，但我臨陣脫逃了。開口提要求對我來說，依然是一件困難的事。比起加入公司之前有招聘和人資當中介，也可以不帶感情地當商業交易來談，要跟共事了一陣子的主管直接開口，摻雜了更多不安和猶豫。

　　隔一週，我想了又想，覺得如果不問一定會後悔，而且會更怨恨工作。於是鼓起勇氣，直接先在主管行事曆上訂了週五早上十五分鐘。聽說接近週末的時候，忙碌的主管們會議比較少、心情比較輕鬆，談判成功的機率比較高！

　　我沒有膽子直接電話一接通就說要加薪，所以先跟主管討論了

一下工作上的事，接著說還有另一件事情想討論，才道出加薪的要求。

　　沒想到主管竟然說：「THANK YOU! This is the professional conversation I have been waiting for.」（謝謝你！這是我一直在期待的專業對話。）

為爭取加薪做準備

　　當你已經超過一年沒有調整薪水，而你的職責已經改變了許多，或你發現自己的薪資遠低於市場行情，又或者公司最近幾個月營收大成長時，那恭喜你，是時候該為自己爭取加薪了！有幾個你可以做的準備：

　　第一是**持續學習，增加自身的實力和價值**，像是進修線上課程、考取證書、參加產業相關會議和工作坊等等。只有不斷學習新知、充實自己，才有籌碼可以爭取更多，而且這些知識技能都是帶得走的，就算現任公司無法給我們加薪，也可以用在下一份工作的offer談判上。

　　研究市場行情也是很重要的，就算沒有真的要換工作，可以適時在求職網站上瀏覽相關的工作機會，或是設定email通知，直接收到最新職缺。如果有獵頭聯絡，也可以保持開放心態面試看看，這麼做能幫助我們更清楚市場上薪水行情，也比較不會錯過好機會。

　　再來，你也可以主動擴展工作職責。如果你做的事情跟一兩年前一模一樣，並沒有為公司提供新的價值，也沒有證明自己準備好升遷加薪，主管很難找到幫你加薪的理由。我跟好幾位管理職

的工作者聊過，他們都提到**想要求升遷或加薪，最好的做法就是開始做自己職責範圍之外的工作**，讓主管看到你有向上發展的潛力，也能最直接證明你值得更高的薪資待遇。

大多數公司每一季都會有績效評估，除了每季回顧一次自己做了什麼，**平時最好養成記錄自己的貢獻、成效和影響力的習慣。**像是你做的事幫公司多賺了多少錢？省了多少時間？提升了多少客戶／同事／廠商的滿意度？我推薦用 excel 做紀錄，並且定期更新自己的履歷，以下的模板提供參考：

工作項目 Work Item	影響力 Impact	成效 (1-10) Effort	商業價值 (1-10) Business Value
為了追蹤客戶表現，我為主管建立了客製化的儀表板。	● 節省了時間 　■ 不再需要請求和提取報告 　■ 唯一的資料來源➡減少溝通問題 ● 收入 　■ 花更短的時間來發現和回應問題➡減少錯失的收入	3	6

最後，**決定你想要的數字**。綜合你現在的薪水、看到的市場行情或其他公司開的價碼，你在向主管開口前，必須先決定好一個想要的數字或加薪的幅度，並有數據和事證足以支持你開的數字。

如何跟老闆開口？

要求加薪的大原則，和先前提到的談判技巧一致：愉快又堅定地堅持、不要太快退讓或自我砍價、理由必須是工作績效而非私人考量等等。最大的不同，就是要避免拿另一個 offer 或要離開來威脅主管。

回到約會的比喻，在簽下合約並工作一兩年後，拿另一個 offer 或離職來威脅主管加薪，就像結婚後，拿移情別戀或離婚來威脅另一半。當你這麼做的時候，公司就會開始質疑你的忠誠度。他們會想，既然你已經半隻腳跨出門外，就算他幫你加薪了，也只留得住你一時，哪一天金額更高的 offer 出現時，你又會威脅說要離開，真是沒完沒了。

跳槽的確是幫自己加薪最快速的方法，但是，如果你的目標是繼續留在這家公司，那在提到其他工作機會時一定要格外小心。這裡最關鍵的說詞就是跟主管保證：「雖然我拿到了另一個很棒的機會，但我真的很喜歡這家公司，並沒有離開的打算。」一方面表示自己是優秀搶手的人才，一方面又展示忠誠和長期在公司發展的決心。真的重視你的主管一定會盡己所能幫你爭取。

- Thank you for making the time to meet with me today. I am meeting you today to discuss my growth and future prospects at this company. I was a little surprised when I was offered $143K to move over to X Company. But, I am not taking it because I love working here. I was wondering if you could level with me as to my future prospects here.

  感謝您今天抽出時間與我會面。我今天與您會面，是為了討論我在這家公司的成長和未來發展。當我被 X 公司提供十四點三萬美元的薪水要挖我過去時，我

感到有些驚訝。但是，我並不打算接受這個機會，因為我熱愛在這裡工作。我想知道您是否能坦白告訴我，您對我在這裡的未來發展有何看法。

注意對話開頭的框架很重要，上面的對話是框架成「在這家公司的成長和未來發展」，如果一開始就是「我拿到了另一個薪水高很多的 offer」，主管很有可能直覺就認為你已經要離開公司了。

那如果沒有其他工作機會，但依然想要加薪，該怎麼說呢？

記得把焦點放在**你為公司做了什麼、你可以為公司做什麼，而不是為什麼你「需要」加薪等私人需求**。例如，你為公司和團隊貢獻了什麼利益？你的工作職責新增了什麼？你未來有什麼潛力？這些都是足以幫助主管替你爭取加薪的理由，如果有實際的數據支持你的說法更好。

Thanks for making the time to meet with me. I wanted to meet with you today because I have been thinking a lot about my growth and future at this company.

感謝您抽出時間與我會面。我今天想與您見面，是因為我一直在思考我在這家公司的成長和未來。

I have grown a lot in this role in the last 2 years considering my responsibilities grew from [original responsibilities] to [extra responsibilities]. I am sure you are also aware of the results I produced, such as [impact].

過去的兩年中，我在這個職位上有了很大的成長，我的責任從【原始責任】擴展到【額外責任】。我相信您也有注意到我所取得的成果，比如【你帶來的影響】。

I wanted to bring up the topic of pay raise because the annual pay adjustment is coming up in 2 months. I discovered that, in general, the senior data analysts in New York with similar experience level and scope of responsibility earn about 110K-130K a year. I am currently earning 97K annually. I believe I have a lot of potential in this company. I have also been investing myself in data science and management training, so I can take on more responsibilities and add more value to the team. With a pay raise that meets the current market value for a senior data analyst, I'd be able to contribute a lot more to this company. Do you think we can revisit my compensation at this time?

我想提及加薪這個話題,因為兩個月後就要進行年度薪酬調整了。我發現在紐約地區,具有相似經驗水平和職責範圍的高級數據分析師,年薪大致是十一至十三萬美元。而我目前的年薪是九點七萬美元。我相信我在這家公司有很大的潛力。我在數據科學和管理培訓方面一直持續投資自己,以便能夠承擔更多的責任,並為團隊增加更多價值。如果薪水能夠提升到符合高級數據分析師當前的市場價值,我將能為公司做出更大的貢獻。您認為我們能夠重新考慮我的薪酬嗎?

由於跟主管一對一通常是對話形式,你不一定能把準備好的講稿講完,主管可能會在猜到你要加薪之後,直接問你想要什麼。如果主管當下反應很正向,直接問你有沒有想要的數字,請務必準備好講出事先準備的期待薪資,**千萬不要跑去跟主管要求加薪,但又不知道自己想加多少!**

- Thank you for asking. I am currently on a salary of $72,000, and I am looking for a 16% pay raise. What do you think?

  感謝您的提問。我目前的薪資是七點二萬美元,我希望獲得16%的加薪。您認為如何呢?

　　不過，有很大的機率你的主管沒辦法當下直接給你一個回應，他可能會說要跟他的上級或人資討論、他需要看一下預算等等。這時先謝謝他，並約定一到兩週後再確認一次。

> ■ Of course. That's totally understandable. I'd really like for this to work out. Do you mind if I check in with you in a week or two on this?
>
> 當然，完全可以理解。我真的很希望能成功。您介意我在一到兩週後跟您確認進展嗎？

　　如果主管跟上級和人資討論完，回來跟你說他們因為種種原因沒辦法加薪，或是沒辦法幫你加到想要的數字，請不要氣餒，這樣的狀況很常見。這時禮貌謝謝對方，接著問對方自己要在接下來六個月到一年內做到哪些事，才能加到你要求的薪水。

> ■ I understand. Thank you for letting me know. Could you help me figure out a path that gets me to my desired salary?
>
> 我明白了，謝謝您告訴我。您能幫我找出一條能讓我達到期望薪資的路徑嗎？

> ■ Thank you for confirming with HR. What do I need to accomplish in the next 6-12 months to qualify for this salary?
>
> 謝謝您向人資確認。我需要在接下來的六到十二個月內完成什麼條件，才能符合這個薪資要求？

> ■ Thanks for advocating for me. Do you mind telling me what the concerns or blockers are?
>
> 感謝您為我爭取。您介意告訴我存在哪些擔憂或阻礙嗎？

　　主管說了標準之後，你可以跟他約定後續定期確認，確定自己

走在正確的道路上，讓加薪和升遷成為一個持續進行的過程。

- Thank you for laying this out for me. Can I check in with you in three months to see if I am heading toward the right direction?

  感謝您為我詳細說明。我可以在三個月後向您確認，看我是否朝著正確的方向前進嗎？

- Thank you for your advice. Do you mind if I have a quick informal performance review with you every month to course correct and make sure I am on the right path?

  感謝您的建議。您介意我每個月與您進行一次快速、非正式的績效評估，以便調整方向，並確保我走在正確的道路上嗎？

如果主管的態度滿不在乎，或是壓根兒沒有打算投資你在這家公司的未來，那就可以考慮放生了。

回到開頭的故事，主管謝謝我跟他主動提加薪，他會盡量幫我爭取，但也是講了一堆幫我打預防針的話，像是他也要維護公司利益、做最後決定的人不是他是 CEO 等等，說大概兩週結果確認後會跟我講。

最後，沒有加到我期待的21%，主管跟我宣布加薪幅度13%的時候，我還是有一點小失望。他問我：「這個數字可以嗎？」有一秒我猶豫了跟主管討價還價到底適不適合，但還是沒自信開口，想說第一次談到13%算不錯了，於是只能說：「很好，謝謝你幫我爭取。」

電話掛斷之後，覺得應該是可以討價還價的，不過凡事都有第一次，就當作學習機會吧！

Chapter

06

善用 LinkedIn
拓展工作機會

從 高中畢業開設自己的 LinkedIn 帳號開始，我便夢想總有一天透過 LinkedIn 到國外工作。至今十年過去了，我現在的工作就是獵頭在 LinkedIn 上發現我，才得到的！

然而，使用 LinkedIn 求職的過程並不是一路順遂。

這個平台在我初來乍到美國時，幫助我投出上百封履歷，寄出上百則訊息，但是大部分的履歷都沒有回音，訊息總是石沉大海。

每次打開 LinkedIn，總是看到誰誰誰找到實習、誰誰誰升官發財，充滿心靈雞湯的貼文和假惺惺的自動留言，讓求職處處碰壁的我，一度放棄用 LinkedIn 求職。

但自從在紐約找到第一份工作後，我在 LinkedIn 上開始收到許多獵頭、人資的訊息：「我們現在要招好幾個職缺，你有沒有興趣？」、「什麼時候可以跟你打個電話呢？」在疫情大離職潮期間，我甚至不用到求職網投履歷，每週就會有十幾封面試邀請，躺在 LinkedIn 收件夾中等著我回覆。

這個狀況讓我驚訝又疑惑。我什麼時候從求助無門的國際學生，變成躺著就有面試機會的「人才」？我做了什麼？究竟什麼改變了？

本章將針對如何利用 LinkedIn 求職、被獵頭發掘、與人資互動及拓展專業網絡，提供詳細的解說。讀完這一章節，你也可以用 LinkedIn 在國際職場找到理想工作！

LinkedIn 求職的基本設定

> 如何讓潛在雇主
> 更容易注意到我們？

　　LinkedIn 是美國最大的求職社群平台。幾乎所有的求職者都會擁有一個帳號，除了能更新自己的學經歷，也能在平台上投遞職缺、學習課程、與其他專業人士互動社交等等。正因如此，幾乎所有的獵頭和招聘也都會在平台上尋找、招募人才。

　　LinkedIn 在求職中的作用跟交友軟體很像，它沒辦法直接給你一段感情（工作），但是能幫你打開新世界的大門，讓更多潛在對象（雇主）能更輕鬆地找到你、認識你、聯絡你。因此，我們使用 LinkedIn 之前，應該以能讓獵頭、招聘、用人主管更輕易地找到自己、認識自己、聯絡自己為目標，來設計 LinkedIn 檔案。

　　我訪問了幾位獵頭和招聘人員，請教他們如何尋找合適的人才、如何判斷對方是否適任，並綜合自身利用 LinkedIn 獲得面試和工作機會的經驗，於本篇提煉出幾點重要的 LinkedIn 使用技巧。

上傳合適的個人照片

　　根據 LinkedIn Help 統計數據，有放個人照的帳號比沒有照片

的帳號多出二十一倍的瀏覽次數。

在招募人員使用的 LinkedIn 介面中，**求職者的照片與姓名會最先出現在搜尋結果中，對於第一印象有很大的影響**。上傳專業的個人照不但能增加可信度，降低被懷疑是假帳號的可能性，也更具親和力，增加招募人員點進個人頁面的機會。

一張適合 LinkedIn 的個人照應該具備以下條件：

- 能清楚看見臉部五官，將範圍限制在肩膀以上，避免使用全身照及團體照。

- 專業又親切的微笑，臉部表情自信放鬆，整體氣色健康、精神抖擻。

- 穿著適合上班的服飾，避免使用度假、派對等過於休閒的照片。

- 照片品質清晰、光線明亮，避免使用昏暗或模糊的照片。

- 簡單的背景，避免繁複雜亂、喧賓奪主的背景。

許多人會選擇專業棚拍、大學畢業照或證件照，但我個人偏好使用出遊時有打扮的照片，比起自拍照更加正式，但比專業棚拍更有親切感，也比證件照活潑，更不會像大學畢業照透露著青澀。

此外，現在手機照相功能與品質都不錯，操作也十分容易，很容易拍出適合放上 LinkedIn 的相片，省錢又方便。當然，這是我的個人偏好，大家可以考量預算、時間和個人風格，拍攝適合自己的照片。

打開 Open to work 設定

點進個人頁面，在你的照片和姓名正下方，有一個藍色的按鈕上面寫著「願意接收」（Open to），按第一個選項「搜尋新職缺」（Finding a new job），可以設定自己想要找的工作職位、上班模式（遠距、進辦公室、兩者混合）、類型（全職、實習、合約工等）和地點。

根據 LinkedIn 官方網站，這個設定能讓招募人員知道你正在尋找工作，LinkedIn 演算法也會讓你的個人檔案更容易出現在招募人員的搜尋中。

我自己曾經測試過，當我把 open to work 設定打開時，每週會收到十幾封獵頭和招聘的訊息，一旦關掉之後，一週只會收到一兩則訊息。十分建議大家，如果有在積極尋找工作機會，不妨把這個設定打開。

設定地點

不少招聘人員會透過篩選求職者的地點，來尋找職缺所在城市的人才，以降低招募成本。如果你現在念書或居住的地方並不是大城市，或未來想要工作的地點，**那你可以將自己的地點設定在想要就職的城市。**

通常獵頭和招聘在電話面試時，都會跟求職者確認居住城市跟搬家的意願，到時再跟他們說明自己目前在另一個城市，但是非常願意為工作搬遷即可。例如：I am based in Boston at the moment, but I am happy to relocate to New York.（我目前住在波士頓，但我很樂意搬遷到紐約。）

其他招募人員會注重的事

招募人員除了透過關鍵字（6-2 將會詳細說明）、求職狀態、居住地點判斷一位求職者適不適合，他們還會考量下列特質，來決定是否應該讓求職者進一步與招募主管面試：

- 是否經常跳槽（job hopping）：這一點因公司而異，一些較重視員工續留率的公司，較不偏好每一兩年就跳槽的求職者。以我們公司的招募人員為例，他們通常以兩年為基準，如果一位求職者許多工作都只做不到兩年，他們會優先面試其他較為穩定的求職者。

- **是否容易溝通共事**：從傳訊息給你開始，獵頭和招聘人員就在觀察以及形成對你的評價：你是否容易溝通？溝通是否明確清楚？態度是否友善謙和？特質適不適合公司和團隊？此外，你對招聘越親切禮貌，他們也更願意幫你推進面試流程或談判薪水。在6-3，我們也會深入探討如何與獵頭及招聘溝通。

- **是否主動積極**：獵頭和招聘也會從和你的互動中，感受你是否對該職位有熱忱。他們發 offer 時，都是認為求職者會接受才發的，畢竟誰想發 offer 給一個意興闌珊的人呢？因此，在與獵頭和招聘互動的過程中，積極展現對職位的熱忱和渴望十分重要。

6-2

優化關鍵字，讓工作更容易找到你

> 簡潔、明確的關鍵字，
> 展現個人品牌和專長。

　　獵頭和公司招聘在找人時，都是利用職缺描述中的關鍵字，來搜尋符合的人才。也就是說，**如果你的LinkedIn個人頁面有越多關鍵字，越容易出現在招募人員的搜尋結果中。**

　　招募人員的職責，是找到適合的人選推薦給用人主管面試。他們對一個職缺所需的專業能力、知識和日常職責的理解十分有限，所以在決定是否聯絡一位求職者時，通常都是拿職缺描述與其LinkedIn頁面參照比對，以此判斷這個人的經驗和技能是否符合職位。

　　舉例來說，招募人員要招募一名數據分析師，他不一定知道如何使用視覺化工具，或是各種機器學習模型這類專業細節，也不一定清楚哪間研究所的排名和課程規畫是好是壞。因此，如果求職者的LinkedIn頁面缺乏資訊、非常籠統，讓招募人員在頁面上找不到需要的資訊時，他很有可能就不會聯絡這位求職者。

　　在招募人員專用的LinkedIn介面中，他們可以輸入職缺中的關鍵字，例如：Python、Google Ads、Product Management、

Excel、Tableau 等等。LinkedIn 演算法會搜尋求職者個人頁面上的文字，有越多關鍵字重疊的求職者，就越容易被演算法推薦給招募人員。

招募人員專用的 LinkedIn 介面中，除了可輸入職位、地點，還可自由輸入職缺中的關鍵字。

圖片來源：LinkedIn 官網
https://www.linkedin.com/business/talent/blog/product-tips/how-newest-version-of-linkedin-recruiter-has-changed-linkedin-recruiting-team

了解這個原則後，我們就可以從兩個部分來讓幫助招募人員更輕鬆地找到自己——標題和簡介。

簡潔、明確、易讀的標題（headline）

標題是在姓名下面的一到兩行介紹文字，對於留下第一印象十分重要。**它不但是點進個人頁面時最先映入眼簾的資訊，也是招募人員搜尋介面中，會連同姓名和照片出現的預覽。**

　標題應該要保持簡潔（concise）、明確（specific）、易讀（readable）三大原則，讓招募人員花兩三秒就能對你這個人有大致的理解。

　「簡潔」的原則：使用簡短的關鍵字，避免寫冗長的句子或完整段落，詳細資訊可以放在下方的簡介。請將行數維持在兩到三行之間，因為太多文字容易讓人眼花撩亂，導致招募人員直接跳過不讀。另外，儘管專業術語或縮寫較精簡，但因招募人員多半不了解，仍應盡量避免使用。

　「明確」的原則：有些人會利用標題來呈現自己的職業、技能或專精的產業，或是寫出自己工作過的知名公司，有些人則會放上曾經獲得的獎項來顯示公信力。標題的內容十分彈性，但無論如何，應該要能展現明確的個人品牌和專長。

　舉例來說，就算你會社群行銷、寫網站還會用 photoshop，如果你下一份工作想要找資料科學家的職缺，那你的標題應該選擇相關的關鍵字，讓招募人員一目了然。另外，也應該避免使用 aspiring（有抱負）、passionate（充滿熱情）等形容詞，不但容易增加字數，更無法明確傳達實質的資訊。例如：

✕	▪ Passionate Data Guru | JavaScript, C++, HTML, Python, CSS | Product Management | Marketing | Social Media Management 充滿熱情的資料專家 | JavaScript、C++、HTML、Python、CSS | 產品管理 | 行銷 | 社群媒體管理 ➡ 太多不相關的資訊，像是產品管理、行銷都和資料科學沒關係。「充滿熱情的」也是無法傳達實質意義的形容詞。
◯	▪ Data Scientist | Machine Learning, A/B Testing, User Segmentation | Python, SQL, Tableau, PySpark, Hadoop 資料科學家 | 機器學習、A/B 測試、使用者分群 | Python、SQL、Tableau、PySpark、Hadoop ➡ 聚焦在資料科學相關的關鍵字。

如果還是學生或實習生，也不一定需要在標題中特別寫出來。**學歷通常不是招募人員是否選擇你的決定性因素，相反地，技能和經歷才是**。如果缺乏實務經驗，我們依然可以將自己擁有或正在學習的相關技能在標題中呈現出來。

展現技能的寫法	▪ Data Science | Machine Learning, Database Management, Visualization | Python, SQL, Tableau, PowerBI 資料科學 | 機器學習、資料庫管理、資料視覺化 | Python、SQL、Tableau、PowerBI
單純寫上就學狀態的寫法	▪ MSc Student in Data Science at Northwestern University 西北大學資料科學碩士生

「易讀」的原則：請記住在預覽時，只會顯示標題最前面四、五個字，因此，**你最希望招募人員知道的資訊，必須放在最前面**。另外，可以使用標點符號將關鍵字分開。以下來看兩個例子。

想要讓人知道自己是專精「產品行銷」的「數據分析師」，可以這樣寫：

- Data Analyst | SEO, product marketing, business intelligence
  資料分析師 | 搜尋引擎優化、產品行銷、商業智慧

想要讓人知道自己是「有經驗、有公信力」的「自由接案設計師」，可以這樣寫：

- UX/UI Freelancer | UX Design Award Winner | ex-Meta, Amazon, Wix
  UX/UI 自由工作者 | 使用者體驗設計獎得主 | 曾在 Meta、Amazon、Wix 工作

簡介（summary）展現個人特色

招募人員透過標題對你有大致的認識後，決定點進你的個人頁面，準備深入了解你的背景和經歷，接下來他看到的資訊就是「簡介」，也就是「關於」（About）的欄位。

在招募人員專用的介面中，LinkedIn 會將他們搜尋的關鍵字 highlight 出來，所以你在簡介中放入越多關鍵字，也越能提高個人頁面的能見度，並幫助招募人員決定你是否為合適的人選。

除了關鍵字之外，**在簡介也能提供更多個人脈絡，讓招募人員理解你的職涯發展軌跡、個人性格、工作信念、技能、長項、職業成就等等**，其功能類似工作面試時的自我介紹。那麼，該如何寫出好的簡介呢？

第一，**是避免被用到爛掉的句型**。相信大家在 LinkedIn 上都看

過這類句子：「Highly motivated and passionate HR professional with a proven track record（具高度動力與熱情的人力資源專業人士，具有卓越的履歷紀錄）」、「Disrupting the skincare industry（顛覆美容護膚業）」、「Strategic and creative marketing expert（具策略與創意的行銷專家）」。這些句子不只是陳腔濫調，甚至無法提供實質性的資訊。與其說自己 motivated、passionate、有 proven track record，還不如直接舉實際的例子說明自己具有這些特質！

第二，**要展現個人特色**。就跟你在面試時會用自己的語氣和用詞講述故事一樣，你的簡介應該也要能反映個人特色。這可以展現在寫作風格上，例如使用習慣的說話語氣和用字遣詞。如果你平常說話比較親切隨性，就不必勉強自己要用一板一眼的專業口吻寫簡介。個人特色也可以展現在簡介內容上，例如有沒有特別的契機，導致你想從事或尋找現在的工作、你的工作理念和態度、特殊的專長和成就、工作之外的興趣（但篇幅不應太長）等等，這些都能讓你不只是一張履歷，而更加立體、人性化。

第三，**梳理脈絡，將點連成線**。當招募人員看到你的履歷時，這一份又一份的工作、實習或社團活動，對他們來說就是一個個點，至於一個點如何連接到另一個點，這中間的曲折和故事他們完全沒有頭緒。如果你能為招募人員梳理脈絡，將一個個點串聯成故事，並且整合自己一路上培養的相關經驗和技能，就能幫助他們更了解你的背景和綜合強項，也使履歷更有信服力。如果是想轉換跑道，可以講述這個想法的契機，並強調自己的可轉移技能，或是說明另一個領域的經驗，將如何為這個新的領域加分。如果是在同一個領域尋求更好的機會，則可以統整自己累積的智

識、技能、歷練，讓招募人員知道，你能為他們的團隊提供價值。

最後，**幫招募人員總結你的強項和技能**。雖然個人 LinkedIn 頁面有「技能」（skill）欄位可以填寫，但由於位置在很下面，招募人員大多只會讀簡介和經歷，不一定會滑到最下面看證書和技能。因此，在簡介總結強項和技能，不但可以讓人一目瞭然，也能提高演算法的關鍵字配對率。

讓我們實際來看一個 before/after 的例子，如何應用上述技巧。

修改前：

Highly motivated and data driven ad tech professional with 4 years of experience. Proven track record to help improve and optimize ad performance using analytical approach. Experienced in Google Ad Manager, Google Analytics, Tableau, AdMob, PowerBI, and Excel.

具高度動力、專精數據驅動的廣告科技專業人士，擁有四年的經驗。以分析方法協助改善、優化廣告表現的履歷紀錄已獲證實。熟悉 Google Ad Manager、Google Analytics、Tableau、AdMob、PowerBI 和 Excel。

修改後：

I love helping publishers make more money with ads!

我喜歡協助發行商透過廣告賺更多的錢！

I stumbled upon ad tech during my summer internship at Company1. There was so much to learn, and I was quickly drawn to the fast-paced and ever-changing nature of the industry.

在 Company1 的暑期實習中，我偶然接觸到廣告科技。這個領域有很多東西可以學習，我很快就被這個快節奏且不斷變化的行業吸引。

Having worked at two publishers, I learned all the day-to-day operations and challenges a publisher could ever face. As the solo analyst at Company2, I onboarded and managed 10+ SSPs, revamped the reporting by creating new dashboards and reports, and played with all kinds of optimization tricks (flooring, blocking, PMP deals, ads.txt, sellers.json, testing new formats and positions... you name it!). All of these led to a 120% growth in ad revenue and 38% growth in eCPM. It was challenging at times, but I surely enjoyed it.

我曾在兩家發行商工作，因而了解了發行商可能面臨的日常營運和挑戰。在 Company2 擔任唯一的分析師期間，我負責了十多個供應商平台的引入和管理，透過建立新的儀表板和報告，重塑了報告系統，並嘗試了各種優化技巧（設定底價、封鎖廣告、私有市場交易、ads.txt、sellers.json、測試新的格式和位置……等等！）。這讓廣告收入增長了 120%，eCPM 則增長了 38%。雖然有時非常具挑戰性，但我確實樂在其中。

With a deep understanding and empathy for publishers, I became an account manager where I could help more publishers maximize their ad revenue. It is the perfect job because it combines some of my favorite things: meeting new people, being helpful, being analytical and data-driven, and always learning about new technologies in ad tech.

憑藉對發行商的深入了解和同理心，我成為了一名客戶經理，幫助更多發行商最大化他們的廣告收入。這是一份完美的工作，因為它結合了我最喜歡的事物：結交新朋友、提供幫助、進行分析和數據驅動，並且能夠不斷學習廣告科技的新技術。

Domain knowledge: Prebid, Open Bidding, TAM, PMP, Programmatic Direct on web/mobile web/mobile app

Adops tools I use: All major SSP platforms, Google Ad Manager, Google Analytics, Adsense, AdMob, Prebid Professor

Analytical tools I use: PowerBI, Google Data Studio, Tableau, DOMO, Excel

領域知識：Prebid、開放競價、TAM、私有市場交易、網頁／移動網頁／移動應用程式的程序化直購。

我使用的廣告營運工具：所有主要供應商平台、Google Ad Manager、Google Analytics、Adsense、AdMob、Prebid Professor。

我所使用的分析工具：PowerBI、Google Data Studio、Tableau、DOMO、Excel。

當獵頭來敲門

> 回覆訊息時，
> 秉持明確、積極、行動性三大原則。

　　LinkedIn 檔案準備就緒了，這時你收到獵頭或招聘的訊息了！那麼，該如何回覆才能與他們建立良好關係、最大化獲得面試的機會呢？

　　首先，通常你會收到類似這樣的訊息：

> ▪ My name is Jerome from X Company, executive recruiter. I came across your profile, and I was extremely impressed with your background! I am not sure if you are open to exploring new opportunities, but I have a few positions that I would love to discuss with you if you were open to seeing what was out in the market. Could we set up a good time to connect?
>
> 我是 X 公司的傑羅姆，負責執行招聘工作。我看到了你的個人檔案，而且對你的背景印象深刻！我不確定你是否願意考慮新的機會，如果你有興趣了解目前的市場情況的話，我有一些職位很樂意和你討論。我們可以安排一個方便的時間進行聯繫嗎？

- Your programmatic experience is super impressive! I'm looking for a Programmatic Supervisor at X Company and I wanted to take a shot and see if you were interested. Let me know and I can send you the job description. 😊

  你的數位廣告經驗令人印象深刻！X公司正在尋找一位數位廣告主管，我想嘗試詢問你是否有興趣。有的話我可以發送職缺描述給你參考😊。

- My name is Kseniia—I'm HR manager at X Company. X Company is the content experience platform powering billions of personalized interactions around the web. Currently I'm seeking an experienced Technical Manager position to join our headquarters in New York. If you are open for conversation, I would love to speak to you. Link for more details: ...

  我叫克謝妮亞，是X公司的人力資源經理。X公司是一個內容體驗平台，在網路上推動著數十億次個性化互動。目前，我正在尋找一位有經驗的技術經理，加入我們位於紐約的總部團隊。如果你有興趣進一步交流，我很樂意與你談談。以下是詳細訊息的連結：……

在回覆獵頭和招聘訊息的時候，保持三大原則：**明確、積極、行動性**。我們與獵頭和招聘聯絡的目標，就是爭取面試的機會。獵頭和招聘同時會招募許多不同職位，每個職位可能需要聯絡好幾個、甚至十幾個潛在的合適人選。因此，我們的訊息越簡潔明確，越能減少來回溝通導致的 delay，和不了了之的情況。

明確（specific）指的是**明確表達自己對職缺是否有興趣，並寫清楚自己有空的時間和時區**，避免籠統或模糊的訊息。積極（proactive）則是**積極表達自己對職缺的興趣**，有助於留下正面印象。最後，行動性（actionable）是**確定自己的訊息都能引起下一步的行動**，不管是約時間面試、請他寄職缺公告的連結等等。

讓對方知道下一步該做什麼，能夠增加回覆率，如果沒有收到回覆，也比較好追蹤。**我們的訊息一定要能啟發後續行動，才能將自己的求職進程往前推一步。**

來看一個 NG 範例：

Hi Sarah,
嗨，莎拉，

Sounds good. I am interested in the position. I am free 1-3 pm. Thanks!
聽起來不錯。我對這個職位感興趣。下午一點到三點有空。謝謝！

Kristin
克麗希汀

這個訊息的開頭聽起來不是特別積極、有熱忱，雖然有寫一到三點有空，但是沒有標明是今天或接下來幾天的同一時段都有空，也不確定是哪一個時區的一到三點。另外，也沒有提供聯絡方式，這樣的訊息會使獵頭或招聘必須再寫一封訊息詢問，有時對方如果較忙碌，可能就會優先聯絡其他候選人。

明確、積極並具有行動性的回信結構

首先，**感謝對方聯絡你**：

- Thank you for reaching out.
  感謝您的聯繫。

- Thank you for your message.
  感謝您的訊息。

- Thank you for writing.
  感謝您的來信。

接著，表達興趣：

- The position sounds like an exciting opportunity.
  這個職位聽起來是個令人興奮的機會。

- This sounds like a great opportunity.
  聽起來是個很棒的機會。

- I am interested in learning more about the position and the company.
  我有興趣了解更多關於這個職位和公司的事。

- I'd love to learn more about the opportunity.
  我很樂意了解更多這個機會的資訊。

如果你本來就知道這家公司，也可以表達自己的喜愛和原因：

- I am a long time fan of [company name]. It is my favorite vendor to work with/my go-to when ordering food delivery/the most well-designed app in the market, so I am more than happy to chat!
  我從很久以前就是【公司名稱】的粉絲。它是我在工作時最喜歡合作的供應商／我點外賣時首選的平台／市場上設計最精美的應用程式，所以我非常樂意聊聊！

再來，約時間視訊或通話：

- I am free between 9-11 am every day this week.
  我這個星期每天早上九點到十一點都有空。

- I am open in the following time slots:
  我在以下時間段有空：

- Below are my availabilities this week:
  以下是我本週的空閒時間：

- Please find my availability below:
  請查看我本週的可用時間：

- I have availability at...
  我在……有空。

- My free hours are...
  我的空閒時間是……

　　記得使用當地日期格式，並標註時區，例如：「4/2, Monday, 1-3 pm EST」。也避免使用軍事時間——也就是二十四小時制，雖然台灣人很習慣，但其實在外國很少用喔！

　　約定時間後，請對方採取行動（確認時間、加入行事曆）。

- Please let me know what time works for you.
  請讓我知道哪個時間對你比較方便。

- Please let me know when is a good time for you.

  請告訴我什麼時間對你來說比較合適。

- Please let me know if you are free in any of the time slots above.

  如果你在以上的哪個時間段有空，請讓我知道。

- Feel free to set up a call at your earliest convenience.

  請隨時在你方便的最早時段安排一通電話。

接著，**提供聯絡方式**，如果對方有向你索取履歷，也可以在此時提供。

- You can reach me at [phone number] or [email]. Attached is my resume.

  你可以透過【電話號碼】或【電子郵件地址】與我聯繫。也一併附上我的履歷。

最後，來個**積極正向的結尾**。

- Looking forward to chatting with you.

  期待與你聊聊。

- I look forward to our call.

  期待我們的通話。

實際回覆範例

☑ 通用版本

Hi Nicholas,
嗨，尼古拉斯，

Thank you for reaching out.
The position sounds like an exciting opportunity. I am definitely interested in learning more.
感謝你的聯繫。
這個職位聽起來是個令人興奮的機會。我絕對有興趣進一步了解。

Below are my availabilities this week:
- 4/2, Monday, 1-3 pm EST
- 4/4, Wednesday, 10-11 am or 3-5 pm EST
- 4/5, Thursday, 2-5 pm EST

以下是我本週的空閒時間：
- 4/2，星期一，美東時間下午一點至三點
- 4/4，星期三，美東時間上午十點至十一點，或下午三點至五點
- 4/5，星期四，美東時間下午兩點至五點

Please let me know what time works for you. You can reach me at 111-222-3333 or tomoyuki@gmail.com. I look forward to chatting with you!
請讓我知道哪個時間對你比較方便。你可以用電話111-222-3333，或電子郵件 tomoyuki@gmail.com 聯繫我。期待與你聊聊！

Best,
Tomoyuki
最好的祝福，
智之

☑ 語氣較熱情

Hi Andy,

嗨，安迪，

Thank you so much for reaching out!

非常感謝你的聯繫！

I am a long time fan of Squarespace. I have used it to create 2 websites, and I enjoy how streamlined and intuitive the user experience is. It would be great to connect and see how I can add value.

我從很久以前就是 Squarespace 的粉絲，已經用它創立了兩個網站。我很喜歡它流暢又直觀的使用者體驗。很高興能夠與你聯繫，並看看我能如何提供價值。

I am free between 3-5 pm EST on Tuesday, Wednesday, and Friday this coming week. You can reach me at 111-222-3333 or natalie@gmail.com. Please let me know when would be the best time to connect.

下週的星期二、星期三和星期五，我在美東時間下午三點至五點有空。你可以透過電話 111-222-3333，或電子郵件 natalie@gmail.com 聯繫我。請再告訴我何時是最佳的聯繫時間。

Looking forward to chatting!

期待與你聊聊！

Best,
Natalie

最好的祝福，
娜塔莉

☑ 簡短版本

直接像回簡訊一樣回覆也可以，但較不正式。每一位獵頭的風格不太一樣，如果對方的訊息比較輕鬆，可以考慮下列這種回應方式。

Hey Roger, I'd love to connect and chat! Are you open between 2-4 pm PST tomorrow? If not, I am usually free after 3 pm PST. Let me know when would be the best time. You can reach me at abc@gmail or 111-222-3333. Looking forward to chatting. Thanks!

嘿，羅傑，我很樂意與你聯繫和聊聊！你明天太平洋時間下午兩點到四點有空嗎？如果不行，我通常在太平洋時間下午三點後有空。請告訴我什麼時候最合適。你可以透過電子郵件 abc@gmail.com，或電話 111-222-3333 聯繫我，期待與你聊聊。謝謝！

☑ 暫時沒有要換工作時

如果你沒有在找工作的話，也可以禮貌地讓獵頭或招聘知道你的意向，並且表示願意保持聯絡，未來有需要會聯繫他們。

Hi Nicholas,

嗨，尼古拉斯，

Thank you so much for reaching out! I am currently not looking but would love to stay connected. Please keep me posted on the positions you are recruiting for in the future.

非常感謝你的聯繫！目前我並沒有在找工作，但很樂意保持聯繫。請隨時告訴我未來有哪些招聘的職位訊息。

Best,
Vivienne
最好的祝福，
薇薇安

如果你想要更主動一些，就算沒有真的想換工作，還是可以跟獵頭或招聘聊聊天，了解一下現在的產業狀況、薪資水平等等，可以這樣說：

Hi Roger,
嗨，羅傑，

Thank you so much for reaching out! I am not actively looking at this moment but I am interested in learning more about the positions you are recruiting for. I would love to have a quick chat with you. I am free between 3-5 pm EST this week. You can reach me at 111-222-3333 or abcde@gmail.com. Please let me know what time works for you.

非常感謝你的聯繫！目前我並沒有在積極尋找工作，但我對你所招聘的職位有興趣，希望能了解更多。我很樂意和你進行一次簡短的聊天。本週我在美東標準時間下午三點至五點有空。你可以用電話111-222-3333，或電子郵件abcde@gmail.com 聯繫我。請告訴我哪個時間你最方便。

Best,
Vivienne
最好的祝福，
薇薇安

☑ 主動聯絡獵頭

除了等待獵頭聯絡，你也可以主動出擊，詢問是否有合適的機會。以下是一些例子：

Hi Andy,

嗨，安迪，

I found your profile on [mention source]. I'm [role], new to New York, with [x] years of experience and currently seeking new opportunities. I'd love to chat about whether my background might be a fit for any of your openings.

我在【資訊來源】上找到了你的個人資料。我是【職位／角色】，剛搬到紐約，擁有【x】年的工作經驗，目前正在尋找新的機會。我很樂意聊一聊，看看我的背景是否適合你們的任何職缺。

Best,
Natalie

最好的祝福，
娜塔莉

Hi Nicholas,

嗨，尼古拉斯，

I saw that you work with [company]. I've been working in the ed tech industry as a user researcher for 4 years. I am experienced in qualitative research, data analytics, UX testing, and usability testing. I am attaching several open roles below that I am interested in at [company]. Please let me know if you are the person recruiting for these positions.

我看到你和【公司】共事。我在教育科技業從事使用者研究已經四年了，對於量化研究、數據分析、使用者經驗測試和可用性測試有經驗。下面是幾個【公司】的職缺，我十分有興趣。請讓我知道你是否是招募這些職缺的人。

Senior UX/UI Designer [URL]
Senior User Researcher [URL]
User Experience Manager [URL]

資深 UX/UI 設計師【連結】
資深使用者研究員【連結】
使用者經驗經理【連結】

Thanks in advance,
Kristin

提前感謝，
克麗希汀

column

其他 LinkedIn 小妙招

　　最後，再提供一些其他的 LinkedIn 隱藏功能和小妙招，希望對大家的求職之路有所幫助！

- **資格認證（Certificate）**：如果你有相關的修課或考試證書，特別是轉換跑道或就學中沒有實務經驗的人，請務必放到個人頁面上。請記得盡量放與想找的工作相關的就好，不要放一堆八竿子打不著的證書！

- **推薦（Recommendation）**：如果你與你的教授、主管、同事關係不錯，可以請他們為你在 LinkedIn 上寫一段推薦文，有了第三方背書，可信度更高。

- **LinkedIn 社團（LinkedIn groups）**：LinkedIn 上有許多社團，你可以選擇加入有興趣的領域和產業相關社團。在 LinkedIn 的搜尋欄可以搜尋關鍵字，結果出來後，左手邊的欄位會出現許多類別的結果，像是職缺、活動等，點選「社團」，正中央就會顯示搜尋結果，再來只要點選「加入」（Join）就能進入囉！

- **職涯探索（Career explorer）**：LinkedIn 在疫情期間推出的 career explorer，很適合想要轉換跑道或打算換工作的人。只要輸入現在或上一份從事的工作和地點，Career Explorer 會顯示這份工作最常見的發展方向、有重疊到的技能跟需要學習的新技能。更多詳細資訊，請見：https://linkedin.github.io/career-explorer/

- 面試準備（Prepare for Interview）：LinkedIn 在疫情期間也推出了免費的面試準備資源和課程，有需要可以多多利用：https://opportunity.linkedin.com/prepare-for-interview

- 留言、按讚、私訊：最後，別忘了 LinkedIn 是一個社交平台，除了投履歷、聯絡獵頭之外，平時也別忘了利用留言和私訊的功能，多多跟你的聯絡人互動交流，這樣需要聯絡的時候，比較不生疏，對方也才記得你喔！

Chapter

07

請人幫忙的
藝術與科學

在　台灣成長的過程中，基本上都是獨立作業、彼此競爭居多，到了大學可能開始有團體作業，但也傾向是劃分好工作範圍後各做各的。剛出社會工作，依然是每個人各自狂投履歷，不像在歐美有濃厚的推薦信文化。然而，在美國求學、找工作，都需要教授或主管幫忙寫推薦信；或到了職場上，會需要請不同的團隊幫忙出報告。我也是在過程中慢慢學習，要如何有效地請別人幫忙，不但能讓自己得到幫助，也能讓別人對於「能夠幫到我」這件事感到開心。

相比之下，過去在台灣，我會覺得請人幫忙就是麻煩別人，是在造成對方的困擾，但現在，我用不一樣的心態去轉化「請人幫忙」的舉動。這個社會就是需要大家互相協助，人際連結才能變得更加緊密，而請人幫忙其實是個拉近彼此關係的好機會，讓我們能夠與其他人有更深、更緊的連結。研究也顯示，幫忙不只能夠讓協助你的人自我感覺更良好，對方也會因為幫了你，而更喜歡你這個人。**不管是幫忙別人或是請人幫忙，都是在建立關係，只要方法正確，不需要特別覺得自己是在打擾別人**；相反地，我們應該用一種積極正向的心態去看待這件事。不過，在請求幫忙的過程中，還是有一些應該要避免的行為，以下就為大家整理了千萬不能踩的十大地雷。

1. 什麼都不說，期待別人主動來幫忙

根據我的主觀觀察，在台灣，大家通常會期待別人預知到你需要幫什麼忙，接著主動伸出援手，這可能也是大家會說台灣有人情味的原因。但在美國，如果你沒說出口，別人就不大會主動來幫你，原因是如果你沒有尋求別人的意見或援助，他人就主動幫忙的話，很有可能會被認為高高在上，預設了別人需要幫忙，反而是一種不尊重人的表現。用一個專有名詞來解釋就叫作「audience inhibition」（觀眾抑制

效應），意思是大家普遍會害怕在他人面前出糗，或是看起來很蠢。所以在美國，如果不是確定你真的需要幫忙，或是幫了忙你會開心的話，大家傾向選擇不幫忙，以免造成你的不適。倒過來說，**如果需要幫忙的話，最好的做法，就是直接明白地跟別人說你需要幫忙。**

2. 一次問一大群人幫忙

這會造成所謂「旁觀者效應」。比如說當車禍發生時，很多人同時都看到了，他們的第一直覺很可能就會是：「會有其他人打電話報警吧，那我應該就不需要伸出援手了。」但大家都這樣想的時候，很可能就因此沒有人去報警。反過來說，當你需要幫忙的時候，**最好避免在群組裡一次問一大群人，或發群組信給所有人**，這樣反而會降低他人伸出援手的意願。最好是一對一私訊或是去拜託對方，讓對方知道他是少數、甚至是唯一能幫你忙的人；且避免發送罐頭訊息，最好講清楚對方有什麼特別之處，是他人所不具備的，而這正是你需要對方幫忙的原因。

3. 模糊不清的請求

舉例來說，身為一個部落客，我常常收到同學請我幫忙的訊息，其中有些訊息會長這樣：「可以問你關於美國的問題嗎？」、「想跟你聊聊你在美國的生活」等等，但這樣一看，我其實不知道對方到底要問什麼。如果我這時特別忙的話，很容易會直接忽視這樣的請求，因為實在太模糊不清。所以很重要的一點是，**如果你需要幫忙，最好在請求別人的時候一次講清楚**，包括具體要幫忙你什麼、對方可能會需要花費多少時間心力等，都列出來好讓對方明白你的情況，以及讓對方評估他是否能幫上你的忙。另外，在建立人際網絡時，也盡量避免在

LinkedIn 上發送模糊不清的罐頭訊息，像是「Let's connect about your work」（噢，讓我們聯繫一下，談談你的工作）或者是「I need to get a hand from you with something」（我需要從你這裡得到一些幫助），這種動機不明的請求，對方看了可能反倒有點害怕，因為他不知道你到底想要什麼，可能就因此忽視掉你的訊息。

4. 太超過的要求

　　這通常會發生在很希望找 mentor（指導者、顧問）的同學，在第一次尋求協助的時候，就直接問對方說：「你可不可以當我的 mentor？」對方完全不知道你是誰，之前和你也沒有任何聯繫，這時候，對方就很容易被嚇跑。因為當 mentor 是一件很需要投資心血和時間的事情，他很可能會需要每週跟你會面，甚至長期擔任你的生涯導師，從數月到數年都有可能，給予建議和回饋等。這時候，**比較好的做法是先從合理的請求開始**，像是先問對方關於產業或職涯發展的問題，若有收到對方的回覆，初步聊聊後對方也喜歡你，雙方彼此都有共鳴並且持續保持聯絡的話，對方自然而然就有機會成為你的 mentor 了。

5. 沒做好功課

　　通常發生在你想請對方幫你推他們公司的某個職位，或是你想要去請教對方公司有沒有在招人的時候。如果你根本搞不清楚對方公司的背景、工作的職位，或工作的所在地，這些明明是看個 LinkedIn 就知道的訊息，你卻在請求對方的訊息中錯誤百出，連這種顯而易見的功課都沒有做好的話，很容易使對方幫忙的意願大打折扣。因此，**在請求他人協助以前，最好先做個準備，至少瀏覽一下對方的 LinkedIn 或個人網站，確認對方現在的工作和狀態。**如果更進一步的話，也看看

對方有沒有什麼需要幫忙的地方，或是你可以提供價值之處。這樣在請求幫忙的時候，你也可以順帶提供回饋，達到互利互惠的狀態。

6. 過度道歉

在台灣，請人幫忙時通常會說「不好意思」、「可以麻煩你怎樣怎樣」來開頭，是種約定俗成的用法，並不會有特別自我貶低、沒有自信的感覺。但在中文語境裡聽起來很正常的話，直譯成英文就會變成「I'm sorry」、「Can I bother you with...」這種相對負面的語調開場，反而會讓你想請求的人感受不佳，不但顯得你沒有自信，還會讓對方感到很見外。最好的做法，就是提出請求後好好感謝對方，或是多講幾句褒獎對方的話，讓對方有正面感受即可，不需要透過道歉來降低自己內心的罪惡感。

7. 弱化請求的重要性

像是脫口而出「我有個小忙」、「我有個不重要的事情想請你幫忙，如果你很忙的話沒關係」，但這其實就是矮化自己請求的表現。一旦你這麼做，也同時是在矮化對方幫忙你的程度，導致容易有負面的觀感。本來對方可能覺得，如果能幫你度過這個難關，他心裡就有更多正面的能量。結果你在這時候說「哦這沒什麼啦」、「只是件小事」，就很可能降低對方的正面感受。最好的做法呢，一樣就是感謝、讚美對方，把重點聚焦在對方是個很棒的人，讓他留下正向的感受。

8. 強調對方幫了忙會很開心

這聽起來很像廢話，但實際上就是有人會說出「欸，你這週末沒事的話，要不要來幫我刷油漆，會很好玩哦」，這種很類似情緒操縱的

話，一股腦地預設對方會喜歡幫忙，甚至是從幫忙的過程中獲益。另一方面，請小心別把對自己的好處，和對別人的好處混淆在一起，比如說「欸，你如果能幫我來刷油漆就太好了，畢竟我還要顧小孩顧家人。而且你之前不是說想當油漆學徒嗎？這樣剛好一舉兩得，你也剛好可以練習刷油漆的技巧。」在請求中同時包含了「為你好」和自利的說法，聽起來十分虛偽，甚至很像在操縱對方。這時候，最好在兩種說法中擇一，**要嘛就是只聚焦在對方能夠幫忙你的地方，或是對方幫忙能夠得到的好處，不要將兩者混為一談。**

9. 翻舊帳

在請人幫忙的時候，假使對方猶豫不決，你可能會忍不住踩到第九個地雷「翻舊帳」。這有點像在情緒勒索，跟對方說「我之前二話不說幫你怎樣怎樣，為什麼我這一次需要幫忙，你卻不伸出援手？」如果你已經到了需要提醒別人欠你什麼的地步，那很可能對方也不是很想幫你。比較好的做法可能是，**就算對方真的之前有欠你人情，最好還是把重點放在「你需要請他幫忙」這件事上，而不是去翻舊帳。**

10. 停止我、我、我

不需要特別強調自己不是「愛麻煩別人的人」，或是說「我個人很不喜歡這樣子，但是我需要你的幫忙」。通常這樣講了之後，對方的感受也會滿負面的，因此，請別人幫忙的時候，最好的做法，其實是**保持積極正面的態度、感謝對方**，提出要求的時候也不用大驚小怪、把自己的困難講得很嚴重，或是很麻煩別人一樣。**請保持平常心，直接提出你需要對方的協助就好。**另外一個重點是，不用太擔心請別人幫忙是在示弱，或把整件事想成「我這樣會不會沒面子」，過度把焦點放

在自己身上。相反地，應該聚焦於協助者，這會讓對方覺得你的反應
很好。

7-1

熱介紹（Warm Introduction）：
請認識的人幫忙牽線

[釐清自己的需求，與想要目標對象怎麼幫你，
是得到幫助的關鍵。]

我在紐約第一次買房時，完全不知道該怎麼辦。網路上資訊很多，但我不知道哪些來源可信、哪些適用於外國人，購房網站上的房地產經紀人選擇超多樣，但我也不知道到底誰值得信賴。於是，在跟比較資深的同事聊天時，只要他們問我：「最近在忙什麼？」我都會提到買房的計畫，順帶向他們請教經驗。就這樣，兩位同事聽到我的需要，就推薦了他們當初合作的房地產經紀人和貸款經理人，買房甚至變成我跟其中一位台灣同事的主要聊天話題，他也很熱心地在我有問題，或需要看合約時給予協助。

在聊天過程中自然地提到自己最近的目標，主動讓別人知道自己的需要，就是獲得幫助最簡單輕鬆的方式。我曾無數次聽到別人在聊天過程中，自然而然幫忙牽線、推薦工作等等。隻身一人在國外工作、生活，少了原本家鄉的社交網絡，更是需要身邊老闆、同事、朋友、同學的相互幫忙，才能在需要的時候站穩腳步。

如何順勢提到需要幫忙

當聊天時，別人問你「How are you?」、「What are you up to recently?」、「What's up?」（最近如何？）的時候，就是你尋求幫助的好機會。你可以說自己最近不錯，順勢帶到正在忙的事情，和遇到的困難，看看對方是否有資源可以幫助你。就算當下沒有辦法幫忙，但對方知道了之後，只要看到、聽到適合的機會或資訊，便會第一個想到你。以下是一些你可以用來帶起話題的範例：

> ▪ I have been thinking about transitioning into a more strategic role, but I am not sure how to get started or whom to talk to.
>
> 我一直在考慮轉向更具策略性的職位，但我不確定該如何開始，或者應該找誰討論。

> ▪ I have been looking at apartment listings recently. I am buying an apartment for the first time, and I am not sure what to do. Do you know anything about buying an apartment in the city or know anyone who does by any chance?
>
> 最近我一直在看公寓的房源。這是我第一次購買公寓，還不太確定該如何處理。不知道你對於在城市購買公寓是否有所了解？或碰巧認識有相關經驗的人？

> ▪ I am interviewing for some full-time positions in product marketing. It's a little tough because of the economy. If you know anyone who is hiring, please let me know.
>
> 我正在面試一些產品行銷的全職職位。由於景氣不太好，面試狀況有點艱難。如果你有認識正在招募的公司，都請告訴我。

如果你已經有希望認識的目標對象，想請朋友幫忙介紹，可以

在做好功課之後，禮貌地詢問是否願意幫忙牽線。牽線的過程越簡單、要做的事情越少，對方就越可能幫忙。也就是說，釐清自己到底需要什麼、希望目標對象怎麼幫你、你可以提供什麼價值十分重要。以下是請求的範例：

> ■ One thing I am focusing on right now is finding someone who can help me with setting up my online business. I think Bella would be an ideal person for that. Do you think she'd be willing to meet with me?
>
> 我目前正在尋找一個能幫助我建立線上業務的人。我認為貝拉是一個理想的人選。你覺得她會願意跟我見面嗎？

如果目標對象跟朋友不是非常熟，你甚至可以提前寫好牽線的介紹信，朋友只需幫你寄出去就行了。以下的範例來自書籍《The Myth of the Nice Girl》，是更為客氣禮貌的問法：

> ■ Hello Sabrena, I hope this email finds you well. I was interested in applying for the [job title] with [company]. I noticed that you're connected with [name] at the company. I am wondering if you know her well enough to potentially pass along my name and resume to her. I know that networking is a very important step in the job application process, and I would really appreciate it if you have the ability to help me make this connection. Attached is a forwardable email with my resume.
>
> 嗨，賽賓娜，希望你一切都好。我對於在【公司名稱】申請【職位名稱】感興趣。我注意到你在公司與【目標對象名字】有聯繫，想知道你是否與她足夠熟稔，能將我的姓名和簡歷遞送給她。我知道在求職過程中，建立人脈網絡非常重要，如果你能夠幫忙牽成這個聯繫，我將不勝感激。附上一封可轉發的郵件，裡面有我的履歷。

如何請人幫忙寫推薦信

除了請人幫忙介紹工作或牽線，請教授、前同事或老闆幫忙寫推薦信，也是求職過程中十分常見的需求。大家平時就要跟幾位未來能夠幫你寫推薦信的人打好交道，不管是見面聊天或在社交媒體上留言、私訊都可以。千萬不要共事時不打好關係，離開後也完全沒有聯絡，等到有求於人的時候，才突然出現喔！

請人幫忙寫推薦信的重點，在於讓對方省時省力。除非對方真的不喜歡你，或認為你很不值得推薦，不然多數人對這種舉手之勞不會拒絕。因此，在聯絡之前，幫對方擬好推薦信草稿，或是一個可以在推薦信中提到的重點清單，例如技能、專業知識、品格等等，對方只要過目簽名，幫你提交就行了。這樣做也比較能控制時程，避免對方因太忙而延誤到時間。

☑ 請對方幫你寫 LinkedIn 上的推薦

Hi [name],
嗨，【姓名】，

I hope this message finds you well! I am looking for new opportunities in product marketing. Since we worked closely together on client communication for three years at [company], I was wondering if you could write a recommendation for me on LinkedIn. If you are busy, I can send you a sample, and you can adjust it to your liking. I am planning to start applying in two weeks, so let me know if you could help.

希望你一切順利！我正在尋找產品行銷方面的新機會。由於我們一起在【公司】密切合作了客戶溝通這個項目三年，我想知道你是否能在 LinkedIn 上幫我寫一篇推薦。如果你很忙，我可以寄範例給你，你可以根據自己的喜好進行調整。我計畫在兩週後開始申請新職位，所以請讓我知道你是否能幫忙。

Thank you,
Barbara
謝謝，
芭芭拉

☑ 請前同事或主管寫推薦信

Hi [name],
嗨，【姓名】，

I hope you've been doing well. I'd like your help on a recommendation letter. The company I am interviewing for asked for two recommendation letters from my previous jobs. You are the first person I thought of because we collaborated on many projects and we worked so well together. If you're busy, I can send you a draft for your reference. Let me know if you are able to help!

希望你一切順利。我想請你幫忙寫一封推薦信。我正在面試的公司要求提供兩封來自先前工作的推薦信。因為我們在很多項目上合作過，而且配合得很好，所以你是我首先想到的人選。如果你很忙，我可以發送一份草稿供你參考。請讓我知道你是否能夠幫忙！

Thank you,
Barbara
謝謝，
芭芭拉

☑ 請學校教授寫推薦信

Hi Professor [name],

嗨,【XX 教授】,

I hope this email finds you well. I'd like your help on a recommendation letter. I am interviewing for a data scientist internship at X Company, and they asked for two recommendation letters. I immediately thought of you because you mentored me on my data science project about NLP. I believe you are the best person to speak to my competencies and work ethics. I need to submit the letter by Friday this week. If you are busy, I can send you a draft for you to review or revise. Please let me know if you are able to help. Thank you.

希望您一切順利。我希望能請您幫忙寫一封推薦信。我正在申請 X 公司的資料科學實習職位,他們要求提供兩封推薦信。我馬上就想到了您,因為您曾指導我關於自然語言處理的資料科學專案。我相信您是最適合評價我的能力和職業道德的人。我需要在本週五之前提交推薦信。如果您很忙,我可以發送一份草稿供您審閱或修訂。請讓我知道您是否能夠幫忙。謝謝。

Best regards,
Barbara

最好的問候,
芭芭拉

7-2

冷請求（Cold Calling）：
如何讓陌生人幫助你

> 完整的冷請求訊息，應該包含：
> 自我介紹、點出共通點、表明動機、
> 提供價值、促使行動。

　　冷請求通常多用在銷售領域，描述銷售人員必須打電話給完全不認識的陌生人推銷產品，但近年這個詞也衍生出聯絡陌生人幫忙、問問題的意思。剛到國外，人生地不熟，沒有太多認識的親朋好友能夠幫你，這時候冷請求就非常重要了。我在紐約的第一年，為了找實習，也曾經在 LinkedIn 上傳訊息給無數陌生人，向他們請教問題，甚至請他們幫我推薦工作。雖然說最後還是透過正規的 LinkedIn 申請獲得實習，但也因此獲得了一些職涯建議和引薦，甚至還在臉書總部與矽谷阿雅見面，她很熱情地分享了在美國打拚的血淚史，不但替我解答疑難雜症、導覽了臉書的園區，還帶我到員工餐廳吃晚餐呢！

發出有效冷請求的秘訣

☑ 釐清冷請求的目標

　　每個人需要冷請求的原因都不同，有可能是想要尋求職涯建議、找商業夥伴、求職、請人幫忙推薦，或是單純拓展社交網絡等等。

在開始聯絡其他人之前，釐清自己的目標十分重要。先問自己：「我需要幫忙的是什麼地方？」、「我想要從中得到什麼？」、「我希望對方採取什麼行動？」你是希望對方能簡單快速地回信答覆你的問題、打個電話或 zoom 會議跟你聊聊，還是喝個咖啡當面談？越清楚自己的需求和目標，冷請求的效率就越高。

☑ 聯絡對的人

對的冷請求對象，是能夠滿足你的目的、回覆機率也較高的人。撰寫客製化的冷請求訊息是很花時間的，在聯絡之前，務必花一些時間瀏覽對方的社交媒體、個人網站、經歷等資料，確定對方是能夠提供幫助的人。而且，如果對方讀了你的訊息後，發現他不是能夠幫你的人，很可能一忙起來就不會回覆了。

要增加回覆的成功率，可以尋找有共通點的對象，例如校友、共同興趣、曾經在同一家公司上班的前輩、社團成員、有共同好友的人等等，並在訊息中提出你們的共通點。另外，網紅、部落客、意見領袖等類型的人由於曝光度較高，更容易收到大量的私訊和郵件，因此，可以優先聯絡沒有經營社群媒體，但仍然擁有你好奇或嚮往經歷的對象。最後也可以提醒對方，如果他不是最適合的人選，是否可以推薦其他人給你。

☑ 準備好展現自己

不管你想在 LinkedIn、還是其他社交軟體或電子郵件聯絡對方，請都先準備好 LinkedIn 或社交軟體的個人頁面、網站或作品集。從對方的角度出發，當他收到一個陌生人的來信請求幫忙時，多少都有一些疑慮，可能是百忙中得抽空回覆的時間成本，也可能是約出來見面的風險。

完整的個人網站、LinkedIn 頁面或作品集，能夠提供對方更多關於你的資訊，進而消除疑慮，甚至能引發興趣，讓對方更容易答應你的請求。我曾經在 Instagram 上收到一位陌生人的私訊，說她在 YouTube 上看了我介紹 International House 宿舍的影片，想要在紐約跟我約見面，並表示自己也是台灣人，是一位音樂家、表演者。我看了她 Instagram 和個人網站上的表演作品之後，覺得「嗯，跟她見面應該不會有危險」，而且她的職業非常有趣、特別，就很爽快地約吃飯了！

☑ 保持明確和精簡

當你準備好要聯絡對方、正在撰寫聯絡訊息時，請記得前面提到的「**冷請求的目標**」和「**想要對方採取的行動**」，確定自己的訊息能夠很明確地向對方溝通以上兩點。另外，也務必保持訊息精簡。訊息越長，對方越有可能忽略不看，或是看完之後抓不到重點，而不知道你要什麼、該怎麼幫你。一個完整的冷請求訊息，應該包含以下的資訊：

自我介紹	用一到兩句話簡單介紹自己。
如何知道對方或共同點	用一到兩句話向對方說明你是如何找到他們，例如 LinkedIn 搜尋、一位共同好友、某一則報導文章或影片等等。或雙方的共通點，例如曾就讀同一所大學、住過同一個城市或區域、都會說某一國語言、都屬於某一個社群團體等等。

表明動機	用一到兩句話解釋你聯絡的原因，可以進一步說明哪裡需要對方協助。如果有一串問題要問，可以條列式列舉出來。
提供價值	用一句話表明自己可以提供的價值。舉例來說，如果對方是用人主管，我們可以說明自己的學經歷如何能為他的團隊提供價值；如果對方是獵頭，我們可以主動表示自己能幫忙介紹合適人選；如果對方是部落客，我們可以詢問對方的部落格是否需要什麼協助。甚至只是簡單說「如果有什麼事是我可以做到的，我都很樂意幫忙」，也能夠展示出我們不是單方面想要從對方那邊得到東西，而是雙向的。
促使行動 （call to action）	訊息的最後，用一句話請對方採取行動。我們的目標，是讓對方回應我們的請求，所以不管是請他回覆方便打電話或見面的時間、回答我們的問題，或是在 LinkedIn 上加好友，都一定要在訊息最末端再提醒一次。

☑ 主動追蹤回覆情況

　　冷請求很多時候不是已讀不回、不讀不回，不然就是對方回了一兩句之後，就沒有下文了。其實對方不一定是不願意幫忙，有可能因為工作、家庭和私人生活太忙碌，沒辦法隨時把陌生人的請求擺在第一位。有時候，只要稍微多一點提醒，讓對方知道我們真的很需要幫助，他們就會回應了。我建議如果第一次聯繫，

對方沒有回覆的話，可以再追蹤一到兩次，提醒一下對方。當然，最後幫不幫的決定權在對方手上，但既然我們已經主動聯絡了，就盡可能在能力範圍內提高回覆率。

☑ 拒絕是必經過程

如果在追蹤一兩次後，訊息還是石沉大海，千萬別往心裡去，請用平常心看待！許多數據顯示，大多數銷售的冷請求成功率在1到3%。我自己在找實習和正職時，送出去的訊息有一半是沒有回覆的，再加上求職時常收到公司拒絕信，多少會灰心喪志。但事後回頭看，我覺得被拒絕或不讀不回，其實就是求職或冷請求的一部分，不管自己的經歷條件如何，不可控的變數太多，不可能每一個訊息或工作都百發百中。向陌生人搭訕、請陌生人幫忙，都需要很大的勇氣。做好心理準備，知道拒絕是不可避免的一部分，只要我們盡力了，便不用太在意對方的反應如何。

該怎麼寫冷請求訊息？

以下提供一些求職、社交時常用到的冷請求訊息範本。每個範本的結構，基本上都包含第228-229頁提到的「自我介紹、如何知道對方或雙方的共通點、表明動機、提供價值、促使行動」。自我介紹、如何知道對方、雙方共通點通常在訊息前段，先後順序彈性；表明動機和提供價值通常在中段；促使行動則要放在訊息的最後，提醒對方採取行動。

☑ 聯絡正在招人的用人主管

Hi [name],

嗨，【姓名】，

I saw a job posting that you are hiring for your team. I have [experience]. If you think my skills and experience are relevant, I'd love to chat with you and learn more about your team and the company. Please let me know if we can set up a quick call this week.

我看到你們團隊正在招募新職位。我具有【某方面的經驗】。如果你認為我的技能及經驗和該職位相關，我很樂意與你聊聊，了解更多關於團隊和公司的資訊。請讓我知道，我們是否可以在本週安排一次簡短的通話。

☑ 聯絡沒在招人的用人主管

Hi [name],

嗨，【姓名】，

As a long time fan of X product, I have been looking for opportunities to join X company. I have [experience]. I am reaching out since I don't see any job openings on the website at the moment and wonder if you will be hiring this year. If not, I'd appreciate it if you could connect me with the team or recruiter that is hiring. Thank you so much.

作為 X 產品長久以來的粉絲，我一直在尋找加入 X 公司的機會。我具有【某方面的經驗】。之所以會聯繫你，是因為我目前在網站上沒有看到任何招聘職位，因此想知道你們今年是否會徵人。如果不會的話，不知道你能否將我介紹給正在招募的團隊或招聘人員呢？非常感謝。

☑ 聯絡景仰的對象

　　首先，你可以用「問問題」的方式來開啟對話，例如，當你要聯絡意見領袖或有經驗的前輩時：

Hi [name],
嗨，【姓名】，

I am a senior majoring in physics at UCLA, and I have been following you on Medium since 2018. Your work inspires me to be more open about my own struggles with imposter syndrome. I have been sharing your posts with my friends and family, who also find them very insightful!
我是 UCLA 主修物理學的大四學生，自二〇一八年以來，一直在 Medium 上關注著你的文章。你的作品激勵我更加開放地面對自己的冒牌者症候群。我也持續和朋友及家人分享你的文章，他們都覺得你的見解相當深刻！

I've been struggling to find my purpose. I'd be over the moon if you could shed some light on
(1) how you found your passion
(2) how you navigate through uncertainty
我一直在努力尋找自己的目標。如果你能闡明這兩個問題，我會非常開心的：
(1) 你是如何找到自己的熱情所在？
(2) 在不確定的時刻，你是如何應對的？

If you have 15 minutes, I'd love to hop on a call with you to hear your thoughts. If not, a quick reply here would be appreciated as much. I look forward to hearing from you!
如果你有十五分鐘的時間，我很希望能和你通話，聽聽你的想法。如果不行，若你願意在這裡快速回覆，我也將不勝感激。期待你的答覆！

Hi [name],

嗨，【姓名】，

I am a graduate student studying Management Science and Engineering at Columbia University. I was previously a designer, but I am trying to pivot into product management. I've run into some hurdles and am still figuring out how to manage the stress and uncertainty. I noticed that you made a similar career change in 2015. Would you be open to share your experience and tips on how you navigated the change? Anything would be helpful and appreciated. Let me know if you could hop on a 15 minute call this week. Thank you!

我是哥倫比亞大學主修管理科學與工程的研究生。我之前是一名設計師，但現在正試著轉到產品管理領域。我遇到了一些困難，目前仍在努力應對壓力和不確定性。我注意到你在二〇一五年也進行了類似的職業轉換，不知道你是否願意分享你的經驗和技巧，關於如何應對轉變？任何訊息都對我幫助及受益良多。如果你能在本週安排一次十五分鐘的通話，請讓我知道。謝謝你！

第二，可以分享對方可能有興趣的資訊。例如：

Hi [name],

嗨，【姓名】，

I saw your post about salary transparency the other day and thought you might be interested in this article: [URL]. I hope you enjoy it.

前幾天我看到了你關於薪資透明度的文章，想說你可能會對這篇文章感興趣：【文章連結】。希望你會喜歡。

On the side note, I appreciate that you always analyze a topic from different points of view and provide a unique perspective on the current issues in the workplace. Your posts help me become a more critical thinker. I'd love to connect with you on LinkedIn and keep following your work. Thanks!

順帶一提，我很欣賞你總是從不同角度分析一個主題，並對當前職場的問題提供獨特的觀點。你的文章使我變得更具獨立思考能力。我很希望能在 LinkedIn 上與你聯繫，並持續關注你的作品。謝謝！

第三，你也可以向他人毛遂自薦，提出一起合作或工作的邀約：

Hi [name],

嗨，【姓名】，

I have been following your YouTube Channel since 2019. I admire that you have helped so many people become more productive with your videos. I am experienced in SEO and graphic design. I was wondering if you need help with any of the things mentioned above? Attached is my portfolio and personal website. Let me know if anything catches your eye.

我從二〇一九年就一直關注你的 YouTube 頻道。我很欣賞你透過影片幫助許多人提高生產力。我在 SEO 和平面設計的領域有著豐富的經驗。不知道你是否需要上述哪個方面的協助？同時附上我的作品集和個人網站。如果有什麼引起你的注意，請讓我知道。

☑ 聯絡你在線下活動遇到過的人

> Hi [name],
>
> 嗨,【姓名】,
>
> We met at Digiday on Tuesday. It was great meeting a fellow data enthusiast. This is the machine learning workshop I was talking about: [URL.] It starts at 7 pm on March 8th. Let me know if you'd be interested in going!
>
> 我們在星期二的 Digiday 活動上遇到過。很高興認識一位熱愛數據的朋友。這是我之前提過的機器學習工作坊:【連結】。活動將於三月八日晚上七點開始。如果你有興趣參加,請讓我知道!

☑ 聯絡線下活動講者

> Hi [name],
>
> 嗨,【姓名】,
>
> It's Vivienne. I was at the Women's Summit yesterday. Just wanted to drop a quick note here and let you know that your talk was amazing. Thank you for the advice on coping with microaggression. I will try those tips and be more assertive with my boundaries. I would love to keep following your work and career on LinkedIn. Let's stay connected!
>
> 我是薇薇安。昨天我參加了女性高峰會。只是想在這裡簡短地留言,告訴你你的演講真的非常棒。感謝你對處理微歧視提出的建議。我會嘗試那些訣竅,並更加堅定地守護自己的界限。我很樂意在 LinkedIn 上繼續關注你的工作和事業。讓我們保持聯繫!

☑ 聯絡有共同好友的人

Hi [name],

嗨，【姓名】，

I see that we have a mutual connection, Sam. Sam was my contact at A company when I was working as a sales manager at B company. I am reaching out to you because we are looking for a speaker for our sales workshop in April. We would love to hear your experience at C company and D company and any advice for people who are early in their career. Please let me know if you'd be interested in speaking at our workshop, and I will follow up with more details.

我看到我們有一個共同聯絡人，山姆。當我在 B 公司擔任銷售經理時，山姆是我在 A 公司的窗口。我主動聯絡你，是因為我們正在尋找一位銷售講座的講者。我們希望你能分享在 C 公司和 D 公司的經驗，和對職涯剛起步的人分享建議。如果你有興趣參與，請讓我知道，我會提供更多講座細節。

☑ 追蹤回覆狀況

Hi [name],

嗨，【姓名】，

I wanted to follow up on my last message and see what your thoughts are. Please let me know if you have time to hop on a call this week/if you could give some tips on job searching in the US/if you'd be interested in working together. Thanks!

我想追蹤一下我上次的訊息，看看你的想法如何。請讓我知道你是否有時間在本週進行通話／提供一些在美國找工作的建議／是否有興趣一起合作。謝謝！

自然開啟對話、建立人脈的社交心法

剛 到哥倫比亞大學時，我參加的新生訓練（Orientation），與台大入學時的新生書院是兩個極端。

新生書院長達五天，演講上課、校園導覽、團康、分組競賽、健康檢查無所不包，甚至有兩個學長姐擔任小隊輔，時時刻刻、無微不至地照顧我們。

哥大的新生訓練則非常簡單。大家在古色古香的建築入口領好手冊，和印著校名的紀念書包後，隨意找空位坐下來，聽聽學院主任和教授演講、歡迎大家的到來。緊接著，是學生輔導員向大家介紹學院和學校資源，最後，職涯中心再帶大家進行一個自我測驗的小活動。以上就是新生訓練唯一、也是最後一個「團體活動」。

下午便是參觀社團和學校單位的博覽會，學生可以選擇是否參與，也可以自由進出展場。晚上則到圖書館前的草地參加社交酒會，酒水、美食、live音樂一應俱全，同樣也是讓新生自由參加。幾點到場、離開、要到處跟新同學裝熟，或是躲在角落啃雞腿都隨你。

在台灣，我們學生時期經常參與的社交活動，多半以規畫好的團體活動為主。學長姐舉辦的迎新營隊、團康、營火晚會、新生書院、直屬聚等，都是讓大家在有架構的活動設計下，透過與其他人在同一個時空內從事同一件事，來逐漸熟悉彼此。

然而在美國，不管是學校的新生訓練，或公司的員工活動，幾乎都是提供場地、食物、酒水、音樂讓大家自由活動。沒有「第一支舞」的營火晚會，沒有「大西瓜小西瓜切」的團康遊戲，大家各憑本事跟其他人混熟。

在美國，最小單位是個人，不是系、班級、或第幾小隊，我們不難從他們的教育制度看出端倪。從中學開始，美國小孩的午飯就是全校

同學到食堂吃飯、自由入座。在大學,他們也沒有系辦、電機之夜、直屬聚這類活動。系上同學更像是一起修課的人,所謂的團體或社群(community)歸屬感多半來自社團參與,像是美食研究社、舞社、兄弟會(fraternity)、姐妹會(sorority)、台灣同鄉會等等。

　　正因如此,美國大多數的社交活動,也都給予每個人極大的自由,反正有吃有喝有場地,想不想認識人由你自己決定。這樣的活動形式根植於美國的文化和教育,也就是說,來美國工作或念書的你,有很大的機會參與社交酒會、晚宴、甚至是 House Party。

　　這一章,我們將會介紹國際上容易接觸到的社交場合,並分享如何使用英文聊天、交友、拓展人脈!

8-1

國際職場社交場合

> 社交場合形式自由、種類繁多，
> 目的和正式程度也各不相同。

　　我們就開始簡單介紹，從學生時期到進入職場之後，較可能會碰到哪些社交場合吧！

House Party 轟趴	最輕鬆隨性的社交場合，美國的轟趴可能會在宿舍房間、交誼廳或是某個人的家裡舉辦。依照參加者的年紀和喜好，可能是很放鬆的小酌聊天，烈酒、大麻或其他毒品也十分常見（是的，電視裡演的並沒有誇大）。轟趴通常是透過朋友邀請參加，這種場合非常容易交到新朋友。
Mixer/Professional Networking 專業交流會	以拓展專業人脈為目標的活動，一般會在週間下班後舉行。場地通常會提供簡單的酒水與輕食，大家可以自由走動，找人聊天。
Conference 大型會議	大型會議屬於專業場合，通常具有主題性，是拓展專業人脈的好機會。許多公司或產業會定期舉辦大型會議，以我所

	在的紐約數位廣告業來說，Adweek、Digiday 都是常見的例子。大型會議通常會有專題討論會（seminar）、圓桌會議（roundtable）、工作坊（workshop）等較正式的活動，也會有晚宴、Happy Hour、派對等社交場合。
Seminar 專題討論會	形式像上課，較為中規中矩，聽眾坐在觀眾席聽講者分享資訊。通常在開場前、中場休息及散場後，較有機會與人攀談，並拓展人脈。
Roundtable 圓桌會議	大家會坐在圓桌討論特定議題，比起專題討論會，有更多小組討論和說話機會。
Happy Hour	通常發生在接近下班的時間，約下午四、五點之後。大家會在辦公室或是酒吧小酌，並吃些小漢堡、炸物、塔可等小點心。氣氛十分輕鬆，且可藉機更加認識同事，但由於仍是上班辦公的延伸，還是應該保持專業風度，並注意飲酒適量。
Cocktail Party 雞尾酒派對	與 Happy Hour 有點類似，也是以飲酒為主，輔以小點心。但性質更正式一些，場地會在比較精緻的雞尾酒吧或宴會廳，穿著打扮也較講究，與會者通常穿著襯衫、西裝褲和皮鞋，或是較正式的中長裙、小洋裝、開衫、上衣等等。通常會有侍者端著餐盤穿梭在人群間，提供小點心和調酒。

Gala 晚宴	Gala 是正式的派對，與會者通常會穿著正裝，邊享受美食邊社交，有些 Gala 也會跳舞。許多非營利組織也會舉辦 Gala 進行募款，例如全世界最有名的便是紐約大都會博物館的 Met Gala（大都會博物館慈善晚宴）。我們普遍會參加的 Gala 雖然不如 Met Gala 華麗，但通常會需要穿著較為正式的洋裝或西裝。前述的社交場合多半不太著重食物，頂多提供墊肚子的點心，但 Gala 普遍會包含坐下來用餐的環節。

　　以上介紹的社交場合，在我來到美國後都很幸運地參與過。對我來說，最大的文化衝擊是美國的社交場合並沒有那麼重視食物。在台灣，多數社交場合都圍繞著食物，婚喪喜慶、朋友聚會等，幾乎都會坐下來好好吃頓飯。甚至很多時候，大家只顧著吃，連話都不一定說得上。

　　在美國則恰恰相反，食物只是配角，大家更偏好喝酒和聊天。因此，我一開始參加交誼會或公司的 Happy Hour 時，食物的分量和種類之少，常常讓我很「Hangry」（因饑餓導致不爽），在心裡默默嘀咕：「不是晚餐時間嗎？為什麼快十個人只點了一盤雞翅、生芹菜和紅蘿蔔，還有一盤薯條？」久了之後才發現，大家聚在一起不是為了吃飽，而是想要喝醉、放鬆、交朋友！至於晚餐，通常是喝夠了、Happy Hour 結束之後，大家要續攤才會去吃東西。

8-2

在社交場合成為說話高手

> 主動邁出第一步,並利用語言/非語言訊息,
> 讓聊天自然地持續下去。

社交心態:保持開放心胸

有些人覺得「社交」這個行為很做作虛偽,有些人可能覺得認識陌生人壓力很大。我自己是相當敏感的人,跟人接觸的時候,會時時注意對方細微的肢體動作及表情,然後開始擔心自己是不是說錯話或做錯什麼。

那該怎麼辦呢?**心態上,我覺得保持「交朋友」的態度,會讓社交變得輕鬆很多**。所謂的交朋友就是保持好奇心、順其自然,不會一直想著要從別人那裡得到什麼,不會一直擔心下一句話該說什麼,或只顧著煩惱自己的形象是否聰明體面。彼此都能享受一場愉快的對話,多學習一些新知,以這樣的心態進行就可以了。

我也認為社交時不需過度偽裝,不必時時刻刻迎合討好別人。在有禮貌、尊重其他人的前提下,保持自己的性格跟個人風格很重要,沒必要勉強自己變成不是自己的樣子。

釐清社交目標，並充分準備

每一個社交場合的功能和型態都不一樣。在參加前，**請釐清「自己想要從這次活動中獲得什麼」**以及「如何達成」？是想要找到實習或工作機會？聯誼認識新朋友？還是尋找創業夥伴？

釐清自己想要什麼之後，訂下本次參加活動的目標。例如：

透過這次活動我想要：找到可能可以一起創業的夥伴。
目標：

1. 我要請教某講者至少一個問題。
2. 我要認識至少三位與會者，並且知道他們的名字、工作和興趣。
3. 我要跟至少三位與會者聊天，在談話過程中讓他們知道我正在做的專案，並詢問他們是否有認識的人或資源可以幫助我。

根據不同的目標，我們在活動前可以充分準備。例如，關心哪些人或公司會出席、研究講者的背景及經驗，準備想詢問的問題，或是練習幾個聊天話題等等，都可以避免到會場臨時抱佛腳，或因緊張而不知所措的狀況。

當然，突發狀況在所難免。在出發前，做好心理準備，或許你想見的人提早離席，或許會有不合拍的人，或許會說錯話。如果這些情況發生，有沒有什麼備案？能不能繼續開心享受這次的活動？

如果在活動期間搞砸了，或沒有達成自己的目標，當下請不要過於責怪自己。可以繼續找其他與會者聊天，事後再反思，如何

避免一樣的錯誤？下次怎麼做會更好？**千萬不要讓現場發生的任何事，影響自己的自信及愉快心情。**

最後，社交場合比較適合在身心靈狀態都良好的情況下出席。如果當天很疲累、心情不好的話，請量力而為，千萬不要勉強自己喔！

成功邁開第一步：開啟話題

要當第一個開口說話的人需要很大的勇氣。我們都會害怕對方覺得我們奇怪、講的話很蠢而因此不想跟我們說話等，但其實每個人都會這麼擔心，導致沒有人敢當第一個搭訕別人的人。

記得，大部分會出席社交活動的人，都是想認識新朋友，但大家也都會擔心被當成怪人。這時候，**如果能主動邁出第一步，對方通常會鬆一口氣、心存感激地跟你聊天！**

這裡提供一個萬用句，不管是社交活動還是辦公室都超級好用：

- Hi! I don't think we've met. I am [name]. What's your name?
  嗨！我想我們還沒見過面。我是【名字】。你叫什麼名字？

另外一個十分自然的進場方式，就是評論一下現場的環境、食物、酒，或讚美對方的時尚搭配、配件品味，並問對方是在哪裡買的。

- Do you know where the restroom/bar/food is?
  你知道洗手間／酒吧／食物在哪裡嗎？

- (food) That looks good! What is that?

  （食物）看起來真好吃！那是什麼？

- Oh my god, it's so hot/cold in here. How are you doing?

  天啊，這裡好熱／冷！你最近還好嗎？

- This venue is crazy! How do you like it?

  這個場地真是瘋狂！你覺得怎麼樣？

- They really put in a lot of effort to decorate this place. What do you think?

  他們真的花了很多心思來布置這個地方。你覺得怎麼樣？

- Have you tried their sliders? They are delicious./They taste a bit weird.

  你嘗過他們的小漢堡嗎？很美味／味道有點奇怪。

- I love your purse. It goes well with your shoes.

  我喜歡你的手提包。它和你的鞋子搭起來很相稱。

- I like how you pair the necklace with the blazer. It's very stylish. Do you mind telling me where you got them?

  我喜歡你把項鍊和西裝外套搭配在一起，看起來非常時尚。你介意告訴我在哪裡買的嗎？

- I like your shirt/watch/necklace/bracelet. Where did you get it?

  我喜歡你的襯衫／手錶／項鍊／手鍊。你在哪裡買的呢？

接著，可以問對方為什麼來這個活動？有沒有什麼特別的目標，像是要找工作實習、交朋友、尋求創業合夥人等等。

- What brought you here today?
  你今天來這裡是為了什麼呢？

- How do you know [the host's name]?
  你是怎麼認識【主辦人名字】的？

如果這個活動有許多來自世界各地的人，也可以詢問對方是不是當地人？不是的話，是哪裡來的？多久回家一次？有沒有推薦家鄉的哪個景點？

- Where are you from?
  你從哪裡來的？
  ➡ 補充一下，這句話在美國，對某些人來說會是一種微歧視（microaggression），是很敏感的問題。有一些從小在美國出生長大的人，卻會因為外貌不像白種人，而被詢問是從哪裡來的。這會讓他們因此感到不被接納，所以比較保險的問法，是問對方是不是來自現在這個城市，如 Are you from Taipei?

- Are you from around here?
  你是這附近的人嗎？

- You're from LA! What do you like to do when you're in LA?
  你來自洛杉磯呀！在那邊，你喜歡做些什麼呢？

- I've always wanted to visit Kyoto. Do you have any recommendations?
  我一直想造訪京都。你有什麼推薦的景點嗎？

不再尬聊：延續話題

俗話說萬事起頭難，但是終於鼓起勇氣開始聊天後，講了一兩個話題瞬間乾掉的情況也很常發生，因此，如何自然地延續話題也是一門學問。

☑ 不用一直說話也能聊天

其實，延續話題並不需要自己一直不斷地說話，只要雙方覺得聊得舒服、投緣，話題自然能延續。這裡就來分享一些小技巧，讓你就算不用說什麼話，也可以達成延續話題的作用。

第一是保持自信舒展的肢體語言。如此一來，就能夠向對方傳達「自己很放鬆」的訊號。如果你容易緊張，也可以利用肢體語言說服自己的大腦冷靜下來。在說話時，避免將雙手藏起來，像是夾在腋下、插在口袋等等，也要避免把玩首飾、頭髮、扣子，這樣會不自覺向對方傳達自己的不自在、不舒服或不耐煩，對方可能會下意識以為是他的緣故，你才會出現這樣的動作。相反地，別害怕伸展身體，take up more space（佔據更多空間），並養成使用手勢和肢體語言輔助說話內容的習慣，能使對話更生動有趣。

第二是模仿對方創造好感。「鏡像」（mirroring）是製造好感的常見方法，在約會交戰手冊中更是不陌生。研究發現，當人對另一個人有好感時，會不自覺地模仿對方的動作，像是對方摸一下臉頰，我們也會不自覺地摸一下臉；對方笑了，我們也會跟著微笑。在社交時，我們可以反向操作，透過鏡像化對方的行為舉止，來向對方暗示「我們很投緣」。舉例來說，對方喝了一口飲料，我們也可以等待幾秒鐘後喝一口手上的飲料。不過，記得在

鏡像時稍待片刻，也不要一比一複製對方的動作，不然會顯得不自然喔！

第三是積極聆聽（Active listening）對方說的話。 積極聆聽是心理諮商師很常使用的溝通技巧，能夠引導、鼓勵對方說話。在社交場合積極聆聽，能使你成為一個更好的傾聽者，讓對方更願意敞開心房與你大聊特聊。積極聆聽的技巧可以總結成幾點：首先，**直接重複對方說的最後幾個字**。對方說：「我這週末去公園遛狗。」你就說：「遛狗！」對方通常會接著繼續說下去：「對呀，但是我家狗狗因為天氣太冷……」是非常省力又可以一直延續對話的方法。再來，用**自己的話複述並總結一遍對方說的內容**。在對方長篇大論分享完一個故事後，你可以適時總結他說的話，讓對方知道我們很認真在聽，而且聽得興致勃勃。以下是一些好用的開頭方式（Lead-in）：

- Wait, so you're saying...
  等一下，所以你的意思是……

- Okay, just making sure I understand it correctly that...
  好的，我來確認一下對於……，我是否理解正確。

- I wanted to make sure I am following. So, you said...
  我想確保我理解得沒有錯。所以，你說的是……

- Hold on a second! Before you continue, I want to make sure I understand everything you just said...
  等一下！在你繼續之前，我想確保我有完全理解你剛才說的一切……

最後一個積極聆聽的技巧是**幫對方描述感受**。人們在分享故事時，多半著重在事情的發展、經過，或他們主觀的意見，比較不會提到當下的感受和情緒。這時，如果可以幫對方界定感受或情緒，更能拉近彼此距離。例如：

- That must be rough/discouraging.
  那一定很艱難／令人沮喪。

- That sounds heartwarming/lovely.
  聽起來真是暖心／可愛。

- Were you surprised/upset?
  你感到驚訝／沮喪嗎？

- How did you feel when that happened?
  事情發生時，你感覺如何？

還有一個延續話題的訣竅，便是**使用英文的附和用語**。日文中有一個字叫「相槌（aizuchi）」指的是應和、附和用語，像是「ㄟ」、「啊～」、「原來如此～」等等。英文其實也有類似的用法，大家在英文對話中只要加入一點，就可以讓對方覺得你聽得津津有味。

表達贊同	Totally/Absolutely/A hundred percent. 完全同意。
表達好奇	Wait, tell me more. 哇，我想知道更多。

表達驚訝	Really?/You're joking!/Oh my god. 真的嗎？／你一定在開玩笑！／我的天啊！
表達理解	I see./Got it. 原來如此！
表達驚訝、 不可置信	No way! 不會吧！
表達頓悟	Oooooh./Ahhhh. 喔～～～／啊～～～
覺得疑惑、 獵奇	Huh. 呃。
表達自己正在 思考	Hmmm. 嗯……
表達不舒服	Oof/Ouch... 唉唷。

☑ 詢問開放式問題

詢問開放式問題也是延續對話的好方法，這種問題能讓對方在回答時有更多發揮空間，也幫助我們搜集更多關於對方的資訊，好繼續開展話題。

- How did you feel (when that happened)?
  （事情發生時，）你感覺如何？

- How do you like the city/working there?

  你對這個城市／在那裡工作感覺如何？

- What is it like living in Florida/working at a startup/studying in Chicago?

  在佛羅里達州生活／在新創公司工作／在芝加哥讀書是怎麼樣的經驗？

- How do you all know each other?

  你們彼此是怎麼認識的？

- What's your story?

  你的人生經歷過什麼樣的故事？

- Any exciting plans for the new year/summer/holiday?

  對於新年／夏天／假期，你有什麼令人興奮的計畫嗎？

- What made you move to the city?

  是什麼原因讓你搬到這座城市？

- What are the reasons you made a career change?

  你轉換職涯的原因是什麼？

另外補充說明，**用 why 來問問題在文法上是對的，但是如果語氣沒控制好，很容易讓人覺得你在審問或責怪他**。因此，用 what 或 how 來代替 why 是比較委婉的問法。舉例來說，「Why did you do that?（你為什麼這麼做？）」會比「How did that happen?（事情是怎麼發生的？）」更像是在責問對方。

如果對方滿能放開聊的，也可以將對話導向感受、心情類的話題。

- How do you like this event? How do you like it here?
  你覺得這個活動如何？你覺得這裡如何？

- What was the best part of your day so far?
  到目前為止，你覺得今天最棒的部分是什麼？

- Anything that you are excited about recently?
  最近有什麼事讓你感到期待的嗎？

☑ 聊一些跟對方有關的話題

與對方分享你對他的觀察，**特別是正面的評價**，例如對方穿衣品味很好，便可以這麼對他說：「我猜你應該是個很喜歡時尚打扮的人？」如果說錯了，對方會糾正你，補充正確的資訊，就算判斷錯誤，也能開啟一個話題。

- I noticed that you have been playing with the watch. Tell me more about it.
  我注意到你一直在玩手錶。告訴我更多關於它的事情吧。

- [name], you look like the type of person who
  【名字】，你看起來

  ◆ likes fashion. Where do you usually shop?
    是個喜歡時尚的人。你通常在哪裡購物？

  ◆ always has great ideas for fun weekend plans. Any recommendations?
    總是有很棒的週末計畫點子。有什麼推薦的嗎？

- is very focused and driven all the time. How do you do that?
  一直非常專注和擁有源源不絕的動力。你是如何做到的？

- has the perfect work-life balance. Do you have any tips?
  達到了完美的工作與生活平衡。你有什麼訣竅嗎？

如果對方看起來有點焦慮，狀態不太好，比起裝作沒看到，直接挑明了講也能降低對話的緊張程度。

- Is everything okay? You seem a little stressed/anxious/worried.
  一切都好嗎？你似乎感到有點壓力／焦慮／擔憂。

另外，讚美對方永遠是一項好工具。

- I heard that you have a great story about…
  我聽說你有一個關於……的精彩故事。

- I'm very impressed that you…
  對於你的……，我印象非常深刻。

- You might not realize this, but I'd like to learn to dress/close a deal/make small talk as well as you do.
  你可能沒有意識到，但是我很希望能像你一樣學會穿著打扮／談成交易／進行閒聊，並做得一樣好。

除了問問題讓對方發揮，或是讚美對方，你也應該適當分享自己的經驗和觀點，畢竟對話是雙向的。

- You know, that reminds me of...

  你知道嗎,這讓我想起了……

- I feel you. I have had similar experience with a coworker/the subway. One time, …

  我了解你的感受。對於同事/地鐵,我也曾有過相似的經歷。有一次……

- That's so interesting because I went to that restaurant 3 weeks ago with my friends and my experience was very different from yours. For example, …

  真有趣,因為我三週前和朋友去過那家餐廳,而我的經驗和你非常不同。例如……

　　最後,當然也別忘了,如果想要在社交活動多認識人,也可以請對方幫你牽線。

- Who do you think I should connect with if I want to break into the industry/look for a business partner/start a side hustle?

  如果我想進入這個行業/尋找商業夥伴/開始一個副業,你認為我應該跟誰建立關係呢?

- Is there anyone you think I should connect with?

  有沒有任何人是你認為我一定要建立關係的呢?

- That's a great suggestion, thanks. Would you mind introducing me to her/him/them?

  這是個很好的建議,謝謝你。你介意幫忙介紹我跟她/他/他們認識嗎?

優雅又不尷尬地結束話題

　　大家去參加社交活動，不可能整場兩三個小時都跟同一個人聊天（除非一見鍾情遇到真愛，那另當別論）。天下沒有不散的筵席，如何優雅禮貌地結束話題，給對方留下個好印象也非常重要。我自己非常不擅長打斷、結束或離開話題，因此，這個部分我也是經過不斷練習，現在才能比較自然地閃人。

　　首先，你可以禮貌地跟對方說自己要先離開：

- I need to go, but it was really nice to meet you. Have a great rest of your day.

  我必須離開了，但很高興能與你見面。祝你有美好的一天。

- Need to say hi to the host. It was great chatting with you. I really enjoyed our conversation.

  我需要去跟主辦人打個招呼。跟你聊天很愉快，真的很享受我們的對話。

- I've got to grab some drinks/food. It was really nice meeting you.

  我得去拿些飲料／食物。很高興遇到你。

- I need to go to the restroom for a while. It's great talking to you.

  我需要去一下洗手間。和你交談很開心。

- I need to take a call real quick. It was nice to meet you.

  我需要快速接個電話。很高興認識你。

也可以幫對方介紹新朋友，再趁機開溜：

- Wait, there's someone I'd like you to meet. This is John. He is good at design and social media marketing. Talk to him about your social media campaign.

  等一下，我想讓你見一個人。這位是約翰，他很擅長設計及社群媒體行銷。和他聊聊你的社群媒體活動吧。

- Have you met Rabia? She is my colleague at X Company. Rabia, this is Samuel. I used to work with him in Boston. He likes to play board games too. You guys should talk.

  你見過拉比亞嗎？她是我在 X 公司的同事。拉比亞，這位是山繆。我以前在波士頓和他一起工作過。他也喜歡玩桌遊，你們應該聊聊。

或是跟對方一起去新的圈圈：

- Have you talked to Simone and Brian? Looks like they are talking something interesting. Let's join their conversation.

  你和西蒙、布萊恩聊過了嗎？他們看起來在談論一些有趣的事情。我們一起加入他們的對話吧。

8-3

遇到偶像也不害羞的社交法

> 展現個人特色、主動提供自己的價值，
> 並詢問有深度的問題。

　　每個年紀約在二十至三十歲之間的青年從業者（young professional），都有機會遇到比自己更有經驗、更資深的人物，好比一直以來很嚮往的業界偶像、同行中 C-level 等級的大咖、常在產業新聞或專欄裡看到的名人。而這些人很可能會突然降臨在某些社交場合，讓你們剛好有機會相遇，這時候該怎麼和對方社交？想當然爾，和我們平常跟同儕社交的方式不太一樣，因為他們很忙碌，再加上平時接收到非常多類似的訊息，像是請求他們幫忙、詢問他們的意見等等，這些請求可能都千篇一律。因此，**要是我們想要跟這些大咖建立關係的話，其實是需要多做些準備和策略的。**這邊就提供幾個小技巧，讓大家遇到偶像也不害羞！

TIP① 做好周全的功課

　　這是一個講到爛掉，但還是有可能被輕忽的步驟。在接觸你想認識的資深人士以前，**至少先讀過他的部落格、社群媒體、個人網站、LinkedIn 頁面**。或是就直接 google 看看他最近有什麼新聞，把他近期在做的事情或發表的文章都讀一遍，並對他的發展

和背景有個基礎了解,這樣在接觸的時候,才能有效善用你們短暫相會的時間,並提出有意義的問題或交流。也可以讓對方知道你是有備而來,而不是隨隨便便一個路人甲,莫名其妙跑來提一些愚蠢的問題。

另外也要注意,**請避免提問老掉牙的問題**。除此之外,別人的私生活八卦、醜聞、任何在網路上找得到的資訊等,都要盡量避免。如果要碰觸以下這些問題,請至少先做好功課,重新包裝後再提出。

- Can I ask for your advice?/Can I ask you a question?
  我可以問您的建議嗎?/我可以問您一個問題嗎?
  ➡ 對方基於禮貌和公眾形象,不可能說:「不行你不能問。」

- Where did you get your ideas for the movie?
  這部電影的點子是從哪裡來的呢?
  ➡ 這類型的問題很容易在網路上找到相關的採訪和紀錄,也是老掉牙的問題。

- How is it like being famous?
  成名是什麼樣的感覺?
  ➡ 這個問題不禮貌,如果語氣不好,聽起來也很像在反諷。

TIP② 別當迷弟迷妹

這點比較適用在有一定知名度的人身上,如果只是些比較資深的業界前輩,可能就沒有到非常符合。但是,如果你是要接觸一些「名人」,記得在他的身邊不要表現得像腦粉一樣。原因是有名的人不管去哪裡,都會受到外界很多的關注,但他們多數時候內

心還是想當個普通人、正常地享受生活,因此,**會比較想跟能和他們自在對話的人相處**。所以很重要的一點是,**在他們面前做自己就好了**,不需要特別去崇拜他們,或是把他們捧上神壇。重點是把你的注意力放在建立人與人之間的連結,而不是去吹捧他。

TIP③ 提供價值

首先要避免提議「buy you coffee and pick your brain.」。很多人在接觸比較資深的前輩時,都會說:「可以跟你coffee chat,我買一杯咖啡,然後向你取經(pick your brain)嗎?」但因為大部分人都會這樣說,加上對方的時間價值實際上絕對超過那杯咖啡,所以這其實不是個很有效的社交方式。就算要提,也建議是更明確、實質的提問,和對方的背景有連結更好,而不是這樣空泛的邀約。

你甚至可以反其道而行,列出自己的背景、經驗或強項,**主動詢問對方有沒有什麼需要幫忙,或你可以提供價值的地方**。大部分的人在遇到有名望的人物時,通常都是向對方索要東西,不太會想到自己有什麼是可以貢獻的。但就算是大咖,或多或少都有些需要他人幫忙之處。比如說,他們可能有個想要嘗試的新事業,但是並不熟悉市場狀況;或像網紅的話,他們可能需要些幫手,替他們編輯影片、上字幕、管理社群等等,這些可能都是你能夠幫忙的地方。如果能夠主動詢問的話,你就有機會知道他們有哪些地方是需要協助的,就算你不能親自跳下來做,也可以幫忙牽線介紹認識的人,至少讓對方留下不同於一般人的印象。或者更輕鬆一點的,例如你本身就喜歡辦活動、架平台、寫部落格和拍片,也可以主動邀請對方參與你的活動,或幫忙對方宣傳和

分享。**也請保持沒有期待、沒有傷害的正確心態，未來反而更有長遠發展的可能。**

TIP ④ 做個有趣的人

簡單來說，就是盡量展現自己有趣的地方。與其把自己放在一個名望比對方低、經驗比對方少的位置，**不如就盡量展現自己的個人特色。** 如果你平常就有在做些很酷的東西，比如說玩音樂或一些 side project，就可以主動去分享這些事情。這也會讓對方覺得你不是個來路不明的傢伙，而是個有才華的人，在某些領域聽起來也正發光發熱，增進對方對你的印象和信任感，覺得彼此可以繼續發展關係。

TIP ⑤ 別忘了他身邊的人

通常有名望的人會讓大家都把焦點都放在他身上，**但他身邊其實有很多關係非常緊密的人，這些人很有可能帶給你更多和對方接觸的機會。** 這就是所謂的突破點（Low traffic point），也是你可以去建立關係的對象，譬如跟他一起出席活動的下屬或助理；如果是參加演講的話，就會有主持人、主席等等，可能就是邀對方過來的人物。你可以先去接觸、認識這些人，未來就有機會形成一個共同的連結。

TIP ⑥ Follow up（後續行動）

很多人可能當下講完話就結束了，真正會 follow up 的人其實不多。因此，**如果活動結束你還有後續的行動，就有機會加深對**

方對你的印象。特別是如果你有拍照，就可以寫封附帶照片的 email，簡單總結下那天你們怎麼認識的、對方講了那些內容，又帶給你什麼樣的啟發。另外，如果當天有討論到你能夠幫忙的地方（提供價值的部分），也可以順帶把你的資訊、個人網站等放在 email 裡面，將關係延續下去。

可以問什麼問題？

如果是問輩分比較高、資歷比較深的前輩或大咖，可以把握機會問他的工作經驗、職涯選擇、對產業的看法、給年輕人的建議等等。對於有成就和名氣的人，則可以詢問他們如何克服遇到的困難和挑戰，這些人是大眾羨慕的對象，經常會受到吹捧或稱讚，許多人可能會假設他們都一帆風順，或忘記他們也是會遇到煩惱和挫折的「人」。因此，詢問他們較有深度的問題，更能讓他們對你留下印象。

- It's amazing that you have so many years of experience working in tech/finance/manufacturing. I've been researching the industry, but I couldn't find anything but general information. Do you mind sharing your personal experience working in [industry]/at [company name]?

  您在科技／金融／製造業領域擁有如此多年的工作經驗，真是太令人驚嘆了。我一直在研究這個產業，但只找到了一些一般性的資訊。您介意分享在【產業】／【公司】工作的個人經驗嗎？

- What was the biggest challenge in your career and how did you overcome it?

  您在職業生涯中遇到最大的挑戰是什麼，又是如何克服它的？

- What are the most important personal values you live by?
  您生命中最重要的個人價值觀是什麼？

- What was your thought process and feelings when you made the career change?
  當您做出轉換職涯的決定時，您的思考過程和感受是什麼？

- I'm sure you must have been through a lot to get to where you are today. How do you navigate through uncertainty/difficult times?
  我相信您在過去的歷程中，一定經歷了很多困難才能走到今天。您是如何在不確定／困難時期中航向目標的呢？

　　如果是想要尋求非常特定的建議或幫忙，可以先用一兩句話表達對對方的欣賞和敬仰，接著用三到五句話描述自己的狀況，這裡應該包含你的困境和已經做出的努力，對方知道你是上進的人，會更願意幫忙你，最後用一個問題總結。

　　下一頁的例子是一個假想情境，一位 UCLA 的校友向喜劇演員 Ali Wong（黃艾莉）尋求職涯建議：

- I have a lot of respect and admiration for you because you use your platform and talent to shed light on the experience of Asian American women. And, of course, I love your standup series, your movie, and the new show *Beef* on Netflix. I graduated from UCLA, just like you, 6 years ago and has had a successful career in tech. However, I always have the dream to pursue a creative career as an actor and comedian. I have been taking acting lessons, creating comedy content on TikTok and performed a few times at some small comedy clubs, but I am scared to make the big leap. Do you have any advice for me?

我非常尊敬和欽佩您,因為您用自己的平台和才華,闡明了亞裔美國女性的經歷。當然,我也很喜歡您的喜劇系列、電影和 Netflix 上的新節目《怒嗆人生》。我在六年前和您一樣畢業於 UCLA,並在科技行業取得了成功的職業生涯。然而,我一直夢想著以演員和喜劇演員的身分追求創意事業。也一直有參加演技課程、在 TikTok 上創作喜劇內容,並在一些小型喜劇俱樂部表演了幾次,但我很害怕踏出這重要的一步。不知道您對我有什麼建議嗎?

高腳桌社交酒會攻略

一天晚上，我正飢腸轆轆地前往宿舍食堂的路上，經過大廳時，聽到樓上傳來一陣陣交談聲和酒杯碰撞的聲音。

我躡手躡腳地走上樓梯，往裡頭偷瞄了一下，高腳桌都鋪上了白色桌巾，較低的桌子上擺滿了食物跟紅白酒！我又四處張望了一下，看起來是個社交酒會，而且活動似乎沒禁止外人加入，我決定趕快跑回房間換衣服。

沒錯，為了白吃白喝，我願意去最討厭的社交場合！

我其實很不習慣這種要拿著香檳、穿梭於高腳桌之間尬聊的社交酒會。光是看大家盛裝打扮壓力就很大了，還要在一群陌生人中找一個圈圈加入，那種害怕被漠視、冷落、拒絕的感受，瞬間將我拉回小時候被排擠時的無助感。

在這種社交場合，雖然大部分的人都很有禮貌，但插不上話，或沒聽懂當下的話題時，雖然我表面上陪笑，內心其實默默崩潰，恨不得往地上找一個洞把頭塞進去。

不過免費的晚餐，跟可能從天上掉下來的工作機會，讓我願意冒這個險。

我火速換好衣服，混入酒會之後，發現是一個宿舍內部的女力領導計畫交流活動（mixer），而現場，竟然只有我一個不是計畫成員……

我走向酒攤，向服務生要了一杯白酒。

「為了免費晚餐！」我一邊想，一邊將白酒一飲而盡，接著鼓起勇氣往其中一個圓桌走去……

關於酒精

通常美國的社交酒會、公司的年終派對，都會提供紅白酒和雞尾酒，如果你比較容易害羞或想太多，小酌或許能幫助你放鬆。

但千萬、千萬、千萬不要過度飲酒！

我在美國的第四個月，受朋友邀請到舊金山參加蘋果公司的年終派對。我當時太興奮，在空腹、有時差的情況下，狂吃了一大堆毛豆沙拉，喝下了我記不清數量的葡萄酒。酒意上來後，在舞池跳舞時，竟然當著朋友主管的面，轉圈圈轉到四腳朝天摔在地上。

更慘的是，一個多小時後，一坐上接駁巴士，我便覺得胃裡的東西已經到食道了。「我覺得我快吐了。」說完這句話，朋友就拉著我衝下車，在右腳一踏上路面的剎那，我向前噴吐出來。

在那之後，我都會控制自己不要喝超過極限酒量的四分之一。我大約喝一兩杯白酒之後會比較放得開、不會想太多，是剛剛好的分量。

如果不喝酒的話，也可以拿個飲料或水在手上。緊張的時候容易口渴，除了有潤喉的功能之外，手上有東西也能讓肢體動作更自然，避免雙手因緊張而玩弄頭髮、服飾。

跟工作人員閒聊

如果現場完全沒有你認識的人，可以跟服務生或發放食物、酒水的工作人員 small talk 一下。這是一個很好的暖身練習，我在這樣做之

後，馬上覺得自己在現場是有同伴的，會比較心安、有自信，也能繼續維持動能，開口跟其他與會者互動。例如：

- Hi, how are you?
  嗨，你好嗎？

- It's so busy today! How are you doing?
  今天真是忙碌！你還好嗎？

- What's your recommendation?
  你有什麼推薦的嗎？

如何進入圈圈

我看過很多人會默默走到一桌，然後站在那假裝自己融入了，但說真的，這樣只會讓人覺得你很可疑又不重要。

別人如何評價我們，取決於我們如何表達自我。與其鬼鬼祟祟地站在桌邊找時機插話，不如大方問能不能加入。相信我，不會有正常人白目到在社交酒會說「No you can't join my table」（不行喔，你不能加入我們這桌）。

技巧在於，選一桌剛拿好食物、正要成形的圈圈，或是非封閉型圈圈——也就是有開口的圈圈，眾人的腳尖不是指向同一個圓心。

進入圈圈時，選沒有在說話的一兩個人（不可能所有人都同時在發表意見，一定有在聽的人），問他們自己能不能加入？同時看看旁邊其他人，取得眼神同意。記得一定要笑容可掬，通常大家會稍微騰出位子，這樣就能順利加入了。你可以這樣說：

- May I join your table?
  我可以加入你們這桌嗎？

- Do you mind if I join?/Mind if I join?
  我加入你的話你們介意嗎？

加入之後第一件事，就是介紹自己。保持微笑、主動握手、介紹自己，能讓別人覺得你有自信、好親近、值得信任！

如果那桌的交談狀態是大家各聊各的，那你可以大方一點，跟身邊所有人都握握手、交換名字。如果有一個人正在發表意見，那就先跟剛剛你問能不能加入的人小聲說個「I'm (name), Nice to meet you.」然後握握手就行了，之後就可以安靜聽他們在講什麼。

介紹自己很重要，我認為就算當時有人正在發表意見，還是至少要跟一兩個人介紹自己，之後比較不容易被忽視，或是插話時比較不會那麼唐突。

別害怕問問題

俗話說，好奇心殺死一隻貓，但在社交場合，好奇心能開啟無數珍貴又獨特的對話。保持好奇心，不要害怕問問題。如果你加入一桌，卻因為沒聽到前面的對話，而不太了解他們在說什麼，就問身旁的人：

- So, what are you guys talking about?
  所以你們在談論什麼啊？

- What did I miss?
  我錯過了什麼？

Chapter

09

清楚又禮貌的
英文 email 溝通術

我 在二〇二〇年二月中開始了在紐約的第一份工作，當時亞洲的疫情沸沸揚揚，但是紐約除了零星的確診和仇恨犯罪，大多數人依然抱著「COVID 是真的嗎？」、「在亞洲很遠傳不過來。」的心態照常生活。

三月中，紐約正式封城，美國經濟崩盤，整個數位廣告產業也受到嚴重衝擊，我們公司的營收也不例外。

剛開始上班的我，還抱著寫學測作文的心態，覺得用字不能重複、死板，一封 email 裡面的同義字要互相代換。因此，寫分析報告時，除了 decrease（減少）、increase（增加）這些基本的字，我經常交替著用 plummet（暴跌）、skyrocket（暴增）、surge（激增）這些生動的單字，來形容數據的變動。

我一直覺得沒什麼問題。結果有一天，我和老闆一起撰寫寄給 CEO 的報告時，他突然質問我：「為什麼你跟那個誰誰誰都這麼愛用這些字？」我有點傻住，問他那該用什麼字會比較好，他說：「就用 decrease 和 increase 就好了！現在大環境的變數很多，大家壓力已經很大了，你用那些刺激性很強的字一點幫助都沒有。可以請你用中性一點的字嗎？」

那時的我，正剛開始習慣寫英文的商業書信，已經可以不用花兩三天糾結思考就寫出一封 email，沒想到馬上就翻車了！快轉到現在，我的工作時常需要處理客戶的疑難雜症，也需要和各個內部團隊溝通合作，因此每天都需要撰寫、回覆 email，現在也習慣成自然了。

因此，這一章就來提供一些英文 email 的溝通心法，讓你可以精準又明確地傳達你想說的內容。

9-1

如何寫出明確精簡的
英文 email？

> 避免模糊、多餘或沒有提供新資訊的用詞，
> 善用簡短句子、段落，以及條列式重點。

如果你現在要寫一本文情並茂的英文小說，請馬上跳過這章節！商業 email 跟學校作文的寫作方式很不一樣。我們在學校學習的寫作方式，多半是把一堆晦澀的辭藻、古文佳句和排比對偶丟到文章裡，試圖把很單純的一件事情，像是阿嬤死掉或爸爸的背影，寫成極其複雜曲折的六百字抒情文。就算偶爾得寫議論文，還是得引用個孟子蘇軾，展現國學常識、充充字數才算得上好作文。

相反地，**商業 email 的目標，是讓讀信者輕鬆且正確地了解你想要傳達的資訊，甚至是採取你想要他採取的行動。**要達到這樣的目標，我們需要把**複雜的主題簡單化，用精簡、明確、有邏輯架構的方式呈現**。再加上英文先說重點的寫作結構（主題句—支持句—結論）本就與中文不同，還有語言轉換的困難，撰寫英文的商業 email 對於從小在台灣受教育的人來說，剛開始真的很有挑戰性。

不過，有七個英文商業寫作的大原則，可以確保你的英文 email

達到易讀、精簡、讓收件人會打開信件的目標。

原則① 避免冗言贅字

英文中最常見的冗言贅字有三種：**介系詞片語（Prepositional phrases）、動詞名詞化（Normalization）、緩衝詞（Padding）**。很不幸地，許多國高中時，我們為了考試作文衝字數、背得死去活來的單字和片語，都是屬於這三類其中之一。這些語法雖然能夠使作文更加豐富、有節奏，但是 email 並不是作文，在寫信時使用這三類語法，雖然不會構成文法錯誤，但容易讓 email 更冗長、拗口，也會增加理解困難度。**這些詞的確會在語氣、節奏、正式度等層面上造成差異，所以並不是完全不能使用，而是應該斟酌、有意識地使用。**以下分別針對這三類語法介紹，並提供較精簡的寫法。

☒ 介系詞片語（Prepositional phrases）

有 in、on、of、by、around、about、between 這類的片語，多半就是介系詞片語。其中一種叫做「形容詞介系詞片語」，這類介系詞片語是作為形容詞來修飾名詞。但是，這裡直接將名詞作為形容詞使用會更精簡，也是英文中常見的用法。

✕	▪ The recommendation of the Analytics team 分析團隊的推薦
○	▪ The Analytics team's recommendation 分析團隊的推薦
✕	▪ The members of the board 董事會成員

◯	▪ The board members 董事會成員
✕	▪ A product **of** high quality 高品質的產品
◯	▪ A high quality product 高品質的產品

　　另外一個介係詞片語稱作「副詞介系詞片語」，介係詞是作為副詞來修飾動詞或子句。高中時背誦的片語大都是屬於這類，但這裡直接使用副詞會更精簡。

✕	▪ **In** many cases/in many circumstances 在許多情況下
◯	▪ Often 經常
✕	▪ **In** a professional manner 以專業的方式
◯	▪ Professionally 以專業的方式
✕	▪ **By** all means 無論如何
◯	▪ Definitely 毫無疑問
✕	▪ Explain **with** clarity 清楚地解釋
◯	▪ Explain clearly 清楚地解釋

✕	▪ Due **to** the fact that 由於
◯	▪ Because 因為
✕	▪ At the conclusion **of** this talk 在談話之後
◯	▪ After this talk 在談話之後

☒ 動詞名詞化（Normalization）

動詞名詞化就是將動詞轉化為名詞，再加上一個動詞。例如把 agree 轉化為 agreement 再加上 reach，變成 reach an agreement（達成協議），但其實跟 agree 表達的意思一模一樣。通常被名詞化的動詞都是 -tion ／ -ment ／ -ance ／ -ing 結尾，跟中文的「做一個○○的動作」一樣，是不是很多此一舉呢？

✕	▪ Achieve a balance 達到平衡
◯	▪ Balance 平衡
✕	▪ Make a decision 做決定
◯	▪ Decide 決定
✕	▪ Conduct a research 進行研究

○	▪ Research 研究
✕	▪ Make a statement 發表聲明
○	▪ State 聲明
✕	▪ This program will help enhance the performance of salespeople. 這個計畫將有助於提升銷售人員的表現。
○	▪ This program will help salespeople perform better. 這個計畫將有助於銷售人員表現更好。

☒ 緩衝詞（Padding）

　　緩衝詞經常在口語對話中出現，它們能夠延長句子，使說話時間增加，比較不會太快句點對話。如果在口語對話中完全不使用緩衝詞，容易給人很短促，或過於簡要的感受。但是，書信與口語的資訊傳達方式不同，特別是在講求簡單扼要的商業書信中，使用過多緩衝詞容易留下不夠專業、精明的印象。緩衝詞又可以細分為兩種：廢話跟填補詞。

　　首先是廢話（redundancy），這些詞除了佔位子，沒有提供任何有用的資訊或價值。

✕	▪ 9 am in the morning 早上九點	✕	▪ Unexpected surprise 意料之外的驚喜
○	▪ 9 am 早上九點	○	▪ Surprise 驚喜

✗	• Meet together 一起見面	✗	• Accidental mistake 意外的錯誤
◯	• Meet 見面	◯	• Mistake 錯誤
✗	• Postpone until later 延遲至稍後	✗	• Former veteran 前退伍軍人
◯	• Postpone 延遲	◯	• Veteran 退伍軍人
✗	• Past history 過去的歷史	✗	• All men and women 所有的男人和女人
◯	• History 歷史	◯	• Everyone 所有人
✗	• Future plans 未來計畫	✗	• Final conclusion 最後的結論
◯	• Plans 計畫	◯	• Conclusion 結論
✗	• In my humble opinion, I think we should start enforcing a hybrid work schedule. 以我個人謙虛的意見，我認為我們應該開始實施混合工作排程。		
◯	• We should start enforcing a hybrid work schedule. 我們應該開始實施混合工作排程。		

　　再來是填補詞（filler words）。我們在說話時，經常會加入
Hmm、Um、Like 這類填補詞。雖然不至於把它們也寫進 email
裡，但也容易習慣性地使用其他說話時用來誇飾語氣，或緩衝、
延長句子的詞語，但其實它們並沒有提供任何新資訊，可以直接
刪掉，或換成更精簡的說法。例如：

- Essentially、foundationally、basically（基本上）/apparently（顯然地）/honestly（老實說）/totally、completely（完全地）

  ➡ This new role ~~essentially~~ serves as the middle person between engineering and product.

  這個新角色~~基本上~~是作為工程和產品之間的中間人。

- In the end、at the end of the day、ultimately（最後）

- As of right now、currently（目前）

  ➡ 讀者可以從英文的時態判斷，因而可以省略。

- As previously mentioned...（如同先前提到的……）

- Very、really、highly（非常）

  ➡ I was ~~really~~ shocked when my manager told me about the lay-off.

  當主管告訴我關於解僱的事時，我~~真的~~感到震驚。

- So、such（如此）

  ➡ It was ~~such~~ a pleasure speaking with you.

  能跟你談話真是~~如此~~愉快。

- In order to、so as to（為了）

  ➡ 直接寫 to 即可。

- With regards to、with reference to（關於）

  ➡ 直接寫 regarding、about 即可。

- During the course of（在過程期間）
  ➡ 直接寫 during 即可。

- So as to improve（為了改善……）
  ➡ 可省略 So as，直接寫 To improve 即可。

原則② 避免不明確的代名詞

　　以前在學英文時，我們被教導避免用字重複，而是應該利用代名詞或是關係代名詞，來替代名詞或名詞子句。但是，**在寫 email 時，使用 this、that、it、the former、the latter 這類代名詞，很容易造成溝通不明確**。你可能在前面的句子裡，寫了不只一個名詞，讀信者除了必須要回頭查找對照，還可能無法判斷你指的是哪一個，例如：

- Upper management just announced that all employees must work in the office from Tuesday to Thursday. You should arrive before 10 am. You should also make sure to use your own key card when swiping in. Not following it might affect your performance review.

  高層管理剛剛宣布，所有員工必須在週二至週四進辦公室工作。你們應該在上午十點前到達。同時，請確保在刷卡時使用自己的門禁卡。不遵守它的話，可能會影響你的績效評估。

  ➡ 此處的 it 可能是指週二到四要進辦公室、早上十點前到、使用自己的門禁卡，或三項都有，語意不清。比較好的寫法，是把 it 換成明確的 the rules above（上述規定）。

278

原則③ 避免術語或縮寫

術語和縮寫無所不在，大至整個產業，小至一個團隊，都會有各自使用的術語或縮寫。這些專業又簡化的詞雖然方便內部溝通，「懂的人都懂」，但是「不懂的人就是不懂」。**對於不在同一個環境工作的人來說，這些詞非常容易造成溝通不良。**

大家可以想像一下，如果你在我寄給你的 email 中看到 SCO 這個縮寫，你不知道是什麼意思，就在 Google 搜尋「SCO」。首先，你會看到 SCO 代表 Shanghai Corporation Organization（上海合作組織），再往下滑，你會看到 SCO 還代表很機車的人、蘇格蘭和天蠍座。其實，SCO 在我工作的廣告科技業中，代表的是 Supply Chain Optimization（供應鏈優化）。這個術語業界的人都知道，但是在 Google 搜尋結果的前幾頁都找不到。**使用術語或縮寫，雖然能讓你看起來又酷又專業，但如果對方無法理解你在說什麼，依然是無效溝通。**當你在撰寫給不同團隊或公司的 email 時，如果不得不提到術語，可以加上簡短的解釋或超連結。至於縮寫，你可以在第一次出現時寫出完整的詞彙，並在括號中填入縮寫，在後續內容就可以直接使用了。

原則④ 使用主動語態

在第 1 章中，我們提到在履歷中使用主動語態的重要性，同樣的原則也適用於商業書信。被動語態「A is done by B」較為冗長，相對地，**主動語態「B does A」更加精簡、直接，更適用於商業書信中。**

✕	▪ The issue was addressed by our solution engineer yesterday. 這個問題昨天已由我們的解決方案工程師處理。
○	▪ Our solution engineer addressed the issue yesterday. 我們的解決方案工程師昨天已處理這個問題。

　　另外，there is、are、will be 或 it is 也常和被動語態一同出現，通常這樣的寫法會更拐彎抹角一點。在講求直接明確的商業書信中，可以盡量將這類開頭的句子改寫成更簡短的主動語態。

✕	▪ There were many clients who were impacted by the new rollout of the feature. 有許多客戶受到新推出功能的影響。
○	▪ The new feature rollout impacted many clients. 新推出的功能影響了許多客戶。
✕	▪ There will be 5 meal options every day for employees to choose from. 每天有提供給員工五種餐點選擇。
○	▪ Employee will choose from 5 meal plans every day. 員工每天可以從五種餐點計畫中選擇。

原則⑤ 使用簡短的句子和段落

　　方便讀信者閱讀和吸收資訊、確定對方有把我們的 email 讀完，是撰寫 email 時重要的目標。email 格式和分段不像作文一樣嚴謹，因此，**在寫 email 時請盡量使用簡短的句子和段落**。與其把所有資訊擠成一段，不如分成數個小段落，每個段落大約三到五句話，每句話的字數控制在十五到十七字以內。另外，**清單型資**

訊，像是重點整理、action items（行動項目）、活動的時間／地點／服裝規定等等，**也應該善用條列式**，會比所有文字都塞在一段話裡更容易抓到重點。

原則⑥ 使用螢光、粗體、斜體和畫線

你可以善用螢光、粗體、斜體和畫線來標記出重點，幫讀信者快速找到重要資訊。不過，**記得不要在一封 email 裡同時使用這些標記，選擇兩種使用即可**，並且使用時機需要一致。舉例來說，如果你使用螢光來凸顯截止日期，就要選擇其他標記來強調你希望對方回答的問題。

原則⑦ 擬定明確的主旨

還記得在第 3 章中，我們提到簡報的標題要具備三個要素：**簡潔、明確、生動**，同樣的道理也可以應用在 email 的主旨上。畢竟我們的目標之一，就是收件者在收到 email 時，會打開信件並且認真讀完。因此，主旨越明確，越能夠促使讀信者了解信件內容和急迫程度。

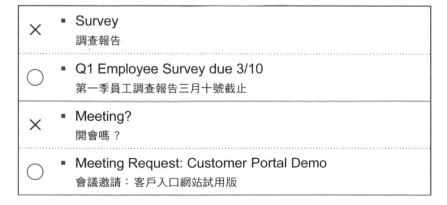

✕	▪ Survey 調查報告
○	▪ Q1 Employee Survey due 3/10 第一季員工調查報告三月十號截止
✕	▪ Meeting? 開會嗎？
○	▪ Meeting Request: Customer Portal Demo 會議邀請：客戶入口網站試用版

此外，英文 email 的主旨也常會加入下列常見的標記，讓讀信者快速知道信件的類別。

Read only、**FYI**	只需要閱讀資訊，不用採取任何行動。
Inform、**announcement**	信件的目的是通知或告知某項資訊，不用採取任何行動。
Important	重要郵件。
Time sensitive	有時效性的郵件，需要即時閱讀。
Urgent	緊急郵件。
Response needed、**Action required**、**Action item**	需要收件人採取行動的郵件。
EOM（**end of message**）	email 主旨就是全部訊息，並沒有內文。

英文 email 實際範例

講完了撰寫 email 的技巧，我們就來實際對照兩個範例。首先是資訊雜亂又不清楚的負面示範：

Subject line:

Checking in on Microsoft demo and more

Hi Sasha,

I'm following up on my email below. Is there any update on the demo you are planning to present to Microsoft at some point? Please provide an update. Also, I'm a bit unclear as to what type of demo this will be. If you just want to show a demo of Product X we have one that our solutions engineer can present to them, although it would be presented in English. I also had another concern. I've noticed that ad requests for website.com has dropped a bit, along with revenue. Has something happened to the site? Also, what percentage of the site users actually log in to the site? I'm asking because Company X may be interested in running their Product Y on the site if the volume is high enough and if the site would like to move forward. Let me know when you can.

主旨：關於 Microsoft 試用版及其他進展的追蹤

嗨，莎拉，

我要在以下的郵件中追蹤進度。關於你計畫在某個時候向 Microsoft 進行報告的試用版，有任何進展了嗎？請提供狀況的更新。另外，我對這個試用版的類型有些不清楚。如果你只是想展示產品 X 的試用版，我們解決方案工程師有一個可以向他們展示，不過會以英語進行。我還有另一個疑慮。我注意到 website.com 的廣告請求有些下降，相應的收入也跟著減少。網站發生了什麼問題嗎？此外，多少百分比的網站使用者有實際登入？我之所以問這個問題，是因為如果網站的流量夠高，而且希望繼續經營，X 公司可能有興趣在網站上運行他們的產品 Y。請盡快讓我知道。

接著，我們來看看比較好的寫法：

**Subject line: [Response Required]
Microsoft Demo Update**

Hi Sasha,

I'd like to confirm with you the status of the demo you are planning to present to Microsoft.

Please confirm the follow ASAP:

1. The current status of the demo

2. The scope of the demo. If you only intend to demo Product X, our solutions engineers have a complete demo that is ready to be presented to Microsoft. They will present in English, not Spanish though.

I just sent out another email regarding the revenue drop on website.com. Please review and reply that email when you get a chance.

Let me know if you have any questions or concerns.

**主旨：【需回覆】
Microsoft 試用版更新**

嗨，莎拉，

我想和你確認一下，你計畫向 Microsoft 報告的試用版進度如何。

請盡快確認以下事項：

1. 試用版目前的狀況。

2. 試用版的範圍。如果你只打算展示產品 X，我們的解決方案工程師已經準備好一個完整的試用版，可以向 Microsoft 展示。不過他們將以英語進行，而非西班牙語。

我剛剛還發送了另一封郵件，是關於 website.com 的收入下降。請在有空的時候查看並回覆該郵件。

如果你有任何問題或疑慮，請告訴我。

9-2

常見 email 類型：
資訊型／說服型

要怎麼寫這兩類 email，
才能最有效傳遞訊息，並促使行動？

商業書信往來中，有兩種最常見的 email 類型，分別是「分享資訊」和「說服對方」。掌握了這兩種類型的 email 原則，基本上，就能應付多數職場上的需求了。以下就來一一介紹兩種 email 類型的結構、主旨及範本。

資訊型 email

這類 email 通常只需要告知對方資訊，並不需要對方做決定或採取行動。常見的會議紀錄、數據報告、系統維修通知、新員工介紹都是屬於資訊型 email。

☑ 資訊型 email 的結構

資訊型 email 的結構跟簡報很像，三個步驟：告訴聽眾你即將告訴他們的內容、告訴聽眾內容、告訴聽眾你剛剛告訴他們的內容（tell them what you're going to tell them、tell them、tell them what you just told them）。以下就來看詳細的範例：

順序	結構	定義	範例
1	主要訊息	開頭告訴讀信者這篇 email 是關於什麼？主題和重點是什麼？讓讀信者在開始閱讀細節前，就大概有個方向。	The system will be down for feature updates from 11 pm to 6 am on Friday, November 10th. 系統將於十一月十日星期五晚上十一點至凌晨六點進行功能更新，期間將暫停運作。
2	背景	提供讀信者脈絡，為什麼他需要知道這件事？這件事為什麼發生？通常是某個問題、事件或數據。	The IT team observed a significant increase in the number of failed log-ins in our system, which could be a cyberattack. We are therefore making feature updates in the following areas to improve our security. 資訊技術團隊觀察到我們系統中失敗登入次數顯著增加，可能是一次網路攻擊。因此，我們將對以下領域進行功能更新，以提升我們的安全性。
3	主題們	將要告知讀信者的內容分成數個主題分別描述。	1.Bot detector 2.Autoblock 1. 機器人偵測器 2. 自動封鎖
4	主題的細節	提供各個主題詳細的解釋。	1.Bot detector We will adjust the parameters for the bot detector....

			2.Autoblock We will lower the threshold for autoblock... 1. 機器人偵測器 我們將調整機器人偵測器的參數…… 2. 自動封鎖 我們將降低自動封鎖的閾值……
5	總結	總結全篇 email 內容。	These two updates will address the increase in failed log-in and lower the risk of cyberattack. 這兩項更新將解決失敗登入次數增加的問題，降低網路攻擊的風險。
6	下一步	告訴讀信者接下來會發生什麼事。	Please note that the system will be down from 11 pm to 6 am on November 10th. You will receive an email notification when the update is complete. No action is required from you. 請注意，系統將於十一月十日晚上十一點至凌晨六點期間關閉。當更新完成時，您將收到一封電子郵件通知。您無需採取任何行動。

☑ 資訊型 email 的主旨

前一篇第282頁提到了常見的英文 email 主旨標記，能夠讓讀信者快速知道信件的類別。而資訊型 email 常用的標記有 inform、please read、important、time sensitive、announcement，其中

please read、important、time sensitive 較有急迫性，至於不是對方非讀不可的訊息，則可以使用 FYI。另外，如同前一節提到的，主旨越明確，越能夠促使讀信者了解信件內容和急迫程度。

- [Inform] Upcoming System Update
  【通知】即將進行的系統更新

- PLEASE READ: Changes in Employee Benefits
  請閱讀：員工福利變更

- Important: Meeting Summary and Next Steps
  重要：會議摘要與下一步行動

- Time sensitive: Today's Revenue Number
  時間緊急：今日收入數字

- New Hire Announcement – Linda Lee
  新員工公告──琳達‧李

☑ 資訊型 email 範本

Subject line: [Inform] Line Item Feature Improvements

Hi all,

We are excited to announce the line item feature improvements. This release adds a new field named "Traffic Source" to the line item creation screen.

主旨：【通知】分項帳目功能改進

大家好，

我們很高興宣布分項帳目功能改進了。此次更新在分項帳目建立畫面中新增了一個名為「流量來源」的欄位。

1.Who does this impact?

The Traffic Source field is only visible to internal users.

2.What is the expected change?

Within the UI, one can now declare the source of traffic during the line item creation process.

3.What's next?

With a release on the Order Feature in three weeks, we will be able to track and identify every user that sees a certain ad.

Thank you to the great team who helped put this together:

Engineering: names

Product: names

UX Design: names

Finance: names

Regards,
Lauren

1. 這對誰產生影響？

「流量來源」欄位只有內部使用者可見。

2. 預期的改變是什麼？

在使用者界面中，現在可以在分項帳目建立過程中聲明流量來源。

3. 下一步是什麼？

三週後釋出訂單功能的更新後，我們將能夠追蹤並識別每個看到特定廣告的使用者。

感謝協助完成這項工作的優秀團隊：

工程部門：姓名

產品部門：姓名

使用者體驗設計：姓名

財務部門：姓名

謹致問候，
蘿倫

另外，也提供常見的資訊型 email ——會議紀錄的模板範例。

Subject line: [Important] Meeting Summary and Next Steps

Hi team,

Thank you for your time today. As per our discussion, please see below for the meeting note.

Summary: [3-5 sentences]

Topics we covered:

- Topic 1

  Details
- Topic 2

  Details
- Topic 3

  Details

Next steps:

- [Who] to do [what] by [when]

Please let me know if you have any questions. Thank you.

Best,
Vivienne

主旨：【重要】會議摘要與下一步行動

團隊的大家好，

非常感謝大家今天抽出時間參與會議。根據我們的討論，以下是會議紀錄。

摘要：【3-5句話】

我們討論的主題：

- 主題1

  詳細內容
- 主題2

  詳細內容
- 主題3

  詳細內容

下一步行動：

- 【誰】在【何時】前完成【什麼事】

如果有任何問題，請讓我知道。謝謝。

祝順利，
薇薇安

說服型 email

　　說服型 email 需要促使對方採取行動，不管是回覆你的 email、幫你拉資料、僱用你的朋友，我們都需要明確又有力的說法來說服對方。常見的說服型 email 有請求、推薦信、銷售冷請求等等。

☑ 說服型 email 的結構

順序	結構	定義	範例
1	主要訊息	在開頭就告訴讀信者這篇 email 的重點訊息，也就是你希望他採取的行動。	I need your help looking into xyzwebsite.com. 我需要你協助查看 xyzwebsite.com。
2	背景	提供讀信者脈絡，為什麼你聯絡他？為什麼他需要採取這項行動？可以提供數據、實證、故事、案例等等，如果是請求對方，也可以補充你已經做過、嘗試過，但不可行的東西，省得對方又要回一封信問你問題，也節省彼此的時間。	We noticed that there was a sudden drop in users on July 7th. The product team and engineering team didn't make any changes during that period of time. I also checked with Marketing and can confirm that there was no change on their end as well. 我們注意到在七月七日用戶數量突然下降。產品團隊和工程團隊在那段時間並沒有進行任何更改。我剛剛也與行銷部門確認，他們那邊也沒有做出任何變更。

3	細節	幫讀信者分析後果，像是採取行動的好處，或不採取行動的風險，可以從時間、金錢和感受這三個方向下手。	We need an analysis report before Thursday noon since we are meeting with the client and this topic will certainly come up. 由於我們將與客戶進行會議，而且這個議題肯定會被提及，因此，我們需要在星期四中午之前拿到一份分析報告。
4	促使行動	重申一次你希望對方採取的行動，並提出下一步。	Please let me know if this is something you'd be able to help. 如果這是你能夠協助的事情，請讓我知道。

☑ 說服型 email 的主旨

說服型 email 目的在於促使讀信者採取行動，因此在信件主旨可以清楚地標記出來，例如 Response needed、Action required 等等。

- [Action Required] Manager Survey due on 6/30
  【需要採取行動】經理調查截止日期為六月三十

- [Response Needed] Dietary constraint and T-shirt size for XYZ Conference
  【需要回覆】XYZ 會議的飲食限制和 T-shirt 尺寸

- Action Items for Revenue Optimization
  收入優化的行動項目

- Help needed: volunteer for AAPI celebration!

  需要協助：徵亞太裔美國人慶祝活動志工！

- URGENT: please pause traffic on website.com

  緊急：請暫停 website.com 的流量

- Referral – Anthony Chou for Data Scientist II

  推薦—安東尼・周擔任資料科學家二級職位

☑ 說服型 email 範本

首先是推薦人選的 email。如果你剛好有認識的人很適合某個職缺，可以寫封 email 給招募者或主管，說服他們為什麼你推薦的人是最佳人選。

Subject line: [Referral] Highly Recommend Fey Zhou for Mid-Market Manager	主旨：【推薦】強力推薦周菲擔任中階市場經理職位
Hi Tracy,	嗨，崔西，
I heard that you are looking for a Mid-Market Manager for the new video business on your team. I highly recommend Fey Zhou for the position.	我聽說你正在尋找一位中階市場經理加入你們團隊的新影片業務部門。而我強力推薦周菲擔任這個職位。

I worked with Fey for a year at my last job. Even though she was just out of college at that time, she learned fast, ramped up quickly, and was easy to work with. She was passionate about helping others and building partnerships. She was managing a few big clients such as Disney, NFL, and Yahoo.

What left a strong impression on me was her love for video creation. Fey has been running a YouTube channel and has created more than 50 videos. Her knowledge in video editing and media technology workflows along with her experience in Account Management makes her an ideal candidate for this role.

I'm sure that, if you hire Fey, she will get up to speed quickly and be a reliable member on your team. In other words, you can focus more on strategic partnerships.

Attached is her resume. Please let me know if you need any more information from me. I'm available for a quick call if that'd be helpful.

Best regards,
Vivienne

我在上一份工作中與菲共事了一年。儘管當時她剛從大學畢業，但她學習迅速，能夠快速上手，且易於相處。她對幫助他人和建立夥伴關係充滿熱情。也曾管理過一些大客戶，例如迪士尼、NFL 和雅虎。

另外，讓我印象深刻的是她對影片創作的熱愛。菲一直在經營一個 YouTube 頻道，已經創作了五十多部影片。她在影片編輯和媒體技術工作流程的知識，以及她的客戶管理經驗，使她成為這個職位的理想人選。

我相信，如果你僱用菲，她會迅速上手，成為團隊中可靠的一員。換句話說，你將能夠更專注於戰略合作夥伴關係。

隨信附上她的履歷。如果你需要我提供更多資訊，請讓我知道。我也可以快速通個電話。

最好的問候，
薇薇安

　　而如果要麻煩別人做事，記得一開始就提到你希望對方採取或不採取的行動，並將所有相關的文件和資訊一併提供給對方。**對方需要問的問題和書信往返越少，你就能夠越快獲得自己想要的結果**。最好加入一個死線或是你預期的時間線，對方比較有優先順序的概念。如果死線很趕的話，請簡單解釋原因。當然，別忘了語調不要頤指氣使，保持禮貌專業，並表達感謝。例如：

Subject line: Deadline Thursday: data needed for client meeting	主旨：星期四截止：客戶會議所需的數據
Hi Jamie,	嗨，傑米，
Bumping this up.	提醒一下。
We need an analysis report on the user drop on 7/7 before Thursday noon. I know you are swamped with PIT requests right now, but your insight here could really help us close the deal. Let me know if there's anything I could do to help speed this up.	我們需要在星期四中午之前拿到七月七日的用戶下降分析報告。我知道你現在忙於處理 PIT 請求，但你在這方面的見解確實可以幫助我們達成交易。如果有任何我可以幫忙加快進度的地方，請讓我知道。
I will give you a call later today. Thank you again for your help!	我稍後會打電話給你。再次感謝你的幫助！
Best, Vivienne	最好的問候，薇薇安

　　以上述信件為例，追蹤進度的 email 主旨通常會增加緊急性，可以使用 deadline（死線）、reminder（提醒）、urgent 來抓住對方眼球。這類 email 常見的開頭會是：following up on this（進

度追蹤）、bumping this up（提醒一下）、bubbling this up（提升優先性）。由於是進度追蹤，可以簡短重述一遍請求即可，對方需要更多細節，可以去看上一封 email。

此外，還有一些小技巧可以提高對方的回覆率。第一是點出知道對方很忙，但是非他不可的理由。第二是主動提出自己可以幫忙。最後，告訴對方你會再追蹤一次，下次可能是直接打電話。

9-3

英文 email 的禮儀養成

> 以英語的說話邏輯，
> 表達禮貌、親切、客觀。

中文和英文的書信表達禮貌的方式非常不同。大家在國高中時，應該都背過不少傳統中文書信中的提稱語、啟事敬詞、祝頌語、敬辭吧？這些詞語會依據寫信者跟收件者的親疏尊卑而不同，透過使用這些書信用語、自稱和尊稱，我們能夠表達對收件人的禮貌跟尊敬。

你八成在想，自從國高中考完試之後，這輩子再也沒碰過這些書信用語了，根本沒有人中文信這樣寫吧？雖然現代的書信已經不需要像傳統書信，但是針對不同親疏尊卑關係而使用自謙和尊稱，或使用對方的職稱稱呼對方（而非直接指名道姓），依然是常見的習慣。例如自稱家母、舍妹、敝校，尊稱令堂、令媛、貴校、貴公司等。

中文幾乎都是利用自謙、自貶的方式來表達尊敬和禮貌，除了上述書信用語之外，「不好意思麻煩您」、「冒昧請問一下」、「很抱歉打擾了」這些開頭方式，在中文語境已經是約定成俗的習慣用語，**但是直譯成英文則會聽起來很沒自信、自尊心很低**，在英

文語境中，更像是在傳達「我不值得你的時間」、「我不如你有價值」的意思。這個現象在中文母語者寫的英文求職信和 email 中，是非常常見的！

要怎麼寫，聽起來才禮貌？

Email 的 tone（調性、語調、語氣）很重要，**依照收件人的不同，寫信者也會調整信件的調性**。舉例來說，寫給每年付你幾百萬美金大客戶的 email，一定會比寫給每天一起買奶茶的同事正式、有禮貌。而根據客戶性質和熟悉程度，甚至是公司品牌的定位，也會有不同語調和表達方式。

不過要注意的是，英文 email 不像中文多半利用自貶或謙稱的方式來表達禮貌，而是透過委婉、中性客觀的用字等，來調整 email 的調性。接下來，就來一一介紹如何有禮貌地寫一封 email。

☑ 用字遣詞委婉

通常越委婉的表達方式是越禮貌的。我們在跟朋友聊天時，常常不經修飾、直接地表達自己的想法，但是在正式書信中，如果使用一樣的表達方式，聽起來容易非常嚴厲或無理。因此，我們會選擇更專業、婉轉的用字，來達到同樣的目的。**這邊的委婉是用字遣詞上的委婉，而不是指拐彎抹角、不講重點的委婉**。我們要做的，是盡量達到自己溝通的目的，同時也照顧讀信者的感受。

直白 ←—————————————————→ 委婉		
The numbers are terrible. 數字很糟糕。	Very bad. 情況很壞。	Not ideal. 不盡理想。
Your performance was horrendous. 你的表現糟糕透頂。	Poor. 表現不佳。	Concerning/worrying. 令人憂慮／擔心。

☑ 中性客觀的用字（避免情緒化的字眼）

email 的用字越中性、客觀，調性會越正式有禮貌。 如果你想要寫較正式的 email，請盡量避免情緒化、浮誇或過於口語的字眼。除了比較不正式，也因為其主觀又籠統的性質，經常欠缺明確性，在商業書信中會盡量以精準的詞來替代。

情緒化字眼的例子如下：

✕	▪ The slides look so sad. 這些投影片看起來很令人難過。
○	▪ We can use some design on the slides. 我們可以在投影片上做些設計。
✕	▪ The meeting was a shit show. 這次會議簡直糟透了。
○	▪ The meeting did not go well./The meeting did not go as expected. 這次會議進展不是很順利／這次會議並不如預期。

也要避免過度誇飾的用法：

✕	• plummet、plunge、crash 暴跌
○	• decrease、lower、is down 減少、下降
✕	• skyrocket、surge、blow up、go through the roof 飆升
○	• increase、rise、grow、is up 增加、成長

☑ 降低針對性（finger pointing）

　　這一點跟中文有些類似，中文書信中，寫信人通常會盡量使用對方的名字、職稱或「我們」來代替「你」，讓信件語調比較不具有針對性。英文也會利用類似的方式，**比起一直用你、你、你，更有禮貌的表達方式是用「我」或「我們」來當句子開頭，創造我們跟收件人是站在同一邊的感覺。**另外，被動語態也有降低說話直接性的功能，當然如前所述，使用被動語態會降低表達明確性，請斟酌情況使用。

✕	• You didn't send the note. 你沒有寄出備忘錄。
○	• I haven't received the notes. 我還沒收到備忘錄。
✕	• You said in the first email that you would finish the slides by Wednesday. 根據第一封電子郵件，你表示你會在星期三前完成投影片。

- Based on our first email, I was under the impression that the slides would be complete by Wednesday.
  根據我們的第一封電子郵件，我認為投影片應該在星期三之前完成。

✕
- We will shut down your site if you don't update the privacy setting by April 3rd.
  如果您不在四月三日之前更新隱私設定，我們將關閉您的網站。

- We risk the site being shut down if we don't update the privacy setting by April 3rd.
  如果不在四月三日之前更新隱私設定，我們將面臨網站被關閉的風險。

  ➡ 被動語態的說法：The site will be shut down if the privacy setting isn't updated by April 3rd.（如果隱私設定在四月三日之前沒有更新，該網站將被關閉。）

☑ 注意文法、拼字、句子完整度

在越隨性的對話情境中，人們通常不會太在意文法、拼字和句子的完整度，甚至土生土長的美國人也常常出現拼錯字、文法用錯的狀況，大家通常也不會特別糾正，只要意思傳達到就可以了。**但是正式禮貌的商業書信，最好遵循正確的文法規則及拼字，句子也應該力求完整正確。**你可以利用 Grammarly 等線上工具來除錯，或是寫完之後稍等一會，再重新檢查一遍，也可以請另一個人幫你校對。

文法的部分，在口語或簡訊英文中，單複數、the/a/an、do/does、時態經常被忽略或誤用，但是在商業書信中不注意這些細節，很容易影響收件者對我們的觀感和信任。另外，時態會影響語氣的委婉程度，**使用現在式的語氣會比過去式更加強烈、急迫**，因此商業書信中，遇到「I want to...」這類的句子，通常會使用過去式 I wanted to，在詢問對方能不能做什麼時，也會使用

could/would，來表示禮貌。

　再來是拼字的部分，除了拼字要正確，正式書信中也應該避免口語化的拼法，像是：

✕	▪ U	✕	▪ Nah
◯	▪ you	◯	▪ No
✕	▪ Lemme check	✕	▪ Yeah
◯	▪ Let me check	◯	▪ Yes
✕	▪ Thanksss	✕	▪ Sup?
◯	▪ Thank you	◯	▪ How are you?

　最後，句子完整度會影響口吻正式與否。**越簡短、越不完整的句子，越容易聽起來直接、無理。**跟朋友傳簡訊沒問題，但在正式的商業書信中，應該盡量寫出完整的句子。

✕	▪ Will let you know. 會讓你知道。
◯	▪ I will circle back as soon as I get an update. 一旦有進一步的消息我就會再跟您聯絡。
✕	▪ Can't. 無法。
◯	▪ I am afraid I won't be able to help. 我恐怕沒辦法幫忙。

☑ 親切禮貌的開頭和結尾

開頭和結尾是讓 email 看起來親切禮貌最簡單的方法。它們就像是軟墊一樣，能避免開頭過於唐突、結束太過突然，跟中文的祝頌語和敬詞有異曲同工之妙。開頭甚至能夠決定整封信的調性，讓 email 可以非常正式，也可以很親切友善。以下就提供一些開頭與結尾的範例。

稱呼收件人

Dear [Name]	非常正式的寫法，所以大多數商業 email 其實並不會使用。通常用於 B2C 公司對客戶的溝通（Dear customer），或是申請學校的書信文件（Dear Admission、Dear Professor Samuels）。
Hi [Name] **Hello [Name]**	最常見的用法，像是 Hi team、Hi everyone、Hi all 等等。

另外，請避免使用 Dear Sir/Madam，或 To whom it may concern，這兩個用法比較古早，而且也不夠明確地指稱個人。對於重視多元和包容的公司，也盡量避免使用 Hi guys/boys/girls/ladies/gentlemen 等單一性別的稱呼。

一段時間沒聯絡的開頭

▪ I hope this email finds you well./I hope you are doing well./I hope everything is going well with you.

希望您一切都好。

親切友善的開頭（週一週二）

- Happy Monday/Happy Tuesday!
  週一／週二愉快！

- Hope you had a great weekend.
  希望您度過了美好的週末。

- Hope your week is off to a great start.
  希望您一週的起始順利。

親切友善的開頭（週三到週五）

- Happy Wednesday/Thursday/Friday!
  週三／週四／週五愉快！

- Hope your week is going well.
  希望您這一週過得順利。

- I hope you are having a wonderful week so far.
  希望您目前這週過得非常愉快。

回覆對方問題的開頭

- Thank you for reaching out.
  感謝您的聯絡。

- Thank you for your question.
  感謝您的問題。

- Thank you for the clarification.
  感謝您的澄清。

很慢才回覆對方的開頭

- Thank you for your patience.
  謝謝您的耐心。

- Apologies for the delay.
  抱歉延誤。

- Sorry it has taken me so long to respond.
  抱歉這麼久才回覆。

- Sorry I missed the last email.
  抱歉錯過了上一封郵件。

常見結尾

- Feel free to reach out if you have any questions.
  如果您有任何問題，請隨時聯絡我。

- Please don't hesitate to let me know if you have any questions or concerns.
  如果您有任何問題或疑慮，請不要猶豫地告訴我。

- Please let me know if you need further assistance.
  如果您需要進一步的協助，請讓我知道。

常見的 email 祝福

- Have a great weekend.
  祝您度過愉快的週末。

- Enjoy your weekend.
  祝您週末愉快。

- Have a good rest of your day.
  祝您今天剩下的時間過得愉快。

Chapter

10

成為擅長與同事
溝通、閒聊的人

10-1

多元文化辦公室的聊天地雷

> 目標是與人建立良好關係，
> 聊天時尊重他人隱私、避免 NG 話題。

　　台灣雖然以漢人為主要人口組成，但隨著移民增加和國際化商業發展，就算不出國，也有機會與不同國家的人共事。

　　而在美國，隨著越來越多公司重視多元化、公平性和包容性（Diversity, Equity and Inclusion，DEI），我們也有越來越多機會和不同種族、文化背景、性別、性向以及宗教的同事們一起工作。正因為如此，**學習如何與和自己不同的人溝通、相處，培養文化敏感性，是身為國際工作者十分重要的課題！** 本節就來介紹英語職場常見的聊天地雷，以及該如何避免。

避免使用「暱稱」

　　在英文中有許多暱稱（terms of endearment），像是 darling（親愛的）、babe（寶貝）、love（愛人）、sweetie/honey/hon（小甜心）、dummy（小笨蛋）等，通常是情侶或夫妻之間互相使用的暱稱，或祖父母年紀的長輩對兒孫輩會使用的稱呼。

　　但是，這些暱稱並不適用於專業場合，**特別是當給予跟接收暱**

稱的兩人之間，已經存在權力不對等的關係時，更容易創造出不
平等和不友善的工作環境。想像以下的情境：

老闆：Hey sweetie, could you send me the report we reviewed
in the meeting?
嗨，小甜心，你可以寄我們在會議中審查過的報告給我嗎？

員工：Which report are you referring to? We went over two
reports just now.
你指的是哪份報告？我們剛剛審查了兩份報告。

老闆：The sales report I need to present on Thursday! Dummy!
星期四我需要提交的銷售報告！小笨蛋！

員工：………

在上述情境中，當老闆使用暱稱稱呼員工時，會製造「把對方
當作小孩，而不是當成年人一樣尊重」的印象。如果老闆和員工
為異性，更容易造成性騷擾、職權騷擾這樣的誤會。比較好的做
法是避免使用一切暱稱，如果要稱呼下屬或同事的小名，也先向
對方確認意願。例如：

- How would you like to be called?
你希望怎麼被稱呼？

- I saw you have a Chinese name and an English one in the
system. Which one do you prefer?
我在系統中看到你有中文名字和英文名字，你比較偏好哪一個？

- Hey Samantha, can I call you Sam? Or should I stick to Samantha?

  嗨，莎曼莎，我可以叫你莎姆嗎？還是應該繼續稱呼你為莎曼莎？

- Hey Katharine! Is it okay if I call you Kat or do you prefer Katharine?

  嗨，凱薩琳！我叫你凱特可以嗎？還是你更喜歡被稱為凱薩琳？

避免談論對方的身體部位

二〇二二年五月二十七日奧斯卡金像獎頒獎典禮上，在克里斯洛克開了捷達史密斯光頭的玩笑後，她的丈夫威爾史密斯走到台上，當著全球觀眾的面賞了克里斯洛克一個耳光，引起軒然大波。

在國際職場，談論對方的身體部位非常容易造成誤解和職場騷擾。**就算你本意是想稱讚對方，或是想善意提醒，也應該避免評價對方的身材、身體、皮膚或頭髮等等。**

在美國，因為人口組成多樣，並且又牽涉到奴隸制度、種族隔離、系統性歧視等歷史脈絡，談論別人的身體部位很容易觸碰到敏感神經。另外，對方可能也有不為人知的創傷或疾病，導致身體外觀較為不同，或是對於特定的身體部位缺乏安全感。如果恣意評論，很容易造成尷尬局面。

除非你跟對方已經有一定交情，或是對方自己曾經主動提及，這時才比較適合討論相關話題。最安全的做法，**是等對方自己主動提起**，或是適時稱讚對方的穿著打扮、服飾配件和時尚品味，這對喜歡打扮穿搭的人特別有用！

- I love your glasses/shirt/dress/pants/watch/necklace! Where did you get it/them?

  我喜歡你的眼鏡／襯衫／裙子／褲子／手錶／項鍊！你在哪裡買的？

- Your sweater is so cute. It looks great on you.

  你的毛衣好可愛，穿在你身上很好看。

- I love your style. It looks very chic/sleek/professional/fashionable.

  我很喜歡你的打扮風格，非常時髦／俐落／專業／時尚。

- You have a really good style. Where do you usually shop?

  你的風格很棒，你通常都在哪裡購物呢？

- Love your new haircut! It looks so nice. Which salon did you go to?

  喜歡你的新髮型！超好看的。你是去哪家沙龍？

性別、種族、婚姻、
健康狀態、宗教信仰、政治傾向通通 NG

在台灣，詢問別人是否已婚、有沒有打算生小孩，是非常稀鬆平常的話題，但是這在國際職場算是騷擾等級的大忌，連帶的禁忌話題還有對方的性別和性向、種族、健康狀態、宗教信仰以及政治傾向。這些話題不是不能討論，而是**當對方沒有先主動提及時，最好不要擅自發問，不然很容易被視為沒禮貌、不尊重他人隱私。**

311

我剛到美國時知道種族、宗教、政治這些敏感議題不適合在工作場所討論，但是工作一陣子之後才發現，原來健康、性別、性向也極度不適合拿來當作聊天的題材。舉例來說，由於健康狀態會影響一個人的工作能力和職場表現，除非是小感冒或過敏這種較輕微或暫時性的健康問題，隨意詢問或討論他人的健康問題，容易讓對方覺得你在刺探他的隱私。也因此，同事如果生病請假或是去看醫生，提供簡單慰問即可，不需要把對方生什麼病、看哪一科問得清清楚楚，對方想講自己會說。以下這些 NG 話題，請避免在工作場合說出口。

性別和性向

- Are you gay/lesbian/transgender?
  你是同性戀／女同性戀／跨性別者嗎？

- I can't tell if Alex is a guy or a girl. Is he trans?
  我無法確定亞歷克斯是男性還是女性。他是跨性別者嗎？

種族

- You are smart for a black person.
  你作為一個黑人來說很聰明。
  ➡ 這是非常沒禮貌的話，在美國的工作場合講出極可能會被開除。

- How come you don't like spicy food? Come on, you're Latino!
  為什麼你不喜歡辣食？拜託，你是拉丁裔耶！
  ➡ 這種故意反諷的玩笑，如果是已經很熟、很常開玩笑的朋友通常沒問題，但如果只是同事關係，很容易讓人想翻白眼。

婚姻狀態和家庭計畫

- Are you single/married?

  你單身／已婚嗎？

- Do you have a boyfriend/girlfriend?

  你有男朋友／女朋友嗎？

- When are you having kids? Do you have plans to have kids?

  你什麼時候要生孩子？你有計畫要生孩子嗎？

健康

- Do you have depression or something? Cheer up!

  你有憂鬱症什麼的嗎？振作點！

- I saw on your calendar that you have a doctor's appointment this afternoon. Why do you need to see a doctor?

  我在你的日曆上看到你今天下午有預約看診。你為什麼需要看醫生？

宗教信仰

- Why are you wearing a hijab? Isn't it sexist to tell women to cover up their bodies?

  為什麼你戴著頭巾？告訴女性要遮蓋身體不是性別歧視嗎？

- What? You don't eat beef? You should at least try!

  什麼？你不吃牛肉？你至少應該試一次嘛！

政治傾向

- Who are you voting for?

  你支持哪位候選人？

- What's your stance on gun control/abortion/healthcare/immigration?

  你對槍支管制／墮胎／醫療保健／移民政策的立場是什麼？

　　如果真的想要討論這些議題，在詢問時最好先禮貌地表示自己的善意和意圖，接著詢問對方是否願意與你分享。可以先說「不想分享沒關係」給對方台階下，記得對方沒有義務跟你解釋或教育你。

- We don't need to talk about it if you are not comfortable, but I have always been curious about the hijab. Do you mind sharing the culture behind it?

  如果你不方便，我們就不要談論這個，但我一直對頭巾很好奇。你介意分享一下背後的文化嗎？

- I have been wanting to learn more about Black Lives Matter, but I wasn't sure if it's okay to ask you... Are you comfortable sharing your opinion/experience/viewpoint with me?

  我一直想更加了解「黑人的命也是命」，但我不確定問你是否合適⋯⋯你是否願意和我分享你的觀點／經驗／立場？

- I was worried about you when you were out sick for two weeks, but I didn't want to pry. Is everything okay?

  當你生病兩個星期的時候我很擔心，但我不想打擾你。都還好嗎？

另外，如果對方是 LGBTQ+ 族群，可以詢問他們的人稱（pronoun），通常你在對方的個人檔案、LinkedIn，或通訊軟體上都能看到其偏好的人稱。找不到的話，可以直接問：What is your pronoun?（你偏好的人稱是什麼？）比起自作主張對方是 He 或 She，主動禮貌詢問通常是較好的做法。

避免開對方玩笑

許多研究都顯示幽默感可以促進人緣，我遇過許多愛開玩笑的人，但其中卻不少讓眾人在心裡翻一百個白眼，甚至在不知不覺間得罪其他人。開玩笑容易，但是要好笑又不傷害別人很難。在職場或任何社交場合，若我們的目標是與人建立良好的關係，都應該在開玩笑時注意別人的感受。有些不適合專業場合的玩笑，最好留給自己親近的家人朋友或單口喜劇的舞台。貶低嘲諷其他人、針對不同種族宗教文化的玩笑，很容易造成感情裂痕，過分的玩笑甚至可能成為職場騷擾，請務必注意。像是這些 NG 玩笑：

- Global warming is real, guys. I mean the glacier is receding as fast as Josh's hairline. Hahaha!

  全球暖化是真實存在的，夥伴們。我的意思是，冰川正在像喬希的髮際線一樣迅速消失。哈哈哈！

- Bad news, a client wanted to end their relationship with us, like Christina and her husband. Hahaha!

  壞消息，一個客戶想要結束與我們的關係，就像克里斯蒂娜和她的丈夫一樣。哈哈哈！

開玩笑的方式有很多種，自嘲通常是一個比較好的選項（但要

注意自嘲頻率不能太高，不然會留下沒自信、自貶的印象）。如果真要拿對方開玩笑，請先確定對方是有心情開玩笑的，梗也必須是關於對方非永久性的特徵，例如小感冒而不是先天缺陷，或對方明確不會沒有安全感的梗，像是極大的殊榮或成就等。以下是幾個例子：

同事正在跟 Sarah 講話的時候，你剛好經過故意誇張地說道：

- You need to be careful of Sarah! She caught a cold three months ago. She might pass it to you!

  你要小心莎拉！她三個月前感冒了，可能會傳染給你！

同事 Drake 連續五年獲頒最佳銷售人員獎，主持人故意開玩笑說：

- Drake, I am so tired of seeing you on this stage! Five years in a row! When are you going to give other people a chance?

  德雷克，我看著你站在這個舞台上已經厭倦了！連續五年！你什麼時候要給其他人一個機會？

在辦公室人緣很好的同事 Dan 走過來要坐下，你假裝嚴肅說：

- You can't sit here, Dan! We hate you!

  你不能坐這裡，因為我們都討厭你！

最保險的做法是在玩笑後，馬上澄清自己是在開玩笑，並加上校正玩笑的話，確保對方知道你意圖良善。但是請不要濫用以下這些話，故意講一些傷人言語，又說自己在開玩笑喔！

- I am joking! Sarah is probably the healthiest person on the team. She goes to the gym 4 times a week!

  我開玩笑的！莎拉可能是團隊中最健康的人。她每週去健身房四次！

- I am kidding! We are so proud of your achievements, Drake. Thank you for your work.

  我開玩笑的！我們對你的成就感到驕傲，德雷克。謝謝你的努力。

- I am just messing with you! Come back, please! You are literally one of the kindest person here. It's impossible to hate you.

  我只是跟你開玩笑！回來吧！你是這裡最友善的人之一，沒有人會討厭你。

避免長篇大論教育對方

英文中有一個詞叫 mansplain，指的是當一位男性假設對方比自己無知，在沒有詢問是否需要解釋的情況下，就長篇大論地教育對方。由於這個行為在美國社會中，比較常出現男性身上，所以叫 mansplain，如果是一個女性做出這樣的行為，也可以稱為 womansplain。

長篇大論的說教除了讓對方覺得不被尊重，也是浪費自己的時間重述一遍對方已經知道的資訊。較好的做法是假設對方和你一樣聰明，或對方已經思考過你正要說的事情了。如果你想要分享一個你很有研究的話題，不要假設對方什麼都不知道，**先詢問他們對某個議題的熟悉度。如果對方不太熟，再禮貌詢問是否有興趣聽更多**。

- How familiar are you with machine learning?

  你對機器學習有多熟悉？

- Will you be interested in learning more about it?

  你有興趣進一步了解嗎？

- You probably already know this, but have you thought about using Canva to design the poster?

  雖然你可能已經知道了，但你有考慮過使用 Canva 來設計海報嗎？

「你好，我是新來的！」
如何快速融入新環境？

> 主動打招呼、打好關係是自己的責任。
> 正因為是新人，不需要害怕問題。

還記得在紐約實習的第一天，我提早一個小時到公司附近的 Bryant Park 準備心情。那時紐約剛入夏，早晨很涼爽，我坐在公園的鐵椅上用英文搜尋「上班第一天該做的事」，讀了兩三篇文章之後，覺得比較有信心了，才去辦公室報到。雖然有稍做功課，但是身為職場菜鳥，第一次在美國上班依然很沒頭緒，不知道到底該做、該說什麼，被問話也常常舌頭卡住。但一回生二回熟，至今我在紐約也做了三份工作，對於如何融入新環境、和新同事互動已有一些心得，將在這節一一分享給大家。

保持積極正向的態度

第一印象很重要，特別是剛上工時，會需要許多同事帶你認識環境、幫你設定公司帳號、給你權限、教你使用內部工具等等。因此，**保持積極正向的態度，隨時表達感謝，能夠讓你融入更順利，也給同事留下好印象。**

在剛開始工作的頭幾週，一定會被問：「How's your first

week?」（第一週過得如何？）、「How do you like it here?」
（你還喜歡這裡嗎？）這時，回答保持簡潔正向即可，你可以表
達自己的感受，再加上一個小例子：

- I love it here. People are very supportive.
  我喜歡這裡。大家都會互相支援。

- I am very excited to be here. I love the office events.
  能夠在這裡，我感到非常興奮。我很喜歡辦公室的活動。

- It has been amazing. I like the people/work environment/office/
  atmosphere a lot.
  目前為止都非常棒。我很喜歡這裡的人／工作環境／辦公室／氛圍。

另外，這些客套話也是大家很常對新同事說的：「We are very
excited to have you.」（我們非常興奮你能夠加入。）、「I
look forward to working with you.」（很期待和你一起工作。）
這時，你可以回答：

- Thanks, I am happy to be here.
  謝謝，我很高興能在這裡。

- I look forward to working with you too.
  我也期待著和你一起工作。

主動跟同組同事打招呼

我剛開始實習時，看到同組同事很忙的樣子，都有點害怕去打

擾他們。是我的主管要求我在一週內跟所有同組同事約一對一談話，才有了跟他們講話的機會。開始全職上班後，**跟同組同事打招呼、打好關係就是自己的責任了**。特別和善的同事可能會主動來找你聊天，但是比較忙或不喜歡社交的同事，就要靠你自己主動出擊了。畢竟不管同事性格外向與否，你日後都得與他們一起共事呀！可以趁他們起身離開座位，或是沒戴著耳機、看起來不太忙時，主動自我介紹、找話題聊天，甚至是禮貌地約一個簡短的會議，向他們請教公司大小事也可以。以下是你可以開啟話題的例子：

- I don't think I have introduced myself yet. My name is Vivienne. I am the new analyst on the team. Do you mind if I put a 15 minute sync on your calendar? I'd love to learn some tips and tricks from you and see how my role can help you and the team.

  我想我還沒有自我介紹。我的名字是薇薇安。我是團隊中的新分析師。你介意我在你的日曆上安排一個十五分鐘的同步會議嗎？我很想從你這裡學到一些技巧和訣竅，並了解我的角色如何能夠幫助你和團隊。

- We've been in a few meetings together, but I don't think we have formally met yet. I am Vivienne. I joined last week. I was very impressed by your presentation in the client call on Wednesday. How long have you been working here?

  我們在一些會議中碰過面，但我想我們還沒有正式見面。我是薇薇安，是上週加入團隊的。我對你週三在客戶通話中的報告印象很深刻。你在這裡工作多久了？

- Hi Justin! Finally get to see you in person. I am Vivienne. I see you in the weekly sales meeting all the time. How's it going?

  嗨，賈斯汀！終於有機會親自見到你了。我是薇薇安。我經常在每週的銷售會議中看到你。最近過得怎麼樣？

多認識其他部門的人

在第三份工作的頭三個月，我是團隊裡唯一一個會進辦公室的人，因此在辦公室結交其他朋友，對我來說格外重要，不但有助我日後跟其他團隊溝通合作，也有更多被看到的機會。而對於實習生來說，認識其他部門的人，能夠探索不同職涯發展的可能，日後也能有更多人幫忙介紹和推薦正職工作。

搭訕其他部門的人，最難的其實就是邁開第一步，當第一個開口說話的人。但其實搭訕步驟非常簡單，只要**打招呼、自我介紹、握手**（疫情之後也流行碰拳頭或手肘）就可以了。不管是在飲水機倒水、泡咖啡、挑零食都適用喔！

- Hi, how are you? I'm Chris by the way.

  嗨，你好嗎？順便說一下，我是克里斯。

- I don't think we've met yet. My name is Sabrena. I am on the data team.

  我們好像還沒見過面。我叫薩賓娜，是數據團隊的一員。

- Hi, I am Melissa. I just started on Monday. What's your name?

  嗨，我是梅麗莎，才剛在星期一加入團隊。你叫什麼名字？

如果對方有一些時間來 small talk，可以問問對方的團隊、主管和職能：

- What team are you on?

  你在哪個團隊？

- Who's your manager?

  你的主管是誰？

- What do you do as a solution engineer?

  作為一名解決方案工程師，你的工作內容是什麼？

勇於問問題

　　問問題雖然很難為情，也怕浪費別人時間，但要趁著開始工作的前三個月，大家還覺得你是菜鳥，對你的表現還沒什麼期待時，趕快多問問題。如果因為害怕出糗而不發問，不但影響自己的學習速度，等上工五六個月後，依然還搞不清楚基本常識，這時候發問，絕對會更尷尬的。

- Hi Andrea, quick question: where can I find the documentation for client onboarding?

  嗨，安德莉亞，快速問一下：客戶引導文件在哪裡可以找到？

- Do you have 15 minutes tomorrow to walk me through the visualization tool? I was trying to use it today, but I couldn't populate the chart I was looking for.

  明天你可以借我十五分鐘的時間，指導我使用視覺化工具嗎？我今天試著使用，但無法產出我要找的圖表。

- Do you have any tips on working with the product team? They seem very nice, but I wanted to learn more about the workflow and their style.

  你對於與產品團隊合作有什麼建議嗎？他們看起來很友善，但我想更了解工作流程和他們的風格。

除了向他人尋求協助，也可以主動詢問對方，有沒有什麼自己能幫忙的地方：

- How can I help?
  我能幫上忙嗎？

- Is there any way I can help take some weight off your shoulders?
  有什麼地方是我可以幫忙分擔一些工作壓力的嗎？

- Let me know if there's any way I can make your job easier for you.
  如果有任何地方我可以幫忙，讓你的工作變得更輕鬆，都請告訴我。

如果對方是不同團隊的同事，也可以藉著自己是新人的機會，詢問一些跟工作、團隊合作有關的問題：

- What makes a UX designer a good UX designer?
  一個優秀的使用者體驗設計師有哪些特質？

- What can I do as an analyst to make your job easier?
  作為一名分析師，我能做些什麼來讓你的工作更輕鬆？

- If there's one thing you could improve about the way our teams work together, what would that be?
  如果要改善我們團隊合作的一件事，那會是什麼？

笑口常開、樂於助人

在紐約的三份工作，我都不約而同地聽到同事說，很開心有我的加入。他們喜歡實習生或新員工，因為新人總是能帶來新氣象、新活力，讓原本沉悶的辦公室多一些生機。這一點其實不需要很會說話、英文也不用很好就能做到。只要在辦公室笑口常開，主動微笑、打招呼，幫同事一些小忙就好。例如，我有時在辦公室做抹茶拿鐵，就會順便幫旁邊的同事做一杯，或主動關心同事的工作、生活，聽同事說說話，就能留下非常正面的印象。**溫暖與快樂不分語言和國界，讓自己成為散發正向氛圍的人，就算是菜鳥，大家也會非常歡迎你的！**

10-3

跟同事打屁聊天要說什麼？

> 避開敏感話題，small talk 主題其實很廣泛，
> 從天氣、通勤，到興趣、家庭都可以聊。

在本書籌備期間，我收到最多敲碗訊息就是「跟美國同事尬聊不知道講什麼？」、「跟外國同事聊天沒話題」等等，看來許多人跟第一年上班的我都有一樣的困擾：跟美國人聊天好難呀！除了要克服文化和語言隔閡，聊天本身就是一門學問，再加上台灣較沒有 small talk（閒聊）的文化，導致我一開始都只能坐冷板凳，得等別人問我問題，才能說上幾句。

Small talk 該講什麼？

在國際辦公室，與同事打招呼之後閒聊幾句非常普遍，**甚至招呼本身都會是一個需要回答的問題**，而不是嗨、哈囉這樣單純的招呼用語。常見的打招呼方式包括：「What's up?」（口語有時會說「Sup?」）、「How are you?」、「How are you doing?」、「How's it going?」（最近過得如何？）

雖然對方問你「你好嗎？」、「過得如何？」但其實他並不是真的在問你私人生活近況，或深層的感受。如果對方真的想關心

你的話，會直視你的眼睛，壓低聲音、一字一句慢慢地把「你真
的好嗎？」講出來，這時候，再開始分享那些縈繞你心裡的煩惱
即可。那麼，針對這種辦公室客套型的「你好嗎？」，最普遍的回
覆方式是：

- Good. How are you?
  很好，你呢？

- I'm great. How are you?
  我很好，你呢？

如果是比較熟的同事，回覆可以再多一點細節：

- I am so hungry. Do you know what's for lunch today?
  我好餓。你知道今天午餐有什麼嗎？

- I don't know. I feel really tired. I am having a food coma.
  我不知道。我覺得好累，正陷入餐後嗜睡中。

- Sleepy, getting some coffee. How about you?
  我有點睏，正要喝點咖啡。你呢？

打完招呼之後，如果剛好還有一些時間，通常就必須在尷尬的
沉默跟義務性聊天當中二選一。大部分的人因為忍受不了沉默，
通常會想一些無關痛癢的話題來聊。基本上，只要避免 10-1 提到
的宗教、政治、健康、婚姻狀態等敏感話題，其實有非常多話題
可以討論。接下來，就跟大家分享一些實用的 small talk 主題。

天氣

- How's the weather over there? (zoom meeting)
  那邊的天氣如何？（視訊會議時）

- What do you think about the weather today?
  你覺得今天的天氣怎麼樣？

- I love it. Commuting in the rain/snow to work is the best.
  我喜歡。在雨中／雪中通勤上班是最棒的。➡ 反諷的幽默

- Weather is amazing/perfect/gross/terrible today.
  今天的天氣很棒／完美／糟糕／可怕。

通勤

- How long is your commute?
  你的通勤時間多久？

- Where do you live? How's the area?
  你住在哪裡？那個地區怎麼樣？

- How often do you come in? (hybrid)
  你多久來一次辦公室？（混合辦公的情況）

- Do you prefer working from home or coming into the office?
  你喜歡在家工作還是到辦公室上班？

辦公室

- Have you gone to the new nap room/game room/gym?
  你有去過新的午睡室／遊戲室／健身房嗎？

- What do you think about the lunch today?
  你覺得今天的午餐如何？

- What's your favorite drink in the vending machine?
  自動販賣機裡你最喜歡的飲料是什麼？

- What's your recommendation for snacks?
  你有什麼零食推薦嗎？

- The office is so packed/busy/quiet today!
  辦公室今天非常擁擠／忙碌／安靜！

- How's work?
  工作進展如何？

吃吃喝喝

- Do you know any good restaurants in this area?
  你知道這附近有哪些很棒的餐廳嗎？

- What's a good place to grab drinks around here with a friend?
  附近有什麼適合和朋友喝酒的好地方？

- What's your favorite lunch place around here?
  這附近你最喜歡的午餐地點是哪裡？

寵物

- Do you have any pets?
  你有養寵物嗎？

- What are their names?
  牠們叫什麼名字？

- How old are they?
  牠們幾歲了？

家鄉

- Where's home for you?
  你的家鄉在哪裡？

- What do you like the most about your hometown?
  你最喜歡家鄉的什麼地方？

- What are the places or restaurants you recommend visiting?
  你推薦造訪的地點或餐廳有哪些？

書、Podcast、影視

- Have you read any good books recently? I have been trying to read more recently, and I need recommendations.
  你最近有讀到什麼好書嗎？我正在試著增加閱讀量，需要一些推薦。

- I am trying to get into podcast. What are your favorites?
  我正在試著聽 podcast。你最喜歡的頻道有哪些？

- Who are your favorite YouTubers?
  你最喜歡的 YouTuber 是誰？

- Do you have any recommendations on TV shows/movies?
  你有推薦什麼電視節目／電影嗎？

- Anything good on Netflix recently?
  最近 Netflix 有什麼好看的節目嗎？

- What's your favorite Oscar winning film?
  你最喜歡的奧斯卡獲獎電影是哪一部？

音樂

- What kind of music do you listen to?
  你喜歡聽什麼樣的音樂？

- Who is your favorite artist?
  你最喜歡的歌手是誰？

- Do you play any instruments?
  你會演奏任何樂器嗎？

體育

- What's your favorite sport to watch?
  你最喜歡觀看哪一項運動？

- Do you play any sports?
  你有在玩什麼運動嗎？

家庭

- How's your family?
  你的家人都好嗎？

- How are your kids?
  你的孩子們都好嗎？

煮飯

- What do you usually cook at home?
  你通常在家都做什麼料理？

- What's your go-to recipe when you don't know what to eat?
  當你不知道要吃什麼時，你的經典食譜是什麼？

- Do you have any recommendations for what I can cook tonight?
  對於我今晚可以煮的菜色，你有什麼建議嗎？

興趣

- What do you do in your free time?
  你空閒時都在做什麼？

- What are your hobbies?
  你有什麼愛好？

週末或休假

- How was your weekend?
  週末過得如何？

- Did you do anything fun?
  你有做什麼有趣的事情嗎？

**當同事分享了開心的事（例如升遷、結婚或買到限量版球鞋），
你可以說：**

- Congratulations!

  恭喜！

- That's great/awesome/amazing/wonderful!

  太棒了！

- I am so happy for you.

  我為你感到開心。

- I knew you could do it.

  我就知道你辦得到。

**當同事講了令人憤慨的事（例如不公平待遇、騷擾等狀況），
你可以說：**

- That's terrible/awful/horrible/ridiculous.

  太糟糕了。

- I can't believe he said/did that to you.

  我無法相信他對你說了／做了那樣的事情。

- I am glad you don't need to deal with that anymore.

  我很高興你再也不需要處理那種事了。

- I feel angry for you.

  我為你感到憤怒。

當同事講了難過的事，你可以富有同理心地說：

- That's rough/tough. Let me know how I can help.

  那肯定很難受／困難。如果有我可以幫忙的地方，請讓我知道。

- That must have been hard. Let me know if you need anything.

  那一定很辛苦。如果有任何需要幫忙的地方，請跟我說。

- I am sorry that you went through that. I am here for you if you need anything.

  對於你經歷了那些，我感到很遺憾。如果有需要，我都在這。

- I am sorry to hear that. I hope you're feeling better now.

  我很遺憾聽到這些事情。希望你現在覺得好一點了。

  ➡ 這裡的 sorry 是用來表達遺憾，並沒有道歉的意思。

生病慰問：如果同事在群組中請了病假，最普遍的說法是：

- Feel better!

  祝你康復！

- I hope you feel better soon.

  希望你早日康復。

聽不懂的時候

身為在異鄉打拚、必須說第二外語的移民，語言隔閡是一項不可避免的挑戰，甚至土生土長的美國人也可能因為教育程度不足，導致語言能力不好，**所以我們對自己的英文能力不需要太過苛刻。**不管語言能力多好，遲早會遇到聽不懂的情況，可能對方口音太重、用字太艱澀或內容本身過於複雜，這時只要禮貌地表達自己不懂，再請對方重複一遍或稍做解釋即可。

首先，表達自己沒有理解：

- Wait, I don't get it.
  等等，我不懂。

- Sorry I didn't catch that.
  抱歉，我沒有聽懂。

- Hmm... It's not very clear to me.
  嗯……對我來說不太清楚。

- Wait, what was that?
  等等，你剛說什麼？

接著，禮貌地請對方重述、澄清或解釋：

- Do you mind saying that again?
  你介意再說一次嗎？

- What do you mean when you say "obliterated"?
  你說的「抹殺」這個詞是什麼意思？

- Can we go over the part about the machine learning applications again?
  我們可以再複習一下關於機器學習應用的部分嗎？

　　我以前會因為英文不到母語程度而很沒自信，並試圖把這個缺點隱藏起來，但現在我會**直接打外國人卡，跟對方說明自己的狀況。**由於美國越來越提倡多元與包容，串流影音也越來越國際化，幾乎所有人都能夠理解，並且耐心地在我舌頭打結或卡詞的時候，讓我把話說完，或在我聽不懂詞彙時解釋給我聽。以下是我的萬用外國人卡：

- English isn't my first language, so sometimes I'd need a little help. Please bear with me if I am a little slow or ask stupid questions.
  英文不是我的母語，所以有時我可能需要一點幫助。如果我反應比較慢，或問了一些愚蠢的問題，還請諒解。

　　外國人卡特別適用第一次合作的人，讓對方知道你的困難和需求。但是不適合一直作為藉口或擋箭牌，建議不要太常使用喔！

　　最後，不需要為自己英文不夠好道歉，只要謝謝對方的耐心及理解即可：

- Thank you for being patient with me.

  謝謝你對我這麼有耐心。

- Thank you for being understanding.

  謝謝你的理解。

- Thank you for answering all my questions. That was super helpful.

  感謝你回答我所有的問題，那對我非常有幫助。

美式幽默

你喜歡美式幽默嗎？你在說英文時，能跟講中文時一樣搞笑嗎？

用英文寫論文、交作業、工作對很多人來說可能不難，只要多練習，能傳達意思就行了。但是，要用英文講笑話，展現出自己幽默機智的那一面，是許多人會遇到的難題。

大學時，到紐西蘭交換是我第一次浸淫在全英文的環境中，最讓我挫折的，就是沒辦法說笑話和講幹話。我在說中文時，很喜歡講一些沒頭沒腦的笑話，但是在紐西蘭跟英語母語的朋友聊天時，講話不但常常卡住，想要搞笑卻連該怎麼說都不知道，覺得好像一部分的自己在講英文時變成了啞巴。那時，對於沒辦法展現真正的自我，有種說不上來的鬱悶感。

經過將近十年的練習，現在的我已經能用英文講幹話和冷笑話，偶爾甚至能成功讓人莞爾一笑，讓我非常有成就感！

笑話要好笑，需要對該語言和文化有很大的掌握，但是透過學習和練習，絕對也可以成為幽默風趣的人。我整理了多年的學習筆記，總結出一些英文中常見的笑話種類，以及培養幽默感的方法。

常見的英文笑話類型

☑ 反諷／說反話

這是美國日常生活中最常見的開玩笑方式，許多人常用這種方式來

調侃（tease）朋友或約會對象。很多人說反話時會面不改色，我以前常常搞不清楚對方是在認真還是開玩笑。有幾次別人的反話聽起來像人身攻擊，我一時沒有反應過來還差點哭了。如果要開這種玩笑，**記得在表情、肢體語言或語氣上要跟平時有所區別**，對方才會知道你在開玩笑。

- A: How are you?
  你好嗎？

  B: I'm great! I'm REALLY productive today. I have been watching YouTube all day on my couch.
  我很好！今天我真的很有生產力，宅在沙發上看 YouTube 看了一整天。

- A: What did you think about my performance just now?
  你對我剛才的表演有何看法？

  B: TERRIBLE! SOUNDED LIKE DOG BARKS! I'm just joking. It was amazing.
  糟透了！聽起來像狗在叫！我只是開玩笑的，表演太棒了。

☑ 誇飾

誇飾也是英文日常對話中很常見的玩笑方式，像是 I am so hungry I could eat a horse（我餓到可以吃下一匹馬），就是常用來表達饑餓的誇飾法。誇飾要達到有趣、好笑的程度，必須夠誇張而且有創意，不然容易變得很俗氣或尷尬。

- Jen is so pretty… like my camera literally broke when I was trying to take a picture of her.
  珍真是太漂亮了……我要幫她拍照的時候，相機竟然就壞掉了。

- I love your style so much. Can I steal one of your personal stylists from you?

  我好喜歡你的風格。我能從你那偷走一位私人造型師嗎？

- A: That politician is so stupid. Does he even have a brain?

  那個政治家真是太蠢了。他是不是連腦子都沒有？

  B: He has one. It just doesn't have folds.

  他有腦子，只是沒有皺褶而已。

☑ 意外的轉折

意外轉折通常出現在說故事的時候，前面的鋪陳聽起來相對正常，但是突然出現一個完全意料之外的情節變化，這個期待落差會使人覺得好笑。

- You single people, you don't know what it's like to eat a cold quesadilla… that your toddler threw on the floor… because it's easier to put it in your mouth… than travel to the trash.

  單身的人們，你們不知道吃一個冷掉的墨西哥餡餅是什麼感覺……那是你的小孩丟在地上的……把它放進嘴裡比丟進垃圾桶更簡單。

  ➡ 這個笑話是 Ali Wong 在 Netflix 單口喜劇《風流女子》中的一個橋段，觀眾在聽到「你的小孩丟在地上」時哄堂大笑，因為這突如其來的畫面感是觀眾沒意料到的。

- Sometimes, you need to hug people you don't like… so you know how big of a hole to dig in your backyard.

  有時候，你需要擁抱那些你不喜歡的人……這樣你才知道需要在後院挖多大的洞。

☑ 諧音

大多是冷笑話，講出來通常現場會一片沉默或被噓。諧音梗對語言

掌握度要求較高，我常在日常生活中會特別留意，雖然笑話的效果不是很好，對學英文卻是很好的練習。

- Your cat is purr-fect.
  你的貓真是完美。
  → 將 perfect（完美）和 purr（貓的呼嚕聲）進行了諧音結合。

- What's the scariest plant in the forest? BamBOO!
  森林裡最嚇人的植物是什麼？竹子！
  → 「Boo!」是英文裡鬼嚇人時的狀聲詞。

☑ 類比

類比常用在幫助他人理解複雜的內容，但是新奇有趣或平時令人難以聯想的類比，可以製造讓人覺得好笑的落差。

- Time Square to New York is like children to Asian parents...
  They are both a disappointment.
  時代廣場之於紐約，就像子女之於亞洲父母，它們都是令人失望的。

- A: $10,000 a month might not be a big deal for your company,
  but it is for a startup like us.
  每個月一萬美元對你們公司來說可能不算什麼大問題，但對像我們這樣的新創公司來說就很重要了。

  B: I understand. That's a lot of Chipotle.
  我了解。那可以吃很多次 Chipotle。

  → 這個笑話是在一次開會討論費用時，我們的商業夥伴說的。好笑的原因是，第一，Chipotle 是大家都吃過、非常親民的墨西哥速食餐廳，但又非常具體，腦海能瞬間出現畫面；第二，大家沒想到會在談判費用這麼嚴肅的情境下出現一個笑話，這種反差使得笑話更好笑。

☑ 雙關

英文跟中文一樣，有許多字本身有多重意義，或是在不同語境下代表的意涵不同。生活中的雙關最常出現在黃色笑話裡，觀眾在領會到另一層含義時，會覺得十分有趣。但如果沒有反應過來，就需要額外解釋笑話的邏輯了。雙關笑話與諧音笑話一樣，對英文的理解和掌握有較高的要求。

- A: The steak is so salty!
  這牛排太鹹了！

  B: So am I.
  跟我一樣。
  ➡ salty 除了鹹的意思，還有憤世嫉俗、心理不平衡的意思。

- A: My manager was nagging me today. He's so annoying.
  我主管今天一直對我嘮叨，他真的很煩。

  B: It's okay. Just treat it like white noise.
  沒關係啦，把他當作白噪音就好。
  ➡ 如果主管剛好是白人的話，「白噪音」跟「白色的噪音」就一語雙關。但是請注意玩笑場合，在職場請務必避免講種族相關的玩笑！

- You're like this soap… so basic.
  你就跟肥皂一樣……膚淺無趣。
  ➡ Basic 在科學用語中是鹼性的意思，用在人身上則是指一個人穿著打扮或品味很膚淺、無趣、崇尚主流。

☑ 模仿

在講一個故事時，模仿當事人的說話方式、肢體動作、表情，可以讓觀眾產生熟悉感，不只覺得好笑，也能使故事更生動有趣。許多單

口喜劇演員經常在說段子的時候，模仿政治人物、名人，或特定族群的口氣，來達到搞笑的效果。

培養幽默感的方法

☑ **多收聽、收看歐美的喜劇內容**

- 脫口秀：脫口秀主持人多半是單口喜劇演員出身，除了本身伶牙俐齒、搞笑功力十足，節目組也會有專門的寫手，針對演藝圈或政治時事寫出諷刺又搞笑的評論。

- 綜藝搞笑類：推薦 Jimmy Kimmel Live（吉米夜現場）、The Tonight Show starring Jimmy Fallon（吉米A咖秀）、The Late Late Show with James Corden（詹姆士柯登深夜秀）、Hart to Heart、Conan（康納秀）、Saturday Night Live（週六夜現場）。

- 家庭主婦喜歡看的：The Ellen DeGeneres Show（艾倫秀）、The Kelly Clarkson Show（凱莉·克萊森秀）。

- 政治時事類：The Late Show with Stephen Colbert（荷伯報到）、The Daily Show by Trevor Noah（每日秀）。

- 單口喜劇：每個喜劇演員的風格和幽默方式都不一樣，隨著現在單口喜劇演員越來越多元，我推薦大家找到一個自己喜歡、符合自己風格的演員，去學習他們怎麼鋪梗、講笑話。

- 電視劇：能製作出美國熱門喜劇電視劇的寫手，都是喜劇的箇中好手，電視劇也有更多貼近生活情境的對話可以學習搞笑方式。另外，看電視劇也能增加對流行文化的理解，更能夠在閒聊時增加話題。經典的熱門電視劇有 The Office（我們的辦公室）、Friends（六

人行）、How I Met Your Mother（追愛總動員）、Brooklyn Nine-Nine（荒唐分局）、The Big Bang Theory（宅男行不行）、The Simpsons（辛普森家庭）。我自己最喜歡的則是 The Marvelous Mrs. Maisel（漫才梅索太太）、Abbott Elementary（小學風雲）、The Good Place（良善之地）、Sex Education（性愛自修室）。

- 即興喜劇：這比較小眾一點，但因為同事是業餘即興喜劇演員，再加上演出門票自由樂捐，我看了幾次演出覺得十分有趣。美國的大城市都有即興喜劇的表演，可以在 Eventbrite 上面搜尋。

- 社交媒體：現在各大社交媒體上也都有許多喜劇帳戶，大家可以搜尋 #comedy 來找自己喜歡的內容創作者。

☑ 日常對話中多留意

生活中一定會遇到講話特別有趣的人，我們可以多注意他們常使用的笑話類型、什麼情境下適合搞笑、如何鋪陳笑話，和聽眾對於不同幽默的反應等等。試著記錄下來，並應用在自己的生活中。

有時，我們也會不經意間靈感爆發，說出一些有趣的笑話，可以記錄下來作為日後使用。我自己的手機上有一個筆記本，專門記載各式各樣我聽到、想到的笑話，雖然許多笑話並不完整，但需要的時候都能參考。

☑ 刻意練習

再好笑的段子也需要打磨，再厲害的喜劇演員也需要練習。光是用中文搞笑就不容易了，要用另一個語言搞笑，除了對該語言和文化有足夠的掌握之外，更要透過不斷練習才能進步。

許多單口喜劇演員在正式表演一個段子前，會對不同的觀眾表演並

記錄他們的反應，再不斷去發展、修改笑話，直到笑話夠成熟夠好笑，才會上正式舞台。

我們雖然不像喜劇演員要不斷演出，但在日常對話中，就可以盡量多跟親朋好友或同事調侃、說笑話、說故事，並從他們的回饋和反應中，一步步學習、修正。透過刻意練習，我們也能成為一個幽默有趣的人。

☑ 當一個愛笑的人

除非你是走阿達一族星期三那種死魚臉的暗黑幽默風格，不然當一個喜歡笑話、愛笑、笑點低的人，能更輕鬆地成為幽默風趣的人。

我在一開始英文還沒溜到能講笑話，或完全聽懂其他人的笑話時，我還是會跟著呵呵笑。大家覺得我是輕鬆好相處的人，自然就常在我身邊開玩笑。時間久了，英文口說進步了，我也開始能講一些不會太冷的笑話，用英文搞笑的功力也越來越好。

當一個愛笑的人，可以使你更開心，也能夠吸引同樣愛笑、愛搞笑的人，生活便會自然而然充滿笑聲。

Chapter

11

遇到職場尷尬時刻
該怎麼辦

11-1

堅定溝通：
溫柔又有骨氣地為自己發聲

> 抱持禮貌的態度，表達自己的感受與訴求。
> 跟同事意見不合、被冒犯
> 或被打斷都適用的溝通心法。

「以和為貴」、「退一步海闊天空」是從小寫作文的必備佳句，也是台灣教育時常強調的觀念。我以前一直把「為自己發聲、有不一樣的意見」跟「愛起衝突、凶、愛生氣」畫上等號，導致我在長大後，遇到讓自己很不舒服的狀況，甚至是騷擾、歧視這種直接踩紅線的行為時，我都抱持著大事化小、小事化無的心態來避免衝突。

久而久之，除了自己越發沒自信、消極，別人不當的言行舉止也越來越囂張，因為他們在剛開始踩線時，我什麼都沒說。特別是在紐約這種競爭又繁忙的大都市，沒有在跟你客氣的，多數人為了生存只會把自己的利益放第一，並不會事事替他人著想。若有不舒服的地方或什麼需求，只能靠自己爭取。

在諸多試錯和修正之後，我發現「溝通自己的訴求」和「溫柔禮貌」並不互斥。衝突在所難免，表達自己的訴求不一定要當混蛋，而是可以堅定卻有禮地傳達不滿、不適、不快，如此不但能清楚表達自己的訴求，更能有效化解衝突、解決問題。這一篇就

來帶大家看看，在各種困難、尷尬的情境中，要如何說才能溫柔又有骨氣地為自己發聲。

拒絕邀約

在辦公室，別人如果揪買咖啡飲料、吃東西，但你想要拒絕時，可以這樣說：

- I'm good. Thank you.

  不用了，謝謝。

- I'm okay. Thanks for asking.

  不了。但謝謝你問我。

如果是比較正式的邀約，像是下班後去喝酒、邀請你去他的新家落成派對，但你不想去的話，只要先謝謝對方的邀請，再表示自己沒辦法去即可，不一定要給出理由：

- Thank you for thinking about me, but I'm going to pass this time.

  謝謝你想到我，但這次我要先跳過。

- Thank you for the invite. I really wish I could go. When will the next karaoke party be?

  謝謝你的邀請，真希望我能參加。下一次卡拉 OK 派對是什麼時候？

- Thank you for inviting me. I haven't been feeling well recently, and I might need to take some time to rest this weekend.

  謝謝你邀請我。但我最近身體不太舒服，這個週末可能需要休息一下。

同事說了讓人不舒服的話

有些人可能心直口快，一時說了無禮傷人的話或玩笑，你當下可以簡單說一個 Ouch（或 Oof、Yikes），來傳達他的話不太 OK。如果你不確定對方是否在開玩笑或反諷，可以詢問他是不是認真的：

- I can't tell if you're joking/serious/sarcastic.
  我無法分辨你是否在開玩笑／是認真的／在反諷。

如果對方沒有意會到，還繼續說，你可以直接 call out 對方的話並不妥當，或是委婉建議對方不要再繼續說了。記得關鍵是**語氣和肢體語言要保持平緩放鬆**，如果表情或語調不屑或具有攻擊性的話，很容易將衝突升級。

- Not cool.
  不好笑。

- That's not funny./That's not very nice.
  這不好笑／這不太友善。

- That's kind of mean.
  這有點刻薄。

- Let's not go there.
  我們不要談這個了。
  ➡ 這裡有不要太超過的意思。

- Come on, we can do better than this.

  拜託，我們可以表現得更好。

如果事後心裡有疙瘩，想要跟同事反應，可以先表示**相信對方沒有惡意，接著再表達自己的感受**：

- I know you were joking, but I felt offended when you said that I only came to work for the parties during the team meeting. It made me feel it's wrong to be cheerful in the office.

  我知道你是在開玩笑，但當你在團隊會議上說我上班只是來參加派對時，我感到被冒犯。這讓我覺得，在辦公室中感到開心是不對的。

- I understand that you had good intention and that you didn't mean it. When you said women should cut the slack and come back to work sooner after child birth, I felt hurt because I personally had a very hard time after having my first baby.

  我知道你的意圖是好的，而且並不是有意的。但當你說女性應該盡快復工，不要休太長的產假時，我感到很受傷，因為我在生完第一個孩子後，親身經歷了非常困難的時期。

不同意同事說的話

意見不合在所難免，當對方提了你不認同的意見時，先提醒自己，對方是跟你一起解決問題的人。你們要一起解決的是問題，不是對方。所以**多站在對方角度思考，不要把他當敵人，能夠幫助你更冷靜地溝通。**

首先，確定自己真的理解了對方說的話，如果有籠統模糊的地方，不要自己做假設，先向對方問清楚：

- I have a question. You said we are running out of time. How urgent is the task?

  我有個問題。你說我們時間不多了，所以這個任務有多緊急？

- Help me understand. What do you mean when you say the client was not happy? Were they just complaining or actually thinking about terminating the relationship?

  幫助我理解一下，你說客戶不滿意是什麼意思？是指他們只是在抱怨，還是真的在考慮終止合作關係？

- I am a little confused about the TMSQ agreement. Could you explain it to me?

  我對 TMSQ 協議有點困惑。你可以解釋一下嗎？

另外，針對貼標籤類型的否定，例如：「那是個爛主意。」、「那是地雷」，最好的方式就是問他：「What makes [something] a [label]?」（是什麼讓【某事物】是【某標籤】？）

- Interesting. What makes that a bad idea?

  有意思，是什麼讓那是個壞主意？

- Just curious. What makes enjoying pop music a red flag?

  好奇問一下，是什麼讓喜歡流行音樂是地雷？

大部分的人其實只要感到被重視、被看見，敵意就不會太強。所以在聽完對方的意見之後，可以將對方的話總結並重述一遍，讓他知道我們有認真聆聽、消化。接著，再問對方自己有沒有漏掉什麼、他有沒有想要再補充內容：

- So what I am hearing is.... Is that correct?/Did I miss anything?

  所以我聽到的是……。這樣的理解正確嗎？／我有漏掉什麼嗎？

- Just making sure I understand it correctly. You think that.... Am I understanding it correctly?/Do you want to add anything?

  確認一下我理解是否正確。你認為……。我有正確理解嗎？／你有要補充什麼嗎？

在提出自己的意見前，**先肯定對方或指出自己贊同的部分**，能夠維持對方的自我效能感，也能讓他知道你意圖良善，並不是衝著他來的：

- You are an expert in.../You are great at...

  你在……方面是個專家。／你擅長……

- I think you are on the right track in saying...

  我認為你說……是在正確的方向。

- I agree that we should...

  我同意我們應該……

在提出自己的意見時，**多使用「我」開頭**，避免一言蔽之將對方的意見貼上「很蠢」、「很天真」的標籤，也避免「你老是」、「你每次都」、「為什麼你總是要」這種指責對方的句型：

- I agree that.... What are your thoughts on...?

  我同意……。你對……有什麼想法？

- I understand that.... I am curious: have you considered...?

  我了解……。但我很好奇，你有考慮過……嗎？

- I see where you're coming from. My main concern is...

  我理解你的觀點。我主要的擔憂是……

- What you said makes sense to me. I am just concerned that...

  你說的很有道理。只是我擔心……

- I get your point, and this is how I see it...

  我明白你的觀點，我的看法是……

一直跟某位同事不合

　　辦公室什麼樣的人都有，不可能跟每個人都對到頻率。有些同事可能一言不合就吵起來，有些可能不知為何相敬如「冰」。但是，不可能因為不合就不一起共事，因此，練習跟不合或尷尬的同事溝通也十分重要。

　　首先，可以直接挑明狀況：

- It's going to be an awkward conversation. I recognize we've had a hard time working together in the past, so I wanted to talk to you about it.

  這將會是一場尷尬的對話。我承認我們在過去的合作中遇到了困難，所以我想和你談談這個問題。

- This is a little awkward to say, but I feel like you have been avoiding me. Can we talk about it?

  這有點尷尬，但我感覺你一直在迴避我。我們可以談談這個問題嗎？

接著，跟對方說自己想要講清楚的原因，可以是因為對方的某些優點，也可以是因為講清楚對兩個人工作效率都能提升：

- You are very smart and great at your job. I have learned a lot from you just by watching you present and talk in meetings.

  你非常聰明，工作能力也很出色。僅僅透過觀察你在會議上的報告和談話，我就學到了很多。

- I respect you and your ability to work with different teams. I think getting on better terms will help both of us produce more quality work.

  我尊重你，以及你和不同團隊合作的能力。我認為我們保持良好關係，將有助於我們共同創造更多高品質的工作。

之後，再次強調自己的出發點是好的，接著問對方能做什麼來改善狀況：

- I want to understand you better. I just want us to be good. What is it that you need and what can I do to make it better?

  我希望更加了解你。我只是希望我們之間相處融洽。你需要什麼？我可以做些什麼來改善情況？

- I want us to work well together. What can we do to make that happen?

  我希望我們能夠良好地合作。我們可以做些什麼來實現這一點？

最後，以正向、感謝的話來做結尾：

- I am glad we had this conversation. Now I feel confident that we can work through any problems in the future.

  我很高興我們進行了這次對話。現在，我有信心我們能夠克服未來的任何問題。

- Thank you for telling me about how you feel. I value our work relationship. Let's make an effort to update each other on our team's situation bi-weekly. I'm sure we can work this out together.

  謝謝你告訴我你的感受。我很重視我們的工作關係。讓我們努力每兩週更新彼此的團隊狀況。我相信我們可以一起使事情好轉。

收到負面回饋時

沒有人喜歡聽自己的不是，但是人在江湖，遲早會有客戶、老闆、同事對你不滿意，或真心希望你更上一層樓，因此向你抱怨、給你提點。許多人沒有學過如何給建設性建議，因此這些回饋多半很刺耳。比較沒經驗時，大腦很容易陷入戰或逃的狀態，可能會想吵架、反駁，或想躲起來哭，也可能會愣在原地，不知如何是好。

如果當下狀態不好，覺得自己沒有辦法很冷靜地接受意見時，可以向對方要求緩衝時間：

- I think I need some time to organize my thoughts. Do you mind if we take a break now and continue the conversation after lunch?

  我覺得我需要一些時間整理思緒。你介意我們現在先休息一下，午餐後再繼續這場對話嗎？

- Can I put a time on your calendar to talk about it tomorrow? I want to make sure I hear you and take your advice, but I am not in the right headspace now to do that.

  我可以在你的日程表上安排一個時間，明天談談這個問題嗎？我想確保我能聽到你的意見並採納它，但現在我的思緒還不太適合進行這樣的對話。

如果你認為對方的說話方式很針對人，沒辦法單純對行為或工作表現提出意見，可以禮貌地請他對事不對人：

- I would feel more open to understanding and improving if this were less personal. How can we make it less personal so that we can make this conversation the most productive for both of us?

  如果你說的話能夠不那麼針對個人，我會更願意去理解和改善。我們如何減少這場對話的針對性，以便讓雙方都更具生產力呢？

對方講完之後，如同上一段提到的，可以總結並重述一次對方說的話，順便給自己一點時間冷靜：

- So what I am hearing is...

  所以我聽到的是……

- Just making sure I understand it correctly. You think that...

  確認一下我理解是否正確。你認為……

如果對方只是單純指出問題，可以詢問有沒有具體、可行動的建議：

- What can I do to improve?

  我可以做些什麼來改善？

- Can you give me some action steps for the future?

  你能給我一些未來的行動步驟嗎？

最後，雖然忠言逆耳，但還是要感謝對方，並約定會持續追蹤：

- Thank you for letting me know. I will take your advice seriously. Let's revisit in two weeks to see if you're still unhappy.

  謝謝你告訴我，我會認真考慮你的建議。讓我們兩週後再回顧一下，看看你是否仍然不滿意。

- Thank you for your feedback. I will work on this. Let's chat in a week to discuss our progress.

  謝謝你的回饋，我會努力改進。讓我們一週後聊一下，討論我們的進展。

自己的功勞被搶走時

相信大家在學生時期或開始工作後，一定遇過自己努力貢獻的點子，或做事的成果沒有被認可，或甚至被組員搶走功勞吧！我自己出社會後遇過許多次，有時對方是無心之過，有時則是刻意不更正別人、默認是自己的功勞。無論如何，事發當下我都敢怒不敢言，想說還是不要斤斤計較好了。但是退讓幾次之後，我發現不會海闊天空，只會繼續倒退。老闆不知道我的貢獻，對方更得寸進尺，我心裡壓抑的埋怨和怒氣也越來越多。

經過幾次學習，**我發現比起忍讓，抱持著「這些就是我的貢獻，**

不需要不好意思」的自信態度更加合適。

首先，你可以選擇當下指出主意是你出的，或哪個部分是你做的。不需要批評對方，甚至可以先肯定對方，再理所當然地提到自己的貢獻即可。也可以在跟老闆一對一開會時，用同樣的方式匯報自己近期完成的項目，同樣不需要去說同事的不是，而是把重點放在自己的貢獻。

- Totally agree with Jared. When I proposed that we should create a customized dashboard for this client during our brainstorming session last week, I also mentioned that we could apply their branding to the dashboard.

  完全同意賈雷德的觀點。在上週的腦力激盪會議上，當我提議為客戶建立一個客製化的儀表板時，我也提到我們可以將他們的品牌應用到儀表板上。

- Thanks for the presentation, Jared. There's one thing I want to highlight. When I was doing the analysis and working on the slides for the Financial Risks section, I noticed that the vender has been having cash flow issues. That's why we should try to negotiate shorter payment terms.

  謝謝你的報告，賈雷德。有一件事我想要強調。當我在進行分析，並為財務風險部分製作投影片時，我注意到供應商一直有現金流問題。這就是為什麼我們應該試著談判縮短付款期限。

- I am glad you like my work. I spent quite some time reviewing the numbers and coming up with the recommendation.

  很高興你喜歡我的成品。我花了很多時間審查數據並提出建議。

如果老闆有些驚訝，再詳細指出哪些部分是你的貢獻：

- Manager: I thought it was Jared's idea to create a customized dashboard.

  主管：我以為建立客製化儀表板的想法是賈雷德提出的。

  You: Well, I proposed the idea during our brainstorming session last Wednesday and created the workflow you saw in the presentation. I think he just forgot to give credit.

  你：嗯，上週三在我們的腦力激盪會議上，我提出了這個想法，並建立了你在報告中看到的工作流程。我想他只是忘記給予我功勞。

如果是兩個人共同成果，也可以這樣說：

- We collaborated on the idea. He came up with making a customized dashboard and I added that we should apply the client's branding and analysis flow to it.

  我們合作提出了這個想法。他提出了建立客製化儀表板，而我則建議將客戶的品牌和分析流程應用於其中。

如果對方是搶功勞的慣犯，可以在事發之後找時間私下溝通：

1	假設對方沒有惡意，問清楚狀況	In the team meeting yesterday, I noticed that you used a lot of "I" instead of "we" when talking about the project we are working on together. Is there a reason you framed it that way? 在昨天的團隊會議上，當你談論我們正在共同進行的專案時，我注意到你用了很多「我」而不是「我們」。你這樣表述有什麼原因嗎？

2	描述問題	When you used "I" for a project that we both worked on together, I felt frustrated because I also contributed to the project. 當你在我們共同合作的專案中不斷提到你自己時,我感到很沮喪,因為我也做出了貢獻。
3	表達理解	I understand you were very excited about sharing the project and that you didn't mean to take all the credits. 我理解你對分享這個專案非常興奮,而且你並不是有意要獨佔所有的功勞。
4	緩和氣氛的道歉	I am sorry if this is awkward. 如果這讓你感到尷尬,我很抱歉。
5	提出要求	Can we agree on giving each other the proper credit next time one of us is presenting? I am sure you'd want me to credit your contributions if I am presenting. 我們可以約定下次不管是誰負責報告,都要給予對方應有的功勞嗎?我相信如果是我來報告,你也會希望我給予你的貢獻應有的認可。
6	積極肯定的收尾	Thank you for being open and receptive. I am glad we talked about this. 謝謝你開放和寬大的態度。我很高興我們討論了這個問題。

如果是自己的名字沒有出現在報告或簡報裡,則可以先假設問題是出在軟體或工具,而不是人為的:

- I noticed that my name wasn't included in the report even though I wrote a good amount of it. Is there maybe something wrong with the technology we're using?

  我注意到儘管我寫了很多內容，我的名字卻沒有出現在報告中。也許我們使用的工具有哪裡出錯了？

最後，你也可以和關係比較好的同事約定好，如果彼此有發生被搶功勞的狀況，可以適時替對方發聲：

- I noticed that I haven't been given credit for the work or ideas I contribute. If it happens again, could you say something in the moment? I will do the same for you too.

  我注意到我貢獻的工作成果或提出的想法，並未得到應有的功勞。如果再發生這種情況，你能在當下幫我說點什麼嗎？我也會為你做同樣的事情。

看到別人被搶功勞，你可以這樣幫忙：

- Yeah, Kay suggested the strategy during our lunch discussion yesterday. I thought it was brilliant.

  對呀，昨天凱在午餐討論時提出了這個策略。我覺得這個想法很棒。

- Kay, when you came up with the idea yesterday, weren't you also talking about branding or something? Do you want to share that with the group?

  凱，昨天你提出這個想法時，不也談論了品牌或其他東西？你想和大家分享一下嗎？

說話被打斷時

開會時大家急著表達意見，說話被打斷的情況很常見。大部分都是太急著分享想法，這屬於無心之過。但我遇過特別愛插嘴的人，尤其資歷淺、英文講得比較慢的外籍員工或女性，都是他時常打斷的對象。剛開始我只要一被打斷就會閉嘴，想說對方是上司，他要說話應該讓他說，但久了我發現被插嘴的頻率越來越高，要在會議中說話也越來越困難。

其實被打斷時最好的做法，**就是稍微提高音量，忽略對方，繼續說完要講的話**。通常對方如果識相，就會閉嘴讓你講完。你也可以稍微舉起手，掌心朝外做出制止的動作，大部分的人看到這樣的動作自然會停下。

如果對方還是沒有要讓步，記得不用道歉說「不好意思」或「對不起，我可以先講完嗎？」可以直接叫對方的名字，輕鬆和善地請他讓自己先說完：

- Greg, I'd love to hear your input. But, could you let me finish my thoughts first? Thanks.
  格雷格，我很想聽聽你的意見。但是，你能等我把我的想法講完嗎？謝謝。

- Before we move on, let me finish my thought. I was 87% done.
  在我們繼續之前，讓我講完我的想法吧。我已經完成了87%。

如果對方是個慣犯，你要私下跟對方溝通的話，可以應用第358-359頁提到的溝通架構，先肯定對方，再表達自己被打斷時的感受，並請對方未來不要再這麼做。

11-2

讓人對你另眼相看的道歉法

> **如何在英語職場避開道歉地雷、**
> **不需要道歉的情境，**
> **犯錯時，也讓道歉成為溝通的契機。**

　　大家小時候寫作文一定引用過「人非聖賢，孰能無過」這句話吧！

　　不管是家庭、職場、友誼或各式各樣的人際互動中，我們一定會有做錯事或傷害到他人，而需要道歉的時候。**但重點不在於想辦法永遠不犯錯，而是犯了錯之後，如何負起責任、修復一段關係、從錯誤中學習**。道歉說來容易做來難，要真誠地承認自己的錯誤、向對方說「對不起」，必須放下驕傲的自尊心（ego），更需要同理心、勇氣和成熟的態度，多數人難以輕易做到。

　　雖然有不少公眾人物或品牌越道歉越引發公憤，但也有因為一個好的道歉，反而圈粉無數的案例。這一篇，我們會探討國外和台灣的文化及語言差異、道歉要避免的行為，以及有效的英文道歉方式。

道歉的時機

　　在台灣，我們很習慣隨時來一句道歉，雖然是用以表達謙虛，

但如果把一樣的說話習慣帶進英語環境中，由於文化和語言差異，這樣的客氣有禮很容易顯得怯懦、沒自信，造成反效果。換句話說，許多我們習慣說抱歉的時機，並不適合道歉，而是有更適當、更健康的表達方法。下面列出幾種在英語環境中不需要道歉的時機。

☒ 情緒和感受

我們的情緒和感受是真實的，在辦公場合因工作不順利、意見不合或其他遭遇，而有情緒反應也很常見，**不用為了自己的感受道歉**（不過，因為強烈的情緒或感受大爆炸，出現大吼大叫、暴力行為另當別論喔！）。相反地，只要能清楚平和地溝通自己當下的情緒即可。不過，這並非容易的事，可以先和親近的人練習，會越來越習慣的。

✕	▪ I am so sorry for crying. 我很抱歉哭了。 ▪ Sorry, I am just upset. 對不起，我只是很沮喪。
◯	▪ Excuse me, I need a minute. 不好意思，我需要一點時間。 ▪ I feel upset/frustrated when... 當……的時候，我感到很沮喪／挫折。

☒ 外貌不夠完美

多數人沒有專業梳化團隊、營養師和健身教練，也沒有時間把所有精力放在照顧自己的儀容上，難免會有頭髮往錯的方向翹、長痘痘、黑眼圈、增重、變瘦、沒時間打扮等狀況，因此不需要

因為外貌不夠完美而道歉（不過，如果是非常重要的客戶會議或社交場合，但你穿了睡衣拖鞋去，事後還是好好跟老闆道歉賠罪吧）。接受自己不可能每天都像明星偶像一樣完美，**如果有人對你的外貌有疑問，開個玩笑帶過就好，不需要心虛道歉。**

- I am sorry I look terrible today.
  很抱歉，我今天看起來很糟糕。
- Sorry my hair is a mess.
  對不起，我的頭髮亂糟糟的。
- I'm such a mess. I am so sorry.
  我真是一團亂，真的很抱歉。

- Oops, my hair is being difficult today.
  哎呀，我的頭髮今天很難搞。
- Yeah, I haven't been sleeping well recently and my skin doesn't like that.
  對呀，我最近睡不好，我的皮膚也不喜歡這樣。

☒ 問問題的時候

　　問問題是我發現大家最常道歉的時候。「不好意思，對不起，可以打擾你問個問題嗎？」這樣的訊息或說話方式我聽過很多。亞洲的教育制度比較不鼓勵問問題，所以對我自己和許多人來說，發問是一件很難為情、很怕麻煩到別人的事，所以常在發問前道歉。但是，沒有人是無所不知、無所不能的，就算再有經驗、再資深的人，對於不熟悉的領域一定會有疑問。因此，**問問題是非常正常、甚至是有生產力的事情。**如果你問同事一個問題，只要十分鐘就能解決，但自己想辦法要搞上半天一天的時間，那麼，不管是站在你自己或公司的立場，問問題都是最好的辦法。只要提醒自己，每個人剛上工的時候，都經歷過一直問問題的時

期,這樣發問就會輕鬆許多。

✕	▪ Sorry, can I ask a question? 　對不起,我可以問個問題嗎? ▪ I am sorry. I have a stupid question. 　抱歉,我有一個愚蠢的問題。
◯	▪ Can you help me understand...? 　你能幫助我理解……嗎? ▪ Could you explain this part a bit further? 　你能進一步解釋一下這部分嗎?

☒ 需要獨處時間

　　有時候需要時間獨處、自己靜一靜,會被部分的人視為不合群或自私的行為。但是誰沒有需要獨處的時候呢?對於工作家庭非常忙碌、總是得跟各部門開會溝通,或是較內向的人而言,獨處的時間非常重要。而需要獨處或要求獨處時間並沒有錯,也不必道歉。如果對方有比較緊急的需求,但自己又很需要安靜時間的話,**可以給一個明確處理公事的時間,對方就不會乾著急了。**

✕	▪ Sorry I can't talk now. 　對不起,我現在無法說話。 ▪ I am so sorry I can't go tonight. 　很抱歉,我今晚不能去。
◯	▪ Excuse me. I really need to get this done now, but I can talk in an hour. 　不好意思,我現在真的需要完成這件事,但一小時後我可以討論。 ▪ Thank you for inviting me. I need some alone time by myself during lunch today if that's okay. 　謝謝你邀請我。但如果可以的話,今天午餐時我需要獨處一下。

⊠ 沒辦法馬上回覆訊息或郵件

　　工作時，總是會有各式各樣的疑問和請求不斷冒出來，要隨時隨地滿足、回覆別人的需要，基本上是不可能的。我們只能安排優先順序，從最重要的項目著手。**除非是你已經答應別人並且約定好死線，卻沒有如期達成，或是十分緊急重要的訊息，卻拖了好幾週才回覆，不然不需要道歉。**相反地，可以謝謝對方耐心等待、簡單報告現況，如果有確定能完成的時間，也一併告知。

✕	▪ Sorry for the delay. 抱歉回覆遲了。 ▪ I'm so sorry. I haven't worked on it yet. 對不起，我還沒有開始進行。
◯	▪ Thank you for your patience. 謝謝你的耐心。 ▪ Thank you for waiting. 謝謝等待。 ▪ I am still working on getting you the reports. Please stand by for those. 我還在努力為你準備報告，請稍等一下。

⊠「我很遺憾。」

　　在美國，通常別人講述了一個悲慘的遭遇時，I'm sorry（我很遺憾）是許多人會說的第一句話。這樣說是約定俗成的用法，本身並沒有錯，不過，有時候會給人敷衍或罐頭訊息的感覺。如果你想要更明確、展現多一點支持，再加上幾個字，就可以更精準地傳達你的意思。

✕
- I am sorry.
  我很遺憾。
- I am sorry about that.
  我對那件事感到遺憾。

○
- I am sorry that happened.
  我很遺憾發生了這樣的事。
- That shouldn't happen.
  那樣的事不該發生。
- I am sorry you had to go through that.
  我很遺憾你必須經歷那件事。
- That must be hard for you.
  那對你來說一定很困難。
- That's terrible.
  那真是太恐怖了。

道歉一定要避免的地雷

　　真正需要道歉的時機，**是我們實際犯了錯，並且影響或傷害到別人的時候**。那道歉時，特別是在英語情境下，有哪些要避免的地雷？

✕ 使用被動語態

- A mistake was made. People were hurt. It was messed up.
  一個錯誤被犯下。有人受到傷害。一切都被搞砸了。

　　所以到底是誰犯錯？到底是誰傷害了其他人？**因為被動語態沒有主詞，會讓人覺得你在逃避責任**。犯了錯就敢做敢當，就直接

說「I made a mistake.」（我犯了一個錯）、「I hurt people.」（我傷害了別人）、「I messed up.」（我搞砸了）。

☒「抱歉讓你有那樣的感覺。」

> ▪ I am sorry you feel that way./I am sorry you took it that way.
> 很抱歉讓你有那樣的感覺。／對於你這樣理解，我感到抱歉。

　　這句話表面上聽起來像在道歉，但其實道歉者也沒有肩負起責任，而是把矛頭指向對方，反而有暗示對方反應過度、解讀錯誤的意思。真正的道歉會是「I apologize for making you feel that way./I am sorry my behavior made you uncomfortable.」（我為讓你有那樣的感覺道歉。／我很抱歉自己的行為讓你覺得不舒服。）

☒ 用諷刺的方式道歉

> ▪ I am so sorry that you are too entitled to understand what inequality means.
> 很抱歉，你太自以為是，無法理解不平等意味著什麼。

　　基本上，任何帶有諷刺的道歉都算是攻擊，只會讓衝突升級，使對方更生氣而已。道歉時，有情緒是很正常的，如果你憤怒到想要說一些帶刺的話，那最好等氣消之後再來道歉，不然只會提油救火。

☒「我不確定我做錯了什麼，但還是對不起。」

> ▪ I don't know what I did that upset you, but I'm sorry.
> 我不確定我做了什麼讓你覺得心煩意亂，但還是對不起。

在道歉之前，請搞清楚自己到底做錯了什麼、對對方的影響是什麼、想要怎麼修復關係、如何避免同樣的錯誤。如果不確定對方為什麼不開心，可以老實詢問：「You seemed upset with me. Was it something I did?」（你似乎對我感到不滿。是我做了什麼事情嗎？）

☒ 怪罪對方

> ▪ Sorry if you're offended. Can't you tell it's a joke? Why did you have to take it so seriously?
> 抱歉讓你感覺被冒犯了。但難道你沒有察覺這是個笑話嗎？為什麼要那麼認真？

許多人為了逃避責任、維護自尊心，常常會一邊道歉一邊責怪對方，**這麼做絕對不是道歉，反而容易造成二度傷害**。就算對方真的有錯在先，如果自己也的確做了傷害對方的事，那就應該承認自己的部分。對方要不要道歉取決於他的人品，但我們依然要對自己的言行負責：「I apologize for offending you with my joke. The joke was inappropriate, and it hurt you. I am truly sorry.」（對於笑話冒犯到你，我深感抱歉。那個笑話是不適當的，而且傷到了你。我真心道歉。）

☒「別人都可以，為什麼你不行？」

- I already said I'm sorry, and everyone moved on. Why are you still angry?

  我已經道歉了，而且大家都已經繼續前進，你為什麼還在生氣呢？

　　每個人對事情的反應和消化的時間都不一樣，我們應該接受自己對他人造成的不便和傷害，並尊重每個人的差異。如果受影響的人需要更長的修復期，那我們也應該給予對方時間，而不是拿其他人去施壓。畢竟造成傷害的是你，對方也不是自願的。

☒ 裝可愛或開玩笑

- Hey! Don't be difficult. I said sorry. C'mon, show me your smile. You're not pretty when you're angry!

  嘿！別這麼固執。我都已經道歉了。來嘛，笑一個給我看。你生氣的樣子不太好看！

　　有些人可能覺得裝可愛或開玩笑，能夠使氣氛變輕鬆，但這麼做只會讓對方覺得你根本毫無悔過之意，很容易讓關係惡化。要道歉就好好道歉，裝可愛或開玩笑請留到對方原諒你之後再做。

☒ 過度道歉或情緒勒索

- I am so, so, so sorry. I wish I were dead to make this better for you. I apologize for everything I've done. I am a terrible person. I should go to hell.

  我非常、非常、非常抱歉。我死了更好。我為自己所做的一切道歉。我是個糟糕的人。我應該下地獄。

不斷道歉看似很有誠意，但如果造成對方的困擾，甚至是到情緒勒索的地步，讓對方產生負罪感，就不是一個妥善的道歉了。**道歉的重點在於修復關係，而非懲罰自己或對方。**

☒ 表面上提供補償，但其實是對自己有利

- We are sorry we messed up your order! To make it up to you, here's a referral link for you. If your friends use it, you and your friend will both get 20% off.

  對於弄錯您的訂單，我們感到非常抱歉！為了彌補這個錯誤，這裡提供一個推薦連結給您。如果您的朋友使用此連結，您們都將獲得 20% 的折扣。

在道歉後提出補償措施，是商務上很常見的做法，**但要確定補償措施是完全為他人著想的。**有些人可能會為了貪圖方便，甚至是利益，提出一些看似給對方好處，但其實是對自己有利的補償措施。範例的問題在於，消費者還要分享推薦連結給朋友使用，才能獲得折扣。比較好的方式是廠商無償將弄錯的商品補寄，並直接附贈禮券或小禮品。畢竟出錯的是廠商，消費者不應該還要幫忙推廣才能獲得補償。

☒ 要求對方馬上原諒你

- I already apologized. Why can't you just forgive and forget?

  我已經道歉了，為什麼你就不能原諒並忘記呢？

我們沒辦法去衡量自己的行為或言語對他人造成的傷害，對方才是決定傷害多深、需要多少時間才能原諒的人。比起要求對方原諒你，可以這樣說：「I understand if you need time to process and move forward. Please take as much time as it takes to feel better. Again, I am truly sorry. 」（如果你需要時間來消化並向前邁進，我都理解的。你需要多少時間來感覺好一些，就花多少時間吧。我再次真心地道歉。）

有效的道歉方式

看了這麼多道歉地雷，我們到底該如何有效地道歉、彌補過錯、修復關係呢？總共有五個步驟，它們的先後順序很重要。

☑ ① 用道歉開頭，並重述自己犯的錯

用「我很抱歉、我想要向你道歉、很對不起」開頭，**千萬不要一開口就講自己犯錯的理由**，聽起來很像在推託、找藉口，對方容易認為你沒有道歉的誠意。接著，重述一次自己犯的錯。有可能你和對方的認知有所差異，你要道歉的事情，並不是使對方受傷或不悅的主要原因。所以，**在一開始挑明自己要道歉的事情，可以幫雙方釐清對話主題**。如果對方認為你不需要道歉，或為了錯誤的事情道歉，便會口頭提出，也可能露出困惑或不悅的表情，這便是一個開啟溝通的契機。

- I am sorry that I missed the deadline yesterday.
  我很抱歉昨天沒能趕上截止日期。

- I want to apologize to you for joking about your marriage.
  我想向你道歉，因為我拿你的婚姻開玩笑。

☑ ② 讓對方知道自己清楚嚴重性和後果

講了自己犯下什麼錯之後，還要敘述錯誤的嚴重性和造成的後果，**特別是對對方的影響**。這個會是對方最在意的部分之一。

> ▪ I understand I put our team behind schedule and created more work for Simon and Crystal.
>
> 我知道我拖延了團隊進度，並給賽門和克里絲塔帶來更多工作。

> ▪ I should not have joked about that because, first of all, it was not funny at all. Second of all, it's your privacy and I shouldn't have commented on it in front of other colleagues. The worst thing was I realize I probably made you feel uncomfortable.
>
> 我不應該開玩笑，因為這一點也不有趣。其次，這是你的隱私，我不應該在其他同事面前評論它。最糟糕的是，我意識到我也許讓你感到非常不舒服。

☑ ③ 提供犯錯的理由

講述自己犯的錯和對對方的影響之後，這時再說明犯錯的原因，對方就比較能聽得進去。不過，為了避免聽起來像在找藉口，**說明完理由之後，最好還是再道歉一次，並重申自己明白所作所為是錯的**。

> ▪ I had a few drinks, and people were all joking around. I was in the moment and just said the joke. It was not okay, and I regretted it the moment I said it. I know how uncomfortable it made you feel, and I take full accountability for my actions.
>
> 我喝了幾杯酒，而大家都在開玩笑。我當時正處於那個情境，所以隨口說了那個笑話。這是不對的，在說出的那一刻我就後悔了。我知道它讓你感到不舒服，我對我的行為完全負責。

- I underestimated the time it would take to design the presentation slides and prioritized other tasks. Again, I am very sorry, and I am not trying to make an excuse for the inconvenience I caused.

  我低估了設計簡報投影片所需的時間，並將其他任務放在優先順序。我再次感到非常抱歉，也不會試圖為我造成的不便找藉口。

☑ ④ 告訴或詢問對方自己會怎麼補救

如果說完理由之後就結束對話，不但聽起來像在找藉口，更容易顯得你並不在意對方，至少沒有在意到想要補救、補償或從錯誤中學習。如果你對於對方夠了解，可以告訴他自己想到的補救方式；如果不知道怎麼做才能彌補，也可以詢問對方的想法。

- To make it up to the team, I want to volunteer for the next two holiday coverage.

  為了補償團隊，我自願參與接下來的兩次假期值班。

- I know nothing can undo the harm I caused, but I want to make this right. Is there anything I can do?

  我知道做什麼都無法徹底消除我所造成的傷害，但我想盡力彌補。還有其他我可以做的嗎？

如果對方跟你提了意見，只要簡單地回答：「Thank you for letting me know.」（謝謝你讓我知道）、「Thank you for your feedback.」（謝謝你的回饋）即可。

如果對方一時被問到也沒什麼想法，你可以說：

- I didn't mean to put you on the spot. You can take your time and think about it. You don't need to come up with an answer now. Just let me know if you think of something.

  我並不是要為難你。你可以花時間思考一下，不需要立刻給出答案。如果你想到了什麼，再告訴我就好。

☑ ⑤ 再道歉一次，並說明如何避免相同錯誤

最後，再次誠懇地表達歉意，並告訴對方自己打算如何避免同樣的錯誤。這樣做能幫助雙方把焦點從無法改變的過去，轉移到未來可以控制的決定和行為，讓對話在一個較正向、有前瞻性的氣氛中結束。

- Again, I apologize for missing the deadline. Going forward, I promise I will be better at communicating my priority with the team and set up reminders for deadlines, so I won't make the same mistake again.

  對於錯過截止日期，我再次道歉。未來，我承諾在與團隊溝通時，會更好地表達我的優先事項，並設立提醒以確保不再犯同樣的錯誤。

- Again, I am sorry for what I said at the happy hour. I promise I will be more mindful and you will never hear anything like that from me again.

  對於 happy hour 時的言論，我再次表示抱歉。我承諾我會更加留心，你絕對不會再從我口中聽到類似的話。

犯錯與道歉是學習的機會

道歉時，對方有情緒是正常的，但有些人可能會得理不饒人。

記得，就算自己有錯在先，對方也沒有權力對你實施言語、精神或肢體暴力，不要讓對方仗著他們是「受害」、「被虐待」的那一方，就任由他們霸凌。**如果你注意到對方的反應或要求已經超出合理範圍，可以要求暫停對話或是離開。**

最後，就算道歉的內容再公關再完美，如果非語言溝通（non-verbal communication）充滿隨便、不屑或挑釁的態度，那也只會適得其反。**道歉時，語氣、表情、眼神或肢體語言必須與道歉的內容一致。**語氣要放軟、放低，表情要誠摯，眼神充滿歉意和悔意。如果你覺得自己裝不出來，那請用一些時間沉澱後再道歉，或是先避免當面溝通，用書信取代。如果你真的不覺得抱歉，那便要先思考為什麼？是否有誤解或其他問題需要先溝通？

犯錯與道歉，是很好的學習和成長機會，也是身為人類一定要面對的課題。**用這樣的心態去處理，我們的道歉便會讓自己和他人越來越好。**

Chapter

12

優雅地
和公司說再見

在紐約的第一年，體驗到美國公司開除員工的方式，真的是非常震撼的文化衝擊。

當時我還是個實習生，早上我才跟同事開完會，討論我可以怎麼幫她自動化一套分析流程，結果下午我要找她的時候，整個辦公室找不到人，她的 slack 帳號也已經停權了。

其他同事很神秘地問我，主管找我說話了沒有？我很驚恐地搖搖頭，他們表示「好那你等下就會知道了」。主管找我進會議室之後，一臉凝重地說，誰誰誰已經不在這裡工作了，這是一個很困難的決定，但是經過多次工作績效討論，對雙方來說都不是個意外。接著，她問我有沒有什麼問題，我怯生生地問：「那我會不會也被開除？」主管愣了一下，有點好笑地跟我保證沒有要開除我。

也曾經發生過，一位白人員工在餐敘時，幾杯黃湯下肚之後開了 CEO 膚色的玩笑，雖然是沒有惡意的 Black don't crack（黑人不顯老），但是在場更高階的主管聽到後非常感冒，再加上這位員工已經多次在喝多了之後，說出不適合工作場合的話，因此沒過多久也被開除了。

做了兩份正職、經歷過疫情的大離職潮和大裁員潮之後，我才發現開除、裁員、離職這些事情在公司內很常見。工作時間越長，就幾乎會變成每個人必經的歷練之一。所以在發生之前學習如何準備、應對十分重要，畢竟這些都是突如其來的變故，沒有提前準備的話，很容易被打個措手不及。

12-1

國際職場的開除與裁員

> 做好心理準備，不管是自己或同事不得不離開，
> 都能穩住情緒、保持專業，並維護權益。

　　會發生裁員或資遣，通常攸關公司財務狀況，與員工的個別行為無關。而解僱，或俗稱的「開除」，是當員工的行為違反公司規範，或工作表現沒有達標時，雇主會解除僱傭關係。

　　雖然開除與裁員稍有不同，但共通點在於，它們都發生得非常突然，不會讓你有時間做準備。**美國許多公司的工作合約都屬於 at will employment，也就是說員工和公司可以不需提前告知，隨時終止僱傭關係**（話雖這麼說，員工基於禮儀，通常要提前兩個禮拜告知，但公司要請你走路時卻不用）。所以，公司在開除或裁員時，通常主管或人資會在解僱或裁員當天，臨時傳一個你看不出是什麼會議的會議邀請給你，接著告訴你明天不用來上班了。當你腦袋一片空白，或是哭得一把鼻涕一把眼淚地走出會議室時，公司會安排警衛或人資護送你去座位收拾東西。比較重視機密和安全性的公司，甚至會趁你在會議室時就幫你把東西收好送到門口，不讓你回座位，直接護送你出公司大門。

被開除或裁員時該怎麼辦？

當你被開除或裁員時，除了要穩住情緒、保持專業、開始思考下一步，還有一些當下可以採取的行動，來保障自己的權益。

首先，**詢問解僱或裁員的原因**。你可以禮貌地詢問原因，雖然人資或主管不一定會如實相告，但這可以幫助你釐清被迫離開的原因，也能獲得情緒上的安慰。

- May I ask the reason?
  我可以問一下原因嗎？

- Could you tell me the reason?
  你能告訴我原因嗎？

- Is there a reason I was laid off? Is it performance-based?
  我被解僱的原因是什麼？跟工作表現有關嗎？

也可以**詢問公司內部是否有其他機會**，表達想要**繼續留在公司**的意願，禮貌詢問是否還有內轉的機會。儘管機率應該不高，但事到如今問一下也無妨。

- Are there other opportunities internally?
  內部是否還有其他機會？

接著，**要一封推薦信或裁員證明**。被裁員的人則可以請人資開立 layoff letter（解僱信），證明你不是因為不良行為，或工作表現太差勁離開公司。也可以向主管要一封推薦信或是 performance reviews（績效評估報告），幫助你找下一份工作。

- Will there be a layoff letter?
  是否會有解僱信？

- We've had a great work relationship. Would you write a recommendation letter for me? Do you mind if I use you as a reference for future job applications?
  我們之間的工作關係一直很好。你能幫我寫一封推薦信嗎？將來如果我需要求職，你介意我把你當作推薦人嗎？

- Can I get a copy of my performance reviews?
  我能拿到我的績效評估報告副本嗎？

　　最後，別忘了<u>談判資遣配套（severance package）</u>。開除因為是員工表現不佳，所以通常是沒有資遣費的。但如果是被裁員，一般會獲得資遣配套。被解僱時，法律上不需要當下簽署資遣合約（severance agreement），通常員工會有幾週的時間能夠審閱。資遣合約不只會註明資遣費，也會記載健康保險、股權、退休金、未使用假期折現、是否能替競爭對手工作等細節。如果在公司有一定的年資或地位，務必幫自己談判到好一點的資遣配套。如果你認為公司因不正當理由開除自己、資遣合約裡的補償不合理，或單純認為合約太過複雜難懂，可以聘請律師幫你審閱合約，並代表你跟公司談判。

- I'd like to take some time to review the severance agreement. Do you mind if I circle back in a week or two?
  我想要花點時間審閱資遣合約。可以一到兩週後給你回覆嗎？

如果是使用工作簽證的移民，也要在被解僱時把握機會，詢問公司是否有彈性讓你有更多時間找工作。

> ▪ Since I have a 60-day grace period for my visa once I become unemployed, is there any way the company could do to allow more time for me to search for my next job?
>
> 由於一旦失業，我只有六十天的簽證寬限期，公司是否有任何方式可以給予我更多時間尋找下一份工作？

其他像是確定健康保險什麼時候到期（美國沒有全民健保，所以多半是靠雇主提供健康保險）、確定最後幾週的薪資何時進帳、401K 退休金轉移、辦理失業保險等細節我就不贅述了，網路上都有非常多資料喔！

同事被開除或裁員時的 NG 應對

你可能會覺得自己是認真上進的好員工，不太可能被開除或裁員，但同事被開除或裁員，幾乎是一開始工作就一定會遇到的場面。

同事被迫離開公司是非常敏感、尷尬的狀況，一方面我們替對方難過、想要關心慰問對方，另一方面我們還保有工作，也會擔心自己的好意會不會造成反效果。其實，大多數人收到別人的關心，都還是會產生正面的感受。只要避免以下幾個應對方式，真誠表達自己的慰問，都是沒問題的。

☒ 不要戳痛處

避免指出對方被開除或裁員的事實，或詢問對方離開的原因。可以委婉地說：「聽說你離開公司了……」

✕	• I'm sorry to hear that you're fired. 很抱歉聽到你被解僱了。 • Just curious, why did they fire you? 我只是好奇,他們為什麼解僱你?
◯	• I'm sorry to hear that you left X Company. 很遺憾聽到你要離開 X 公司。

⊠ 不要毒雞湯

就算想要鼓勵對方振作,也要避免在他還處於情緒風暴時,硬是灌輸正向思考。相反地,同理對方,承認對方的處境是很辛苦的,反而更能夠幫助對方走出來。

✕	• Hey, it could be worse. 嘿,情況原本可能更糟的。 • Don't worry. You'll be fine. 別擔心,你會好起來的。 • Everything happens for a reason. 每件事都有其原因。 • What doesn't kill you makes you stronger. 殺不死你的終將使你強大。 • Luckily, you got your severance! 幸運的是,你有資遣費! • At least you don't have a family to feed. 至少你沒有要養家。
◯	• That's rough. I am sorry you have to go through this. 真是太艱難了。很遺憾你必須經歷這種情況。 • This situation really sucks. How are you doing? 情況真的很糟糕。你還好嗎?

☒ 不要貶低被開除或裁員的嚴重性

避免說出「被開除沒什麼大不了的啦」、「最近每家公司都在大裁員啊，你又不是唯一一個」這類低估事情嚴重性的話，容易聽起來像在指責對方不應該為了這種「小事」難過。

✕	• It's no big deal. It's more common than you think. 這沒什麼大不了的，比你想像的更常見。 • Thousands of people are getting laid off too. You will be fine. 有上千個人也正在被解僱。你會沒事的。
◯	• I can't imagine how tough it is. How are you feeling? 我無法想像這有多困難。你感覺如何？

☒ 好漢不提當年勇

有些人可能覺得自己以前也有類似經驗，便會開始滔滔不絕地分享，希望能讓對方借鏡。但是被開除或裁員的是對方，最需要抒發心情的也是對方，如果主動聯絡對方之後都在講自己的事，容易留下愛說教、高高在上的印象。簡單提到自己也有一樣的經驗即可，讓對方多說話。

◯	• The same thing happened to me in 2018. It was a really tough time for me, so I know how hard it could be. What is the best way I can support you right now? 我二〇一八年也經歷了同樣的事情。那是我非常艱難的時期，所以我知道一切有多難。現在，我能以什麼方式最大地支持你？

☒ 避免講公司壞話

直接跟著同事同仇敵愾，是最簡單快速又大快人心的做法。但

是，在不知道事情全貌的情況下，貿然跟離開的同事抱怨公司，除了讓對話變得十分消極，也很難保證你說的話不會傳到其他同事和主管耳裡。與其抱怨公司，不如向同事表達你對他的肯定，並會十分想念跟他一起工作的日子。

✕	▪ It's terrible that they did this to you. 他們這樣對你太可怕了。 ▪ F*** the company. They don't know what they are doing. 該死的公司！他們不知道自己在幹什麼。
○	▪ You were a great colleague to work with. I will miss you in the office. 和你一起工作真是太棒了。我在辦公室會想念你的。

如何聯絡離開的同事

在聯絡離開的同事時，最好確定我們的訊息具有同理心、善意，也盡量保持簡短，內容可以包含下面三大重點：**動機、你對他的喜愛，以及支持。**

首先，**跟同事表明你聯絡他的動機**，可能是聽到了裁員消息，很擔心他的狀況，或是他離開兩三個禮拜你後想念他了、想要看一下他過得好不好、希望保持聯絡等等。

▪ I am sorry that you left X Company. I am very sad that we can't work together anymore. I wanted to reach out and see how you are doing.
很遺憾你離開了 X 公司，也很難過我們不能再一起工作了。我想聯繫你，看看你過得如何。

- I heard you left the company last week. I wanted to check in with you and make sure we keep in touch.

  我聽說你上週離開了公司。我想問候一下你,也確保我們能保持聯繫。

再來是**表達你對對方的喜愛**。依照你跟他的熟悉程度,可以表達你對他專業上的尊敬,像是你很喜歡跟他共事的原因,若能提出具體的例子更好。如果你跟對方更熟一點,比較像是朋友,也可以表達對他性格的喜愛,或肯定他工作之外的特長或興趣。

- I just wanted to let you know that I really enjoy working with you.

  我只是想讓你知道,我非常喜歡和你一起工作。

- You are a great colleague. You are always very kind and generous to everyone on the team. It was a joy to have you around in the office. I will definitely miss you.

  你是一個很出色的同事,對團隊中的每個人都非常友善和慷慨。有你在辦公室真是一大享受,我肯定會想念你的。

最後,可以**表達你對他的支持,並詢問對方是否需要任何協助**。如果可以明確地寫出自己能幫忙的地方更好。

- I want to be helpful in your transition. If you need anything (a referral letter, a LinkedIn recommendation, an introduction… etc.), don't hesitate to let me know!

  我希望能在你的轉職過程中提供幫助。如果你需要什麼(推薦信、LinkedIn 推薦、介紹等),請隨時告訴我!

- I am not sure where you are in your process, but I'm here if you need a sounding board. Just let me know how I can best support you.

  我不確定你的轉職過程進展如何，但如果你需要一個傾聽者，我隨時都在。只需要告訴我如何能夠最大地支持你。

　　寄出訊息之後，記得對方可能還在平復情緒或忙著找工作，因此，請不要給他一定要回覆的壓力。過了兩三週之後，如果你還惦記著對方，可以再追蹤一次。

12-2

好好說再見：辭職

使用積極正向的語調並且表達感謝，
優雅、有風度地離開公司。

那是一個秋天的星期三下午，主管已經遲到三十分鐘了，我坐在書桌前緊張地反覆閱讀稍早寫的辭職稿。

主管進入視訊會議，簡單寒暄了幾句之後，我深吸一口氣，把忍了將近六個月的那句話說了出來：「我要辭職了，我在公司的最後一天是九月九日。」

天啊。我說出口了。我從一月開始面試，三月跟新東家簽下工作合約，本來想著五月就能開始新工作，沒想到工作簽證進度延宕，又被移民局要求補件，硬生生拖到八月底簽證才過關。所以，週二新公司一通知我簽證被批准，我馬上就跟他們確認了上工日期，隔天便與主管要求「開會」。

「喔，恭喜，我很為你高興！」他看起來一點都不高興，但也不驚訝。

「謝謝。」

「啊，我很為你高興……」他眉頭皺得更緊了。

「真的，我很為你高興……」他開始語無倫次。

「對了，你可以把離職日期再延後兩週嗎？」

如何辭職

首先，在跟公司提離職前，一定要先跟新東家有簽好的書面合約，和確定過上工日期（想要裸辭就另當別論）。

那要在離職多久前告知公司呢？前面提過，許多美國公司都是 at will employment，也就是說，員工或雇主可以隨時終止僱傭關係，所以理論上，你想離職隨時可以走人。但是**考量美國的職場禮儀和交接分工，兩週前通知（Two weeks notice）是最普遍的**。如果跟主管、團隊關係不錯，或職位較資深，有些人會更早通知離職的決定，方便公司安排交接和招募新人。

在你下定決心要離開之後，**請盡量別告訴任何公司的同事。你的主管應該是第一個知道你要離開公司的人**。如果主管在你正式離職前，就從別人口中聽到你要離開的決定，你的工作處境可能會非常尷尬。

在正式離職前，必須要準備好兩樣東西：說詞和辭職信。

☑ 說詞

雖然我們沒有義務解釋自己離開的原因，或之後的規畫，但可以斟酌自己和主管的關係，決定要揭露多少資訊。

離開的理由可以有很多，但說詞只有一種。我們可以將所有想離職的理由列出來，接著圈出一到兩個比較適合讓公司知道的理由。適合的理由應該符合兩個條件：**第一，不是抱怨或攻擊；第**

二，公司無法解決的問題。

如果你想要跟主管講理由的話，千萬不要挑選負面的抱怨或攻擊。既然都已經走到離職這一步，就好聚好散，逞一時口舌把公司午餐太難吃、老闆偏心、辦公室政治一堆、高層都是養尊處優的白癡通通抱怨一遍，只會讓自己的專業風評受影響。記得，**公司怎麼待你，反映的是公司的素質，但你怎麼對待別人，反映的是你的格調**。

另外，說詞盡量挑選公司沒辦法解決的理由，像是想要換城市或產業、嘗試不同的職位或公司類型、想要到規模更大或更小的公司歷練等等。如果你講了薪水不夠高、工作量太大、想要升官等理由，你的主管聽了之後就答應你的要求，屆時你要留也不是，不留也不是（就算你真的想要求這些東西，最好不要用提離職的方式來逼主管給你）。如果決定好離職了，那就不要留下曖昧的空間。

選好說詞之後，就從一而終。不管是主管、人資或同事，不管誰問幾遍都給一樣的理由，不要每問一次都有新的答案跑出來。

☑ 辭職信

通常提完口頭離職後，主管會請你寄一封書面的辭職信給他和人資。因此在面見主管前把辭職信寫好，可以讓過程更快速順利。

辭職信的結構大致如下：

信件主旨	▪ Resignation - [Name] 辭職—【姓名】 ▪ Formal Resignation - [Name] - [Position] 正式辭職—【姓名】—【職位】 ▪ Resignation Notice - [Name] 辭職通知—【姓名】 ▪ Two Weeks Notice - [Name] 兩週辭職預告—【姓名】
信件內容 1. 宣布離職	▪ This letter is to formally notify you that I am resigning from my position as [position] for [company]. 這封信是正式通知您，我將辭去在【公司】擔任的【職位】。 ▪ I would like to inform you that I am resigning as [position] at [company]. 我想知會您，我將辭去在【公司】擔任的【職位】。
2. 寫明最後一 天上班日	▪ My last day will be on Friday, September 8th, 2023. 我在公司的最後一天，將是二〇二三年九月八日，星期五。 ▪ My last day will be [two] weeks from today on Friday, September 8th, 2023. 我的最後一天，將會是從今天起算的【兩個】星期後，即二〇二三年九月八日，星期五。
3. 表達感謝	▪ Thank you for the opportunity to work here for the past two years. I have learned so much about strategy and operations from you and the team. 過去兩年，很感謝您給我在這裡工作的機會。我從您和團隊身上，學到了很多關於策略和營運的知識。

- I appreciate the professional and personal development that you have provided during my time at [company]. I have enjoyed working with you and the team. Thank you so much for the coaching and support.

  在【公司】的這段期間，很感謝您提供我專業和個人的成長機會。我很享受和您以及團隊一起工作的時光。非常感謝您的指導和支持。

4. 下一步	- I will do my best to ensure a smooth handoff. Please let me know how I can help during the transition period. 我將盡力確保工作能順利交接。請告訴我在過渡期間我能如何提供幫助。 - During the next two weeks, I will make sure to document my work process and train the others as needed. Please let me know if there is anything else I can do to help with the transition. 在接下來的兩週內，我會確保將工作流程做好文件紀錄，並根據需求對其他人進行培訓。如果有其他在過渡期間能夠幫忙的事，請隨時告訴我。
5. 祝福公司	- I wish you and the company continued success in the future. 祝您和公司在未來繼續取得成功。 - I wish you and the company the best. 祝您和公司一切順利。

正式跟主管提離職

　　記得第一原則就是「別燒橋」（Don't burn bridges），**既然已**
經決定要離開，就優雅、有風度地離開。 就算心裡再多委屈不爽，
如果趁著離職前發洩出來，公司不但可能認為你無法提早告知，
覺得你在無理取鬧，萬一日後需要公司配合背景調查或推薦信，
甚至要談商業合作都會很困難。因此離職時，**我們的首要目標便**
是與雇主維持良好的關係， 順利把離職辦完。

　　離職會議最好是面對面或視訊會議，避免用 email 或簡訊傳達
消息。在告知離職時，盡量讓話語維持簡潔、正向，基本上只要
傳達以下三個訊息即可。

☑ **「我要離職了，我的最後一天是幾月幾日。」**

　　會議一開始簡單寒暄過後，應該馬上進入正題，簡潔直接地告
知主管你要離職，以及你最後一天上班的日期。如果很難啟齒的
話，可以用一些緩衝的開頭方式，來幫助你進入主題，像是：

- This is a hard conversation to have, but I am giving you my two
  weeks notice. My last day will be November 16th.

  這是一個困難的對話，但我要給您兩週的離職預告。我工作的最後一天會是
  十一月十六日。

- This is not easy to say, but I want to let you know my last day is
  going to be November 16th.

  這很難啟齒，但我想讓您知道，我在公司的最後一天是十一月十六日。

☑ **「我很感謝公司。」**

接著,向公司和主管表達感謝,你可以感謝這份工作機會、在公司的學習成長,以及主管提攜等。這裡也是保持簡潔即可。

> - Thank you for the opportunity here. I learned and grew a ton.
>   感謝您在這裡給予我機會。我學到了很多,並有所成長。

> - I just wanted to let you know that I am grateful for the opportunity to work here.
>   只是想讓您知道,我對有機會在這裡工作非常感激。

☑ **離開的理由或之後的規畫**

通常主管會接著詢問你為什麼要走?之後要去哪裡?你沒有義務告知公司理由或之後的規畫,但如果願意分享的話,就可以拿出提前準備好的說詞跟主管說明,記得保持理由簡短、一致。

> - I want to pivot into account management for my next role.
>   我希望下一個職位能轉向客戶管理。

> - I have always been interested in the fashion industry, and an opportunity came my way.
>   我一直對時尚行業感興趣,並剛好有一個機會來到我面前。

> - I want to get more experience working at a larger/smaller company.
>   我希望在一家更大/更小的公司獲得更多工作經驗。

如果你當下超級不爽公司,實在說不出什麼好話,那就不要在

離開的理由著墨太多，避免越說越多、越說越激動。用以下的話簡單帶過即可：

- An opportunity came my way, and I just couldn't say no to it.
  有一個機會出現在我面前，我實在無法拒絕。

- I just need a fresh start.
  我只是需要一個新的開始。

你可以表達協助後續交接的意願，跟主管確定最後這幾週要完成的事情，展現專業風度。

- Please let me know what I can do to make the transition as smooth as possible.
  請告訴我有什麼可以做的，確保過渡期盡可能順利。

- What are some things I can do to help transition my work to other people?
  我可以做些什麼，來協助將工作交接給其他人？

最後，你可以問主管大概什麼時候、用什麼方式讓同事和客戶知道自己離職的事。

- When would be a good time to let the team/clients know that I will be leaving?
  何時是告訴團隊／客戶我將離開的好時機？

道別信該怎麼寫

　　寄出正式的離職通知之後，最後一步，就是跟一起共事的人道別。通常在離職前的最後一週或最後一天，按公司大小和離職者的級別，離職者會寄發道別信給同組組員，甚至全公司的同事，向大家道別、道謝並交換聯絡方式，<mark>這也是一個維持專業人脈的好機會。</mark>

　　道別信的原則，跟上述離職的原則大同小異：<mark>使用積極正向的語調、表達感謝、維持訊息簡潔明確。</mark>同樣地，你也沒有義務交代你之後的規畫和去向，如果不想向太多人廣播，可以選擇不在道別信中提及。有些人會根據與同事的熟悉程度，客製化道別信的內容，不過你也可以選擇統一寄送一封道別信，而關係較親近的同事，則可以在離職前約時間視訊，或見面道別。

信件主旨	▪ Goodbye and Thank You 再見和感謝 ▪ Thank you for everything 感激一切 ▪ My Last Day 我的最後一天 ▪ Let's Keep in Touch 讓我們保持聯繫
信件內容 1. 告知最後一天上班日期	▪ As some of you may know, tomorrow marks my last day at [Company]. It is with mixed feelings that I bid farewell to all of you. 正如某些人可能已經知道的，明天將是我在【公司】的最後一天。對於向大家告別，我感到心情複雜。 ➡ 這是比較正式、古典的寫法。

- Today is my last day at [Company], and it is bittersweet to say goodbye to all of you.

  今天是我在【公司】的最後一天,向大家告別,讓我感到喜悅和苦澀交織。

2. 致謝

你可以籠統地感謝公司和團隊,也可以很明確地感謝某幾位對你特別重要的同事或主管。有些人也會利用寫道別信的機會,重溫特別的回憶或成就,像是某次與團隊挑燈夜戰解決公關危機、哪次公司派對誰說了超搞笑的笑話等等。內容只要是正向的都十分彈性,可以按照個人對公司和團隊的態度,決定細節多寡,但總之別忘了道謝!

- I wanted to take the opportunity to shout out to my amazing team. Thank you so much for sharing your knowledge so generously and helping me grow. It has been my honor working with all of you.

  我想藉此機會向我出色的團隊致敬。非常感謝你們慷慨地分享知識、幫助我成長。能和你們一起工作是我的榮幸。

- I deeply appreciate the time I have spent here, working with such professional and dedicated individuals. Shoutout to Sarah and Bella for all the timely technical support. Thank you, Jose, Andrea, and Amit, for teaching me everything you know about sales and account management. I will never forget the time we hopped on an emergency meeting to solve a client request at 11 pm.

  我深深感謝在這裡度過的時間,以及能和如此專業和敬業的人們一起工作。向莎拉和貝拉致敬,感謝你們及時的技術支援。謝謝荷西、安德莉亞和阿密特,感謝你們教會我所有關於銷售和客戶管理的知識。我永遠不會忘記我們在晚上十一點召開緊急會議、解決客戶請求的時刻。

3. 交接細節	除非是位階較高的人，通常在寫給整個辦公室或多個團隊的道別信中，並不會提到交接、新的工作職責分配等細節。在寫給自己團隊或客戶的道別信中，比較常會特別交代之後誰會接手什麼。等一下會提供客戶道別信的範本，可以參考。
4. 提供聯絡方式	LinkedIn、電話、個人電子郵件是道別信中最多人留的聯絡方式。我也有看過同事附上 Instagram 等社交帳號，但較不普遍。

- Please don't be a stranger as I move onto the next chapter of my career. You can always reach me via LinkedIn or email. I am excited to hear from you and see [company] continue to thrive and grow in the coming years.
  在我進入職業生涯的下一個篇章時，不希望與大家成為陌生人。你可以透過 LinkedIn 或電子郵件隨時聯繫我。很期待收到各位的消息，並且希望在未來幾年看到【公司】繼續蓬勃發展及成長。

- Please keep in touch, and I look forward to staying connected with you.
  請保持聯繫，我期待著與大家維持密切的關係。

5. 祝福	最後，你可以祝福公司及同事未來一切順利，為道別信畫下正向的結尾。

- I wish you all the best in your future endeavors.
  祝大家未來的奮鬥一切順利。

- I will keep cheering for you from the sidelines as a [Company] alumni.
  作為【公司】的校友，我會繼續默默為大家加油。

最後，我們來看不同語氣及收信對象的道別信範例。

道別信實際範例

☑ 較正式籠統

適合對公司沒什麼好話可說的人。

Subject line: Thank You and Goodbye
主旨：感謝和再見

Hi team,
嗨，團隊，

It's not easy to say goodbye, but as some of you may know, today is my last day at [Company].
告別並不容易，但正如你們一些人可能已經知道的，今天是我在【公司】的最後一天。

I deeply appreciate the time I have spent here. Thank you for all the support and assistance in the last 3 years. It has been a pleasure working with all of you.
我深深感謝在這裡度過的時間。感謝大家在過去的三年裡給予我的所有支持和協助。與你們一起工作非常愉快。

As I move on to new endeavors, I hope to stay in touch with you. I am always reachable via my personal email [email address] and phone [phone number], so please don't be a stranger!
在前往新的地方努力的同時，我也希望能與大家保持聯繫。你可以透過我的個人電子郵件【帳號】和電話【號碼】隨時與我聯繫，請不要成為陌生人！

I wish you all the best moving forward.

祝大家在前進的道路上一切順利。

Regards,
Tom

敬祝安好，
湯姆

☑ 較輕鬆親切

Subject line: I will miss you all!

主旨：我會想念大家的！

Hi team,

嗨，團隊，

As some of you might have known, tomorrow will be my last day at [Company]. It is bittersweet to say goodbye to all of you.

正如某些人可能已經知道的，明天將是我在【公司】的最後一天。向大家告別，讓我感到喜悅和苦澀交織。

The last 5 years has been a wild ride. I wanted to take the opportunity to shout out to my amazing teammates and manager. Iana, thank you so much for sharing your knowledge so generously and helping me grow personally and professionally. Thank you, Justin, Chris, Mike, and Nicole, for being the most supportive and funny teammates to work on various requests and share some good laughs together. I will definitely miss working with all of you.

過去五年是一段驚心動魄的旅程。我想藉此機會，向我出色的團隊成員和主管

致敬。伊娜,非常感謝你慷慨地分享知識,幫助我在個人和專業方面成長。謝謝賈斯汀、克里斯、麥克和妮可,你們是最支持及最幽默的隊友,我們一起處理各種需求,共享歡笑。我肯定會想念和大家一起工作的時光。

[Company] will always hold a special place in my heart. I am excited to see [company] continue to thrive and grow in the coming years. Meanwhile, please don't be a stranger! I am including my contact info below. I look forward to staying connected and hearing from all of you.

【公司】在我心中將永遠佔據一個特別的位置。我很期待未來幾年看到【公司】繼續蓬勃發展及成長。同時,請大家不要和我成為陌生人!以下是我的聯繫資訊。期待保持聯繫,並收到大家的消息。

As always, stay safe and keep crushing it!

一如既往地,祝大家平安,繼續努力!

Cheers,
Tom

祝福,
湯姆

Email: [personal email address]
Phone: [phone number]
LinkedIn: [URL]

電子郵件:【個人電子郵件地址】
電話:【電話號碼】
LinkedIn:【頁面連結】

☑ 商業夥伴道別信

這類信的重點，是告知客戶或商業夥伴在你離開後誰會接手，並且討論交接和任何未盡事宜，告別的成分會比內部道別信少。

Subject line: New Point of Contact
主旨：新聯繫人

Hi [Name],
嗨，【名字】，

I wanted to let you know that my last day with [company] will be [date]. It has been a pleasure working with you during my time here.

我想告訴你，我在【公司】的最後一天將是【日期】。這段時間與你一起工作非常愉快。

Your new point of contact will be Amadou (cc'd). He is a great account manager and has been with the company for 4 years, so you are in good hands.

你的新聯繫人是阿馬杜（已副本他）。他是一位出色的客戶經理，已在公司工作了四年，所以你將得到良好的協助。

Over the next week, I will help Amadou with this transition and conclude any ongoing projects. Please let me know if you have any questions or concerns before my departure. Otherwise, Amadou will reach out and touch base with you within the next two weeks.

在接下來的一週內，我將協助阿馬杜進行交接，並完成任何正在進行的專案。如果在我離職前有任何問題或疑慮，請隨時告訴我。除此之外，阿馬杜會在接下來的兩週內與你聯絡。

Wishing you all the best!

祝你一切順利！

Best regards,
Tom

最好的問候，
湯姆

在英語職場自信溝通

外商及海外工作教戰手冊，不只能說，更精準掌握跨文化潛規則

作　　者 | Vivienne Yang

責任編輯 | 黃莀菁 Bess Huang
責任行銷 | 袁筱婷 Sirius Yuan
封面裝幀 | Dinner Illustration
版面構成 | 黃靖芳 Jing Huang
校　　對 | 許芳菁 Carolyn Hsu

發 行 人 | 林隆奮 Frank Lin
社　　長 | 蘇國林 Green Su

總 編 輯 | 葉怡慧 Carol Yeh
主　　編 | 鄭世佳 Josephine Cheng
行銷主任 | 朱韻淑 Vina Ju
業務處長 | 吳宗庭 Tim Wu
業務主任 | 蘇倍生 Benson Su
業務專員 | 鍾依娟 Irina Chung
業務秘書 | 陳曉琪 Angel Chen
　　　　　 莊皓雯 Gia Chuang

發行公司 | 悅知文化　精誠資訊股份有限公司
地　　址 | 105台北市松山區復興北路99號12樓
專　　線 | (02) 2719-8811
傳　　真 | (02) 2719-7980
網　　址 | http://www.delightpress.com.tw
客服信箱 | cs@delightpress.com.tw
ISBN：978-626-7288-43-6
初版一刷 | 2023年07月
建議售價 | 新台幣460元

國家圖書館出版品預行編目資料

在英語職場自信溝通：外商及海外工作教戰
手冊，不只能說，更精準掌握跨文化潛規則/
Vivienne Yang著. -- 初版. -- 臺北市：悅知文化
精誠資訊股份有限公司, 2023.07
416面；14.8×21公分
ISBN 978-626-7288-43-6 (平裝)

805.18　　　　　　　　　　　　112008228

建議分類 | 商業管理、職場溝通術

本書若有缺頁、破損或裝訂錯誤，請寄回更換
Printed in Taiwan

線上讀者問卷 TAKE OUR ONLINE READER SURVEY

多接觸、多觀察，
是進步的不二法門。

—————《在英語職場自信溝通》

請拿出手機掃描以下QRcode或輸入
以下網址，即可連結讀者問卷。
關於這本書的任何閱讀心得或建議，
歡迎與我們分享 ☺

https://bit.ly/3ioQ55B